Die drei ???®
Geister-Canyon

und

Die drei ???®
Schatten über Hollywood

Justus Jonas, Peter Shaw und Bob Andrews haben mit ihren spannenden Abenteuern längst Kultstatus erreicht. Ihr Markenzeichen sind die drei ???®. Sie stehen allerdings nicht für Ahnungslosigkeit, sondern für ungelöste Rätsel, mysteriöse Vorkommnisse und Geheimnisse aller Art. Denn die Detektive aus Rocky Beach übernehmen jeden Fall, auch wenn er noch so knifflig ist.

Die drei ???®
Geister-Canyon

und

Die drei ???®
Schatten über Hollywood

Deutscher Taschenbuch Verlag

Weitere ›Die drei ???®‹-Bände bei dtv junior:
siehe unter www.dtvjunior.de

Ungekürzte Ausgaben
In neuer Rechtschreibung
August 2009
Deutscher Taschenbuch Verlag GmbH & Co. KG,
München
www.dtvjunior.de
›Die drei ???® – Geister-Canyon‹

›Die drei ???® – Schatten über Hollywood‹

Umschlagkonzept: Balk & Brumshagen
Umschlagbilder: Hanno Rink
Gesetzt aus der Bembo 11/14'
Gesamtherstellung: Druckerei C. H. Beck, Nördlingen
Gedruckt auf säurefreiem, chlorfrei gebleichtem Papier
Printed in Germany · ISBN 978-3-423-71365-8

Die drei ???®

Geister-Canyon

Erzählt von Ben Nevis

Inhalt

Entführt!

Justus Jonas hatte soeben die Landkarte von Kalifornien vor sich aufgeklappt, als seine Tante Mathilda den auf dem Schrottplatz abgestellten Campingwagen betrat, der den drei Detektiven als Einsatzzentrale diente.

»Besuch für dich, Justus«, verkündete sie. »Im Hof steht ein Mann, der dich sprechen möchte.«

»In welcher Angelegenheit?«, fragte Justus knapp zurück. Eigentlich konnte er jetzt keine Störung brauchen. Kurzfristig hatte Dennis, ein Bekannter, den lang ersehnten Wochenendtrip abgesagt und nun suchte Justus leicht verschnupft nach einem neuen Ausflugsziel für die drei ???.

»Er wollte mir nicht sagen, worum es geht«, entgegnete Tante Mathilda genervt. »Außerdem bin ich nicht deine Sekretärin, Justus! Da kommt ein merkwürdiger Kerl mit einem teuren Towncar angefahren, das so protzig ist, dass es noch nicht einmal auf unserem Schrottplatz wenden kann, und tut ganz geheimnisvoll. Er möchte dich sprechen und niemand anderen, sagt er. In was für einer Sache steckst du da bloß wieder drin?«

»In gar keiner, Tante Mathilda! Wirklich, ich habe nicht die geringste Ahnung!« Aber Justus' Neugierde war plötzlich geweckt. Im Lauf der Jahre hatte er ein feines Gespür dafür entwickelt, wenn sich ein neuer Fall für die drei Detektive anbahnte. Und sie brauchten dringend einen neuen Fall. Schließlich lag das lange Memorial-Day-Wochenende vor ihnen, bei dem halb Amerika auf den Beinen war, und Justus hatte einfach keine zündende Idee, was sie mit den drei freien Tagen anfangen sollten. »Tante Mathilda, kannst du bitte Bob und Peter holen? Ich sage dem ominösen Besucher inzwischen Guten Tag!«

»Aber Peter und Bob räumen gerade die Lagerhalle auf.« Tante Mathilda wich keinen Zentimeter von der Stelle. »Das war seit Langem so abgemacht! Ich weiß doch, wie das wieder ausgeht: Am Ende seid ihr wie jedes Mal verschwunden und das Durcheinander ist noch da!«

»Tante! Bitte! Vielleicht wartet draußen die Chance meines Lebens!«

»Da bin ich skeptisch, mein Junge. Je teurer das Auto, desto gefährlicher die Angelegenheit!« Aber sie trat zur Seite, um Justus vorbeizulassen. Wenn Justus sich etwas in den Kopf gesetzt hatte, das wusste sie, war er nicht zu bremsen, zumindest nicht, ohne später tagelang mit seiner schlechten Laune konfrontiert zu werden.

Neugierig trat Justus auf den Schrottplatz. Tante Mathilda hatte nicht übertrieben. Das weiße Towncar reichte von den Türflügeln des Eingangstors bis in die Mitte des Vorplatzes. In solchen Wagen ließen sich die Hollywoodstars durch die Gegend kutschieren, oder solche, die sich dafür hielten. Schräg vor dem Auto wartete ein Mann. Trotz der Hitze trug er einen schwarzen Anzug mit Krawatte. Der Schweiß glänzte auf seiner hohen

Stirn. Als er Justus bemerkte, trat er ein paar Schritte auf ihn zu.

»Paul Hendry«, sagte er und streckte die Hand aus. Seine Augen blickten kühl und der Sitz seines Kinns verlieh seinem Gesicht etwas Schiefes. »Du bist also ...«

»... Justus Jonas, ja.« Justus wischte sich die feuchten Hände am T-Shirt ab und erwiderte den Gruß. »Und da hinten kommen noch Peter Shaw und Bob Andrews, meine Freunde.«

»Ah. Die zwei anderen Detektive«, sagte Mr Hendry, ohne eine Miene zu verziehen.

»Es geht also um eine kriminologische Frage.« Justus lächelte. »Habe ich es mir doch gedacht.«

»Ich kann dir dazu leider nichts sagen!« Der Mann machte eine abwehrende Bewegung, als dauere ihm das alles zu lange. »Ich bin der Butler von Mr O'Sullivan. Er hat mir aufgetragen, dich zu ihm zu bringen. Alles Weitere möchte er mit dir persönlich besprechen.«

Inzwischen waren Bob und Peter herangeeilt und zwei fragende Blicke trafen Justus.

»Ein Mr O'Sullivan wünscht uns zu sehen«, erklärte Justus seinen Freunden die Situation.

»Wünscht *dich* zu sehen«, korrigierte Mr Hendry knapp. »Von den beiden anderen war zwar die Rede, ich soll aber ausdrücklich allein dich zu ihm bringen.«

»Nur mich?« Justus zog die Stirn in Falten und wandte sich ab. »Dann wird aus dem Treffen wohl leider nichts werden. Man bekommt uns zu dritt oder gar nicht, nicht wahr, Kollegen?«

»Genauso ist es!«, bestätigte Bob. »Nicht umsonst nennen wir uns Die drei ???!«

Und Peter setzte hinzu: »Richten Sie Mr O'Sullivan freundliche Grüße aus. Es war uns eine Ehre, von ihm zu hören.«

»Gut. Dann wäre ja alles besprochen!« Justus machte Anstalten, zum Wohnwagen zurückzugehen. »Meine Tante wünscht, dass wir mit dem Aufräumen fortfahren!«

»Na dann: auf Wiedersehen, Mister!« Peter und Bob nickten Mr Hendry zum Abschied zu und folgten ihrem Freund.

»Wartet ... – einen Moment, bitte!«

Die drei ??? blieben stehen. Weit waren sie noch nicht gekommen.

»Ihr ... ihr könnt mich doch nicht ...«, stotterte der Mann, während er ihnen langsam folgte. »Mr O'Sullivan hat nur ... ich habe ihm ja gleich abraten wollen ... es soll möglichst geheim bleiben! Er ... er braucht Hilfe! Steigt doch ein, bitte! Alle drei! Es ist schon in Ordnung!«

Justus lächelte in sich hinein. Natürlich hatte er gehofft, dass Mr Hendry nachgeben würde. »Also gut, Mister! Zu dritt sind wir dabei! Doch nun teilen Sie uns freundlicherweise noch mit, wer dieser O'Sullivan ist, der uns so dringend zu sprechen wünscht.«

Der Mann war sichtlich überrascht. »Du hast noch nicht von ihm gehört? Ich arbeite für Frank O'Sullivan. Den bekannten Filmproduzenten!«

»Ach *der* O'Sullivan!« Justus nickte. Das hatte er vermutet, doch er fragte gerne genau nach. »Dann geht die Fahrt nach Beverly Hills?«

»Du sagst es«, bestätigte Hendry. Er trat auf die Limousine zu, öffnete eine Seitentür und wies ins Innere des luxuriös ausgestatteten Wagens, ohne verbergen zu können, dass ihm die drei ??? nicht recht sympathisch waren. Mit einem besorgten Blick auf die schmutzigen Jeans von Bob und Peter fügte er hinzu: »Achtet bitte auf das helle Leder der Autositze. Vielleicht sollte ich euch zum Unterlegen besser eine Decke geben?«

Die beiden Detektive klopften ein wenig auf ihren Hosen herum. Es staubte sichtbar. »Die drei ??? haben ihren Preis«, sagte Peter lässig. »Aber vielleicht sollte ich Sie erst einmal aus dem Hof hinauswinken? Ihr Wagen ist ziemlich lang und der Verkehr . . .«

Hendry schüttelte den Kopf. »Für solche Situationen sind im Heck Kameras angebracht.«

Die drei ??? warfen sich einen vielsagenden Blick zu und setzten sich in den Wagen. Der geräumige Luxus, in den sie plötzlich eintauchten, überraschte sogar die Detektive, die immerhin Mortons Rolls Royce gewohnt waren. Alles war vom Feinsten; die Blicke der Jungen schweiften über den neusten technischen Schnickschnack, der keinen Wunsch offenließ. Am meisten beeindruckte Justus ein ausfahrbarer Bordcomputer.

»Ihr könnt euch in der Bar bedienen«, ertönte Hendrys Stimme über Lautsprecher, »aber lasst den Alkohol bitte unberührt!«

»Als ob wir ...«, murmelte Justus kopfschüttelnd und ließ per Knopfdruck die Getränke ausfahren. Sie wählten jeder ein Tonic. Als es der Straßenverkehr zuließ, setzte Hendry den Wagen zurück und stoppte kurz. Justus nahm noch den empörten Blick von Tante Mathilda wahr, die im Hauseingang stand und fassungslos ihre Putzhilfen davonfahren sah – ganz wie sie es vorausgesehen hatte. Dann gab Hendry Gas.

Die Fahrt ging ein paar Meilen auf dem Highway 1 an der Küste entlang. In Pacific Palisades wechselte der Fahrer auf den Sunset Boulevard, der direkt nach Beverly Hills führte. Nach einiger Zeit und unzähligen Kurven bog Hendry links in eine schmucke Seitenstraße ein, die beiderseits von hohen Palmen gesäumt war. Hier wohnten, zurückgezogen in parkähnlichen Grundstücken, die Reichen der Gegend: Regisseure, Filmschauspieler, Anwälte. Und unter ihnen auch Frank O'Sullivan, einer der großen Filmproduzenten Hollywoods.

Vor einem breiten, mit Schmiedearbeiten verzierten Gittertor stoppte Hendry. Die ganze Fahrt über hatte er sich mit keinem Wort bei den drei ??? gemeldet. »Wir sind da«, verkündete er nun. Das Tor glitt auf und der Wagen rollte bedächtig einen von grünen Büschen begrenzten Weg entlang, der zu einem großen Wendekreis führte, an dessen Seite sich eine stattliche Villa erhob. Auf den Eingangsstufen wartete ein Mann. Sein kurzes, buntes Hemd hing lässig über der locker sitzenden weißen Jeans. Die drei ??? kannten sein Gesicht aus den Zeitungen.

»Da bist du ja endlich, Paul«, sagte der Mann, als der Fahrer ausstieg und die Tür zum Fond des Wagens öffnete. »Oh, ihr seid zu dritt ...«

»Anders wollten es die Herrschaften leider nicht, Mr O'Sullivan«, antwortete Hendry. »Ich dachte mir, ich bringe besser alle drei als gar keinen.«

»Ist schon gut, Paul. Danke. – Also, ihr Detektive, ich bin Frank O'Sullivan. Am besten, ihr kommt erst einmal herein! Folgt mir einfach!« Mit eiligen Schritten durchmaß der vielleicht fünfzigjährige Mann den großzügigen Empfangsraum und steuerte auf eine dem Eingang gegenüberliegende Tür zu. »Meine Bibliothek«, sagte er und winkte die drei Detektive hinein.

Neugierig betraten Justus, Peter und Bob das Zimmer. Sie hatten immer noch nicht den geringsten Hinweis bekommen, worum es eigentlich ging. Aber es war offensichtlich, dass Mr O'Sullivan gehörig unter Druck stand. Er verlor kein weiteres Wort über die Bibliothek, in die er bestimmt lange hätte einführen können: War sie doch voll von interessant aussehenden Büchern, Filmrollen, Videos und CDs. Vor allem aber fielen den drei Detektiven die vielen Musikinstrumente auf, die zwischen den eleganten Regalen an den Wänden angebracht waren. Der Produzent wies auf ein geschmackvolles Sitzarrangement. »Bitte! Und greift zu, wenn ihr etwas trinken wollt!« Auf einem gläsernen Beistelltisch standen Wasser und Säfte. O'Sullivan wartete ab, bis seine Gäste saßen, dann rückte auch er sich einen Sessel heran.

»Schön, dass es so schnell geklappt hat!« Er holte tief Luft und lehnte sich zurück. Seine perfekt gezeichneten Gesichtszüge entspannten sich etwas und es wirkte, als fiele eine Last von ihm ab. Justus überlegte, ob sich der Produzent wohl hatte liften lassen, so straff saß die Haut. Immerhin verlieh ihm eine kleine Narbe an seinem linken Mundwinkel eine persönliche Note. »Ihr also seid die drei ???«, sagte O'Sullivan und blickte sie der Reihe nach an. »Hin und wieder habe ich von euren Erfolgen in der Zeitung gelesen!«

Justus nickte und zog wie aufs Stichwort eine ihrer Visitenkarten hervor.

O'Sullivan nahm sie entgegen und las:

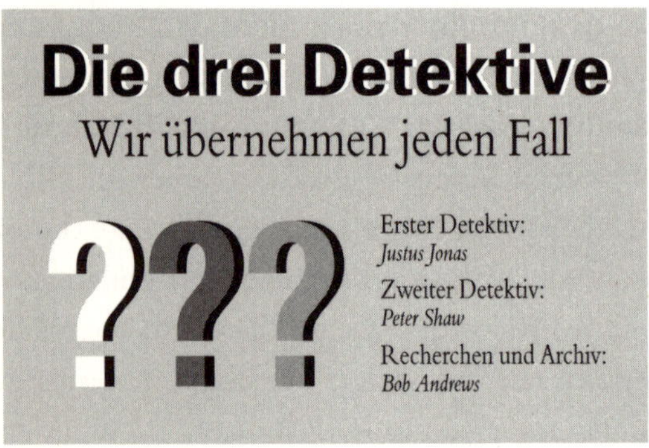

»Gut. Ich glaube, ich muss mich bei euch entschuldigen. Dafür, dass ich nur Justus sprechen wollte, weil von meinem kleinen Geheimnis möglichst wenige Menschen wissen sollten. Aber ich sehe nun, dass ich euch nur im ...« – er lächelte – »... im Dreierpack bekommen kann. Ich hoffe sehr, dass ihr auch schweigen könnt!«

»Das Schweigenkönnen gehört in unserem Geschäft zu den Grundvoraussetzungen, um Erfolg zu haben«, erklärte Justus. »Sie können uns absolut vertrauen, Mr O'Sullivan. Doch nun ist es langsam an der Zeit, dass Sie uns den Grund dieser spontanen Einladung mitteilen!«

»Natürlich.« Der Filmproduzent beugte sich vor. Einen Moment lang suchte er nach Worten. »Ich habe so auf euch gewartet«, sagte er dann. »Jetzt, wo ihr da seid, weiß ich plötzlich nicht mehr, wie ich beginnen soll ... Ich brauche eure Hilfe. Denn mein wertvollstes Stück, meine geliebte Guarneri, ist entführt worden!«

Der Brief

»Ihre geliebte Guarneri – geht es um Ihre Tochter?«, fragte Peter nach, doch zu seiner Überraschung beantwortete nicht O'Sullivan, sondern Justus seine Frage.

»Es handelt sich vermutlich um eine spezielle Geige«, sagte der Erste Detektiv. »Ein äußerst seltenes Instrument, dessen Wert sich nur in einer sehr hohen Summe beziffern lässt.«

Mr O'Sullivan sah Justus beeindruckt an. »Ich wusste doch, warum ich dich hergebeten habe«, sagte er dann. »Du bist einfach ...«

»Nein, nicht ... genial«, wehrte Justus bescheiden ab. »Dieser Zusammenhang war nicht sonderlich schwer herzustellen. Zum einen sind mir die zahlreichen Instrumente aufgefallen, mit denen Sie Ihre Bibliothek geschmückt haben. Das gab mir den Hinweis, dass sich der Name Guarneri wirklich auf eine Geige bezieht und nicht einfach eine zufällige Namensgleichheit zugrunde liegt. Ein Instrument von Giuseppe Guarneri hat mitunter noch mehr Wert als eine der bekannteren Stradivari-Geigen. In einem unserer früheren Fälle hatten wir einmal die große Ehre, eine Stradivari vor der Zerstörung zu retten.«

»Genauer gesagt war es Jelena, denn ohne ihren hilfreichen Einsatz wäre die Geige jetzt Kleinholz«, ergänzte

Peter und spielte damit auf eine Freundin der drei ??? an, die im Rollstuhl saß und ihnen damals geholfen hatte.

Mr O'Sullivan nickte verständnisvoll, auch wenn er keine Ahnung hatte, worum es ging. »Ich freue mich, solchen Experten gegenüberzusitzen«, sagte er. »Dann ahnt ihr ja, wie verletzlich solch eine Geige ist. Und ihr könnt nachvollziehen, wie mich der Gedanke schmerzt, sie in falschen Händen zu wissen. Aber immer der Reihe nach. Meine Guarneri stammt aus einer Auktion in New York. Es gab viele Mitbieter. Glaubt mir: Es war nicht einfach, sie zu bekommen! Doch das ist schon viele Jahre her. Seit dieser Zeit ist sie in meinem Besitz. Sie heißt *Diener des Herrn.*«

»Diener des Herrn?«, fragte Peter.

»Ja. Sie muss dem richtigen Herrn dienen, also dem richtigen Spieler. Nur wenn er wirklich gut ist, entfaltet sie ihre ganze Schönheit. Andernfalls ist ihr Klang gewöhnlich. Ihr müsst wissen: Ich bin nicht nur Sammler, sondern selbst ein begeisterter Musiker und spiele regelmäßig auf diesem wundervollen Instrument. Was nicht ganz einfach ist, als Linkshänder. Aber glaubt mir: Es ist ein Traum ... allein wenn man sie anspielt ...« Versonnen lehnte er sich zurück.

»Doch nun ist Ihr Instrument verschwunden«, unterbrach Peter O'Sullivans abschweifende Erinnerung. »Entführt, wie Sie sagen. Wie kann man einen Gegenstand entführen? Normalerweise würde man doch sagen: stehlen.«

Der Filmproduzent setzte sich wieder zurecht. »Du

hast vollkommen recht, Peter. Sie wurde gestohlen. Aber was soll der Dieb mit einer Guarneri anfangen? Auf dem Sammlermarkt verkaufen kann er sie nicht. Die Geige würde sofort als Diebesware erkannt werden. Es gibt nur sehr wenige Instrumente auf der Welt von Giuseppe Guarneri. Dieser Geigenbauer hat etwa zur Zeit Stradivaris gelebt. Ein begnadeter Künstler! Seine Instrumente sind vielleicht nicht ganz so präzise, aber letztlich noch genialer gebaut als die seines berühmten Kollegen. Doch genug der Schwärmerei! Wenn so ein Diebstahl nicht gerade im Auftrag eines speziellen Liebhabers begangen wird, kann der Dieb seine Beute kaum zu Geld machen. Also hat er sich etwas ganz besonders Gemeines einfallen lassen: Er bietet sie mir einfach wieder an. Ich soll sie zurückkaufen, gegen ein hohes Lösegeld!«

»Ach!«, sagte Peter.

Bob trank sein Glas aus und stellte es zurück auf den Tisch. »Und nun sollen wir die Geige wieder auftreiben?«

»In gewisser Weise, ja«, sagte O'Sullivan.

»Wie viel Geld fordert denn der Entführer?«, fragte Peter.

O'Sullivan räusperte sich. »Nun … eine Million Dollar.«

»Uff«, entfuhr es Peter.

»Das ist gar nicht mal so viel«, sagte O'Sullivan zerknirscht. »Eigentlich ist meine Guarneri noch mehr wert. Mir jedenfalls. Sie ist unersetzlich. Aber zum Glück weiß das der Dieb nicht. Er hat seine Million im Kopf, und die will er haben.«

»Es existiert also ein Schreiben des Entführers«, schloss Justus aus dem bisher Gesagten.

O'Sullivan nickte. »Ich zeige es euch gleich. Aber auch der Diebstahl ist mir ein Rätsel.« Er unterbrach sich und schaute nervös zur Seite. Vor der Fensterfront huschte ein Schatten vorbei.

»Ach, das ist nur Paul«, sagte er. »Seit dem Ereignis bin ich furchtbar überreizt.«

Auch Justus hatte bemerkt, dass sich der Diener auf der Terrasse zu schaffen gemacht hatte. Gerade schleppte er einen Schlauch herbei, wohl um die Pflanzen zu wässern. Immer noch trug er seinen Anzug.

»Wie lange arbeitet Paul Hendry bereits bei Ihnen?«, fragte der Erste Detektiv.

»Seit vielen Jahren«, antwortete O'Sullivan unbedarft. Dann stutzte er. »Ich ahne, worauf du hinauswillst, Justus. Aber wenn du Paul verdächtigst, liegst du falsch! Ich vertraue ihm vollkommen. Sicher, Paul hätte Zugang zu allem, aber nein! Für Paul würde ich meine Hand ins Feuer legen!«

Justus nickte und beließ es erst einmal dabei. »Wo wurde die Geige denn aufbewahrt?«

Der Produzent deutete auf eine Glasvitrine, die seitlich an der Wand stand. »Sie lag dort drinnen. Die Vitrine besteht aus Spezialglas und ihr Öffnungsmechanismus wird durch einen Code gesichert. Vor drei Tagen bemerkte ich den Diebstahl. Es muss in der Nacht zuvor geschehen sein.«

Die drei Detektive standen auf und besahen sich den

Tatort. Das Glas war unversehrt. Der Dieb musste den Code geknackt haben.

»Wer außer Ihnen kannte den Code?«, fragte Justus.

»Den wusste nur ich«, antwortete O'Sullivan. »Natürlich habe ich oft Besuch und ich habe vielleicht nicht immer darauf geachtet, ob man mir über die Schulter sah, wenn ich mein Schmuckstück gezeigt habe. Was aber viel schlimmer ist ...« Er unterbrach sich und blickte aus dem Fenster, als würde er dort die Fortsetzung seines Satzes finden können. Draußen hatte der Diener die Rasensprenger angestellt. Eigentlich war es dafür noch zu früh am Tag, fand Justus.

»Ja?«, versuchte er O'Sullivan auf die Sprünge zu helfen.

»Äh, ich bin mir nicht sicher, ob ich den Code am Abend zuvor überhaupt aktiviert habe.« O'Sullivan zog scharf die Luft ein. »Wenn nie etwas passiert, wird man nachlässig ...«

»Diese Möglichkeit dürfte der Versicherung nicht gefallen«, sagte Justus nachdenklich. »Die *Diener des Herrn* ist doch versichert?«

O'Sullivan nickte.

»Darum haben Sie also uns beauftragt und nicht die Polizei verständigt.«

»Ja ... nein, eigentlich nicht. Ich schlage vor, dass wir uns erst einmal wieder setzen. Besprechen wir alles in Ruhe.«

»Ist es eigentlich leicht, auf Ihr Grundstück und in Ihr

Haus zu gelangen?«, fragte Bob, nachdem sie wieder Platz genommen hatten und O'Sullivan Getränke nachgeschenkt hatte.

»Mein Sicherheitssystem ist sehr zuverlässig. Ihr könnt es euch nachher ansehen. Aber erst wollte ich euch das hier zeigen!« O'Sullivan zog eine grüne Mappe hervor, die bisher unbeachtet auf einem Beistelltisch gelegen hatte. Sie enthielt nur ein einziges Blatt, das zum Schutz in eine Plastikfolie gelegt worden war. Vorsichtig nahm er es heraus. »Das Schreiben des Entführers«, sagte er. »Paul fand es gestern früh im Briefkasten.«

Neugierig beugten sich die drei ??? über das Papier, das O'Sullivan vor sie auf den Glastisch gelegt hatte. Der Text war mit der Hand geschrieben, aber der Täter hatte einen dicken Filzstift benutzt und Druckbuchstaben gewählt, um die Auffälligkeiten seiner Schrift zu verbergen. Der Text war knapp und unmissverständlich:

1 MIO DOLLAR
UNREGISTRIERTE, SAUBERE SCHEINE
DANN GEIGE ZURÜCK
KEINE POLIZEI
NUR EIN BOTE:
EIN KIND
SAMSTAGNACHMITTAG
ORT RÜCKSEITE
SONST DIENER DES HERRN KAPUTT!

»Darf ich?«, fragte Justus und griff nach dem Papier.

O'Sullivan nickte und Justus las sich den Text noch einmal durch. Dann drehte er das Blatt um. Auf seiner Rückseite befand sich ein Computerausdruck von drei Fotos. Die Gesamtansicht eines Canyons. Dann ein Bild, auf dem eine Straße zu sehen war, die aus einem Tunnel kam. Im Hintergrund Felsen und Berge. Schließlich ein steiniger Hang, an dessen Oberkante sich vier unterschiedlich große Felsblöcke befanden.

»An einem der Felsen ist eine Stelle mit einem Kreuz markiert«, sagte Justus. »Hier!«

»Das ist alles, was es an Hinweisen auf den Übergabeort gibt?«, fragte Bob. »Wo soll das sein?«

»Ich habe keine Ahnung«, sagte O'Sullivan verzweifelt.

Stirnrunzelnd studierte Justus die Fotos. Peter ergriff das Wort.

»Mr O'Sullivan. Ich weiß nicht, welcher Ruf uns vorauseilt. Aber zaubern, Mr O'Sullivan, zaubern können wir nicht! Heute ist Freitag. Bereits morgen Nachmittag will der Täter das Geld. Das sind noch 24 Stunden. Wie sollen wir bis dahin den Erpresser ermitteln und die Geige retten, ohne auch nur die geringste Spur zu haben? Das ist doch ein Ding der Unmöglichkeit!«

»Da gebe ich dir recht«, sagte O'Sullivan.

Die drei ??? sahen ihn überrascht an. Was sollte wohl sonst ihr Auftrag sein?

»Der Täter ist mir egal«, begann O'Sullivan bedächtig. »Das hat noch Zeit. Ich möchte ... vor allem ... die Geige!«

»Die Geige? Aber dazu brauchen wir doch den Dieb!«, fuhr Peter auf.

»Oder eine Million Dollar«, sagte Justus leise.

Bobs Blick wechselte von Justus zu O'Sullivan. »Sie wollen doch wohl nicht ... auf den Deal eingehen?«

O'Sullivan räusperte sich umständlich. »Doch, Bob. Das Geld ist mir egal. Ich bin wohlhabend genug. Aber meine *Diener des Herrn* ist einzigartig. Sie ist ... der Mittelpunkt meines Lebens!«

»Dann sollen wir für Sie den Übergabeort herausfinden, an dem der Entführer Geld und Geige tauschen möchte?«, fragte Peter.

»Auch.« O'Sullivan stand auf und lief zu einem eleganten Schreibtisch, der mit Blickrichtung zur Fensterfront auf der anderen Seite der Bibliothek stand. An einem seiner Füße lehnte ein großer Metallkoffer. Als der Filmproduzent ihn anhob, war zu sehen, dass sein Inhalt durchaus Gewicht hatte. O'Sullivan trug den Koffer herbei, schob das Schreiben des Entführers zur Seite und hob ihn vorsichtig auf den Tisch. Dann öffnete er die Schlösser, die mit einem leichten Klicken aufsprangen. »Bitte schaut hinein!«, sagte er.

Peter beugte sich vor und hob den Deckel an. Ein Bündel rutschte ihm entgegen. Es waren Dollarscheine. Er öffnete ihn ganz. Der Koffer war voller Geld!

Ein verlockendes Angebot

»Wahnsinn!«, rief Peter und seine Augen leuchteten. So viel Geld auf einem Haufen hatte er noch nie gesehen. »Das sind bestimmt ...«

»Exakt eine Million Dollar«, sagte Mr O'Sullivan. »In Hundertern. Ihr könnt es gerne nachzählen.«

Peter war von dem Anblick immer noch ganz fasziniert. Er nahm eins der Bündel aus dem Koffer und ließ seinen Daumen über den Schnitt fahren. »Und Sie wollen das viele Geld einfach so abgeben?«

»Von *wollen* kann ja keine Rede sein«, sagte O'Sullivan ernst. »Und nicht ich, sondern *ihr* gebt es ab. Genau für diese Aufgabe möchte ich euch gewinnen!«

»Verstehe ich das richtig? Wir ... wir sollen das viele Geld nehmen, eine Million Dollar, und damit einfach so losgehen und ... und es dem Entführer in die Hand drücken?«, stotterte Peter los.

O'Sullivan lachte auf, wenn auch nur kurz. Es war das erste Lachen, das er hören ließ, seit die drei ??? bei ihm waren. »Deshalb habe ich euch ausgesucht. Ihr seid vertrauenswürdig. Das habt ihr schon oft unter Beweis gestellt. Außerdem seid ihr in das Leben von Rocky Beach so eingebunden, dass ihr nicht mit dem Geld verschwinden werdet!«

»Wieso übergeben Sie das Geld nicht selbst?«, fragte Peter zurück.

O'Sullivan deutete auf das Schreiben des Entführers. KEINE POLIZEI – NUR EIN BOTE: – EIN KIND stand dort geschrieben.

Justus nickte. »Der Entführer geht ungeheuer vorsichtig vor«, sagte er. »Er lockt den Überbringer in eine unwegsame, aber für ihn vermutlich überschaubare Landschaft. Eben die auf dem Foto. Es darf nur eine einzige Person kommen, der er körperlich auf alle Fälle überlegen sein möchte. Wenn ein Kind gewählt wird, ist ausgeschlossen, dass es sich um einen verkleideten Polizisten oder eine Polizistin handelt. Ein Kind trägt keine Waffe bei sich. Das alles lässt auf einen Einzeltäter schließen, der sich absichern möchte. Möglicherweise ist es auch eine Frau.«

»Aber wir sind keine Kinder mehr«, sagte Peter mit einem Anflug von Empörung in der Stimme.

»Andererseits auch noch nicht richtig erwachsen«, antwortete Bob ruhig. »Hat uns das nicht schon in vielen Situationen geholfen?«

»Ja, man unterschätzt uns gerne«, ergänzte Justus mit einem Lächeln auf den Lippen. »Doch, der Täter dürfte einen von uns akzeptieren. Schließlich kann man keinen Sechsjährigen in solch eine Situation bringen!«

Peters Blick hatte sich die ganze Zeit über nicht von dem Geld gelöst. Seine Hand strich über die Scheine. »Ihr habt recht«, sagte er und seine Augen leuchteten immer noch. »Ich glaube, ich wäre der richtige Mann, um die Dollars zu überbringen!«

»Ich dachte eher an Justus«, sagte O'Sullivan mit Nachdruck. »Euren Chef. Und ich möchte euch nicht verschweigen, dass die Aufgabe nicht so ungefährlich ist, wie es vielleicht scheint. Ist dem Entführer wirklich zu trauen? Was passiert, wenn etwas schiefläuft? Vielleicht ist es ganz gut, dass ihr zu dritt seid. Schließlich fahrt ihr eine Million Dollar durch die Gegend! Falls ihr den Auftrag überhaupt annehmen wollt ...«

»Wie sieht es mit dem Honorar aus?«, fragte Peter mit belegter Stimme. »Bei dieser Summe müsste doch auch für uns was ...«

»Selbstverständlich nehmen wir den Auftrag an«, fuhr Justus dazwischen und bedachte Peter mit einem skeptischen Seitenblick. Hatte der plötzlich nur noch Geld im Kopf?

Auch Bob nickte schnell.

»Ich habe irgendwo gelesen, dass ihr kein Honorar verlangt«, beantwortete O'Sullivan zunächst ganz ruhig Peters Frage, ohne auf dessen Nervosität einzugehen. »Aber falls ihr mir die Geige zurückbringt, wird natürlich eine schöne Spende für euer Detektivbüro abfallen. Vielleicht braucht ihr einen neuen Computer ... oder eine bessere Kamera.« Mit einem Blick auf Justus fuhr er fort: »Ich danke euch jedenfalls sehr. Ich wusste, dass ich mich auf die drei ??? verlassen kann!«

Justus nickte abwesend. Er hatte längst Feuer gefangen. »Zunächst müssen wir den Übergabeort ausfindig machen«, sagte er und nahm das Schreiben des Entführers in die Hand. »So schwer dürfte das doch nicht sein. Schließlich möchte uns der Entführer ja kein Hindernis in den Weg legen.«

»Die Stelle muss in der uns zur Verfügung stehenden Zeit erreichbar sein«, überlegte Bob. »Mr O'Sullivan, Sie sagten vorhin, Sie hätten das Schreiben bereits gestern bekommen? Dadurch haben wir viel Zeit verloren!«

»Das stimmt.« Der Filmproduzent setzte sich zurecht. »Ja, es war gestern. Mir fuhr so richtig der Schreck in die Glieder, als ich das Blatt in den Händen hielt! Ich musste erst einmal überlegen, wie ich reagieren sollte. Aber mir war sofort klar, dass ich kein Risiko eingehen und die Geige zurückkaufen würde. Aber woher das viele Geld nehmen? Obwohl ich über ein beträchtliches Vermögen verfüge, liegt eine Million Dollar natürlich nicht einfach bei mir im Wohnzimmer herum. Die Beschaffung von so viel Bargeld hat mich einige Zeit gekostet. In meiner Hausbank hat man zwar die Stirn gerunzelt, aber zum Glück wurden keine Fragen gestellt. Vor viel größere Probleme sah ich mich durch die Forderung nach dem Kind gestellt. Ich musste eine zweite Person ins Vertrauen ziehen. Doch wen? Ich selbst habe keine Kinder. Ich konnte ja schlecht zu meinen Nachbarn gehen ... Bis ich heute Morgen durch einen glücklichen Zufall auf die Idee mit euch kam! Mir fiel ein alter Zeitungsartikel über die drei ??? in die Hände. Ich weiß nicht, was ich gemacht hätte, wenn ihr keine Zeit gehabt hättet ... Wahrscheinlich wäre ich letztendlich selbst gefahren.«

»Doch wohin?«

»Ja, wohin?« O'Sullivan sackte wieder in sich zusammen.

»Es muss sich um einen einigermaßen bekannten Ort handeln«, sagte Justus. Er betrachtete das große der drei Fotos genauer. Am unteren Rand des dritten Bildes waren Menschen zu sehen, die an den Felsen entlangkletterten. »Scheinen Touristen zu sein ...«

»Vielleicht ein Nationalpark«, überlegte Bob. »Einer, der in der Nähe ist. Aber um den Grand Canyon handelt es sich nicht. Nicht tief genug und zu viele Bäume ...«

»Aber die Schlucht ist weniger bewachsen als Yosemite«, sagte Peter. »Ich schätze mal, die Himmelsrichtung Grand Canyon stimmt, Bob.«

Justus nahm den Faden auf. »Es müsste einer der Parks hinter Las Vegas sein. Bryce schließe ich aus, dessen Felsen sehen vollkommen anders aus, Arches ...«

»Zion«, sagte Bob plötzlich. »Das muss der Zion Nationalpark sein! Ich erinnere mich, dass ich mit meinen Eltern dort einmal durch einen Tunnel gefahren bin, genau wie der, der auf diesem Bild ist!« Er deutete auf das entsprechende Foto. »Von der Landschaft her könnte es passen! Mr O'Sullivan, besitzen Sie Bücher über die Nationalparks?«

»Aber natürlich!« O'Sullivan stand auf und lief zu einem Bücherregal, in dem mehrere großformatige

Bände standen. Nach kurzem Suchen kam er mit einem Bildband über den Zion Park zurück. Sie brauchten das Buch nur kurz durchzublättern, um die Übereinstimmung der Örtlichkeiten zweifelsfrei festzustellen.

»Dann führt das dritte Foto an den gewünschten Übergabeort«, sagte Justus mit Jagdfieber in den Augen. »Der Felsen mit dem Kreuz. Mr O'Sullivan, als Nächstes benötigen wir eine Karte, um die Lage genauer unter die Lupe zu nehmen. Wir dürften noch gut in der Zeit liegen!«

Der Filmproduzent brachte eine Kiste herbei, aus der eine Menge Landkarten hervorquollen. Doch Justus schnappte sich erst einmal einen Straßenatlas, der seitlich in der Kiste steckte, und klappte ihn auf. Sein Finger fuhr über den Plan. »Bis zum Zion Park sind es, ich schätze mal ... sieben bis acht Stunden Fahrtzeit. Ohne Pause gerechnet. Um den Tausch Geld gegen Geige am Nachmittag zu vollziehen, sollten wir spätestens morgen früh um vier starten.«

»Um vier Uhr morgens?«, fragte Peter erschrocken.

»Lieber wäre mir, ihr fahrt noch heute los«, sagte O'Sullivan mit Nachdruck. »Wenn sich während der Fahrt etwas verzögert, ist meine Geige weg! Ich möchte nicht auf die Geduld des Täters setzen.«

»Dem Argument ist kaum etwas entgegenzusetzen«, antwortete Justus. »Wir wollten den Memorial Day doch sowieso zu einer kleinen Spritztour nutzen ... Fahren wir heute noch!«

»Einverstanden«, sagte Bob. Auch Peter nickte.

»Wunderbar!« Der Filmproduzent wirkte so erleichtert, dass er direkt ein paar Jahre jünger aussah. »Selbstverständlich bekommt ihr einen Mietwagen gestellt. Und für eure Spesen komme ich natürlich auch auf! Ich denke, ein Vorschuss von 1000 Dollar müsste fürs Erste reichen. Den Rest gebt ihr mir bitte zurück!«

»Wie bleiben wir in Kontakt?«, wollte Justus wissen.

»Ich würde gerne in eurer Nähe bleiben, wenn auch mit dem nötigen Sicherheitsabstand.« O'Sullivan studierte die Karte. Sein linker Zeigefinger fuhr über die Straßenlinien. »Vielleicht suche ich mir ein Hotel in St. George. Das liegt einigermaßen günstig. Über Handy können wir uns dann verständigen.«

»Gut. – Und wie erkenne ich die *Diener des Herrn*?«

Der Filmproduzent sah Justus verblüfft an. »Wie meinst du das?«

»Na, woher weiß ich, ob der Entführer mir auch die richtige Geige aushändigt?«

»Ach so! Du denkst an alles, Justus! Respekt!« O'Sullivan stand auf, lief an seinen Schreibtisch und öffnete eine Schublade. Nach einigem Suchen kehrte er mit einem Foto zurück. »Reicht das? Ich hätte das Bild nur gerne wieder. Es wurde von einem Fotografen der Gesellschaft aufgenommen, bei der das Instrument versichert ist.«

Justus nahm das hochformatige Bild. Die Geige war optimal zu sehen. O'Sullivan hielt sie senkrecht vor seinem Bauch. Seine Hände umfassten das Ende des

Klangkörpers mit einer Zartheit, als wäre das Instrument ein Baby. Die Schnecke, das obere Ende der Geige, lehnte an seinem Kinn. O'Sullivans Lippen umspielte ein verzücktes Lächeln.

»Man spürt Ihre Liebe zu der Geige«, sagte Justus und steckte das Foto ein. Er beschloss, eine Kopie davon an Jelena zu geben, damit sie parallel zur Übergabe an die Recherchen über den möglichen Täter gehen und etwas über die von O'Sullivan angesprochene Versteigerung in New York ausfindig machen konnte. Denn bei Auktionen gab es immer auch Verlierer. Eine Randbemerkung O'Sullivans hatte ihn auf diese Spur gebracht. Dann fiel ihm etwas anderes ein. »Eine Frage noch: Ist Mr Hendry eigentlich in alles eingeweiht?« O'Sullivans Gesicht nahm einen erstaunten Ausdruck an.

»Paul? Ich habe keine Geheimnisse vor ihm, aber ...«, der Produzent zögerte kurz, »... nun, ich werde wohl alleine fahren. Trotzdem: Ihr denkt doch nicht ...«

»Es war eine reine Informationsfrage«, sagte Justus sachlich.

O'Sullivan schwieg.

»Schön!« Peter klappte den Geldkoffer entschlossen zu. »Dann wäre ja alles geklärt. Machen wir uns an die Arbeit. Ich nehme schon mal das Geld.«

Justus und Bob wechselten einen Blick. »Peter ...«, sagte Justus vorsichtig, »ich glaube nicht, dass es klug wäre, mit einem teuren Designerkoffer loszufahren, der bereits in leerem Zustand Aufmerksamkeit auf sich zöge.

Ich schlage vor, wir stecken das Geld in ... braune Packpapiertüten.«

»Papiertüten?«, sagten O'Sullivan und Peter wie aus einem Munde.

»Papiertüten. Wie es sie im Supermarkt gibt. Als hätten wir gerade Spaghetti für unseren Wochenendtrip eingekauft. Drei abgebrannte Jungs auf Campingtour. Da vermutet niemand etwas. Und wählen Sie einen preiswerten Leihwagen, Mr O'Sullivan. Einen, der nach nichts aussieht. Wir wollen so wenig wie möglich auffallen. Sonst sind Ihre Dollars verschwunden, ehe wir den Zion Park überhaupt nur zu Gesicht bekommen haben.«

Mr O'Sullivan sah ihn anerkennend an und drückte auf einen unter dem Tisch verborgenen Knopf. »Ich wusste doch, dass ich mit dir die richtige Wahl getroffen habe.«

Wenige Augenblicke später erschien Paul Hendry. Auf seinem Anzug zeigten sich ein paar Wasserflecken. »Sie haben mich gerufen, Mr O'Sullivan?«

»Papiertüten. Wir benötigen Papiertüten, wie es sie im Supermarkt gibt.«

»Das ... so etwas haben wir nicht im Haus, Sir.«

»Dann besorgen Sie uns welche, Paul. Fahren Sie zum nächsten Supermarkt!«

»Tüten, selbstverständlich. Wie viele dieser Tüten wünschen Sie?«

»Drei. Zwei dürften für unsere Zwecke reichen, eine als Ersatz.«

Der Diener nickte gehorsam und machte sich auf den Weg.

»Am besten, wir zählen es noch mal!«, sagte Mr O'Sullivan und schüttete den Inhalt des Koffers auf den Tisch. »Nicht, dass irgendjemand hinterher behauptet, die Summe des Lösegelds hätte nicht gestimmt …«

Nichts wie weg!

Es dauerte viel länger als geplant, bis sie endlich San Bernardino hinter sich gelassen hatten. Entnervt vom dichten Verkehr im Großraum Los Angeles verließ Peter den Highway und steuerte einen Truckerparkplatz an, um Bob ans Steuer zu lassen. Längst hatte Peter Justus' Plan verflucht, sich durch eine möglichst armselige Ausrüstung zu tarnen. Das Lenkrad des alten Chevrolet hatte zu viel Spiel, die Automatik arbeitete nicht sauber und zu allem Überfluss besaß das Fahrzeug keinen CD-Player.

»Dann schalten wir eben das Radio ein«, war Justus' ungerührter Kommentar gewesen. »Sender gibt es hier ja genug!«

»In Los Angeles vielleicht, aber später in der Wüste? Da können wir uns dann anhören, wie der Wind durch die Rostlöcher pfeift! Wir hätten O'Sullivans Großzügigkeit ruhig etwas ausnutzen können!«

Peter parkte den Wagen in einigem Abstand zu einem der Trucks und stieg aus. Auch Justus und Bob vertraten sich die Füße, doch sie entfernten sich nur so weit, dass sie die wie achtlos auf dem Rücksitz gelagerten Papiertüten immer im Auge behalten konnten.

»In spätestens einer Stunde ist es dunkel«, bemerkte Justus mit einem Blick zum Horizont. »Wir sollten ans Abendessen denken.«

Auch Bob knurrte der Magen. »Unglücklicherweise hast du bei unserem überstürzten Aufbruch Tante Mathildas Lunchpaket in der Zentrale liegen lassen!«, grummelte er.

»Weil sich Peter bei mir noch schnell ein paar CDs aussuchen wollte! CDs, die keiner braucht!«

»Ach! Ich bin wieder schuld?«, fuhr Peter herum.

»Klar bist du schuld! Es hat nämlich eine sehr lange Tradition bei uns, dass du schuld bist, Peter.« Justus grinste Bob an. »Ist es nicht so, Dritter?«

»Es ist so!«

»Na, wie ihr meint!« Peter schlenderte zu Justus und Bob, die vor der Kühlerhaube des Fahrzeugs standen. »Wisst ihr was?«, sagte er mit gedämpfter Stimme und seine Augen flackerten seltsam. »Ich habe keine Lust mehr auf diese Abenteuer, in die wir immer wieder geraten! Und gefährlich sind sie auch noch! Für irgendwelche Leute holen wir die Kohlen aus dem Feuer und bekommen dafür nichts und wieder nichts! Wie lange sollen wir das noch so weitertreiben?«

»Ich mag kaum glauben, dass es ein Fehler ist, anderen Menschen zu helfen«, bemerkte Justus trocken.

»Hören wir auf«, redete Peter weiter, als hätte Justus nichts gesagt. »Wir haben genug Detektivgeschichten erlebt. Irgendwann geht es schief! Und dann sitzen wir richtig in der Tinte!«

»Du willst dich also zur Ruhe setzen?«, fragte Bob amüsiert.

»Klar! Lasst uns die Kohle nehmen und abhauen!«

»Wie bitte?«

»Das Geld. Die Million!«

»Peter, bist du verrückt?«

»Warum denn? Das ist doch eine fette Summe, um sich eine Zukunft aufzubauen ...«

»Eine Surfschule auf Hawaii vielleicht?«, fragte Justus ironisch.

»Oder du wirst Professor an einer Akademie, in der man das Flirten lernt«, grinste Bob. »Wir assistieren dir dann ...«

»Ach, ihr nehmt mich nicht ernst.«

»Und die Schule?«

»Brauchen wir nicht mehr!«

»Unsere Eltern?«

»Bei denen werden wir uns schon wieder melden.«

»Kelly?«

»Kelly? Frauen gibt's genug!«

»Was ist denn das für ein Spruch?«, fragte Justus. »Herrscht zwischen dir und Kelly mal wieder dicke Luft? Darf ich dich daran erinnern, Zweiter, dass du in aller Regel nach spätestens drei Tagen mit Tränen in den Augen auf den Knien zu ihr rutschst und sie um Vergebung bittest?«

»Nachdem wir dich seelisch wieder aufgebaut haben«, fügte Bob hinzu.

Doch Peter ließ nicht locker. »Die Million, die tut O'Sullivan doch nicht weh. Wir fahren einfach Richtung Mexiko ...«

»Peter, jetzt hör bitte auf. Wir sind keine Kriminellen!«

»Wir könnten erzählen, das Geld sei uns gestohlen worden, und es einfach an einem sicheren Ort vergraben …«

»Peter! Wir haben einen Auftrag, den wir erfüllen werden. Wir müssen eine wertvolle Geige zurückbringen. Darauf haben wir unser Wort gegeben«, erinnerte Justus.

»Ab welcher Summe wirst du eigentlich weich, Justus?«, fragte Peter herausfordernd. »Zwei Millionen? Zehn?«

»Ab gar keiner. Es könnten hundert Millionen sein. Wir würden nicht glücklich, wenn wir das Geld nähmen. Hör auf zu träumen, Peter!«

Einen Moment lang sahen sie die Sonne an, die sich weiter dem Horizont genähert hatte.

»Wahrscheinlich hast du recht, Justus«, sagte Peter. »Wie immer. Dass Justus Jonas recht hat, ist ja ebenfalls eine lange Tradition bei uns.« Er klopfte Justus auf die Schulter. »Kommt, Kollegen, lasst uns weiterfahren. Zu irgendeinem Fastfood-Restaurant. Wenn ihr die Million partout nicht haben wollt, gibt's halt billige Hamburger statt Steak und Salat …« Er grinste und warf Bob den Autoschlüssel zu. Der fing ihn mit der linken Hand auf. Und mit nachdenklicher Miene.

Es dauerte noch eine ganze Weile, bis Bob eine passende Gelegenheit für eine Essenspause gefunden hatte. Der Verkehr war nach wie vor dicht. Ganz Los Angeles schien sich in Richtung Osten aufgemacht zu haben. Zudem bretterten immer wieder riesige Trucks an ihnen vorbei. Dann endlich wies ihnen das in der

Dunkelheit hell leuchtende Schild einer Fastfood-Kette den Weg.

Bob stoppte den Wagen auf dem Parkplatz vor dem Restaurant und warf Justus einen fragenden Blick zu. »Was machen wir mit dem Geld? Wechseln wir uns ab und einer von uns bleibt zum Aufpassen hier?«

»Also *mein* Magen braucht dringend Füllstoff!«

»Da schließe ich mich doch sofort an«, sagte Peter. »Ich denke, wir gehen alle zusammen und nehmen die paar Dollars einfach mit rein!«

Sie stiegen aus und Peter und Bob klemmten sich jeweils ein Paket unter den Arm. Das Wissen um den wertvollen Inhalt der Tüten machte sie schwerer, als sie tatsächlich waren. Den ganzen Weg über warfen Bob und Peter skeptische Blicke in die Umgebung, als könnte hinter jedem Auto ein Mann mit Pistole lauern, der ihnen den Schatz aus den Händen reißen wollte. Nur Justus schien locker zu bleiben. »Kein vernünftiger Mensch überfällt drei abgebrannte Jungs«, brummte er, als er Peters ängstlichen Blick bemerkte.

»Aber wer ist heutzutage schon vernünftig«, schoss es Peter durch den Kopf. Ein Satz, den seine Mutter gerne auf den Lippen führte.

Dann öffnete sich die automatische Tür des Restaurants und ein durch die Klimaanlage gekühlter Geruch von Fett schlug ihnen entgegen.

Bob und Peter wählten einen Platz, von dem aus sie den Eingang beobachten konnten, während sich Justus mit einem Tablett bewaffnet um die notwendige Grundversorgung an Sparmenüs kümmerte. Sie waren ein so eingespieltes Team, dass er die Vorlieben der anderen beiden Detektive längst kannte.

Auch dieses Mal war in den Schachteln, Pappbechern und Einwickelpapieren für jeden das Richtige dabei. Mit Heißhunger machten sich die drei über das Minutenessen her.

»Die Spesen bekommen wir doch von O'Sullivan bezahlt!«, fiel es Peter plötzlich ein und er wischte sich ein Rinnsal Mayo aus dem Gesicht. »Da hätten wir eigentlich auch vernünftig essen gehen können!«

»Aber so sparen wir Zeit«, antwortete Justus schmatzend. »Der Verkehr hat uns ziemlich aufgehalten und es wäre gut, wenn wir heute Abend noch weiterkommen! Wo steckt eigentlich das Geld?«

Das Geld! Bob und Peter zuckten unwillkürlich zusammen und wiesen dann erleichtert zwischen sich. »Liegt neben uns auf der Bank!« Sie stellten die Tüten so hin, dass auch Justus sie im Blick haben konnte.

»Ob man mit einer Million wohl den ganzen Laden hier kaufen kann?«, überlegte Peter laut. Er öffnete die nächste Pappbox und ein mit viel Ketchup angereicherter Hamburger quoll ihm entgegen.

Bob saugte hingebungsvoll an seiner Cola und murmelte: »Ich wüsste was Besseres, als einen Burgerladen im Nirgendwo zu betreiben ...« Doch genau in diesem Augenblick verschlug es ihm kurz die Sprache. »Freunde, kneift mich mal«, stieß er dann hervor. Seine Augen hatten sich auf den Eingang geheftet.

Justus und Peter folgten seinem Blick. Ihre Mienen erstarrten. »Dick Perry«, würgte Justus hervor. »Das kann nichts Gutes bedeuten!«

Dick Perry war ein kleiner, dicker und reichlich unangenehmer Detektiv aus Santa Monica, der mit seiner Dreistigkeit den drei ??? schon einmal das Leben schwer gemacht hatte. »Köpfe runter«, raunte Justus reaktionsschnell.

Zu spät. Dick Perry hatte die drei ??? bereits entdeckt. Freudig kam er auf sie zugetrippelt. »Die drei Grünschnäbel aus Rocky Beach, sieh an!«, rief er quer über die Tische hinweg. »Lange nicht mehr gesehen … arbeitet ihr wieder mal an einem interessanten Fall?«

Ein paar Gäste blickten sich um. Möglichst unauffällig rutschte Bob vor die braunen Tüten, doch es gelang ihm nicht ganz, sie zu verdecken. Mit einem schwer zu deutenden Lächeln nahm Dick Perry die letzten Meter und schielte auf einen frei gebliebenen Stuhl. »Ich darf mich doch zu euch setzen …«

»Leider unmöglich«, warf Justus entschieden ein. Mit dem Fuß angelte er nach einem Stuhlbein, um zu verhindern, dass Perry den Platz in Besitz nahm.

»Danke!« Als hätte er nichts gehört, riss Dick Perry den Plastikstuhl an sich und ließ seinen rundlichen Körper auf ihn klatschen. Mit dem Handrücken wischte er sich über die feuchte Stirn. »Heiß heute! Wenn ich mich recht erinnere, habe ich ja noch was gut bei euch, meine Freunde!«

»Nicht dass ich wüsste«, bemerkte Justus. »Wieso treiben Sie sich eigentlich hier herum? Ich dachte, Sie wären ...«

»Dick Perry hat überall seine Freunde, die ihm helfen«, unterbrach ihn der kleine dicke Mann heiter und strich seine geschmacklose Krawatte glatt, die er trotz der hohen Temperatur zu seinem abgewetzten Anzug trug. Es war immer noch derselbe Anzug wie früher.

»Also arbeiten Sie wieder als Detektiv?«, fragte Bob nach. »Wie lautete damals Ihr Motto? *Willst du auf die schiefe Bahn, vertraue dich Dick Perry an*!«

Perry seufzte und wackelte bedauernd mit seinem rundlichen und nur mit wenigen Haaren gesegneten Kopf. »Genauso vorlaut, wie ich euch in Erinnerung habe«, sagte er, »nur leider hapert es etwas mit eurem Gedächtnis, wie? – Aber nun mal raus mit der Sprache: Ihr seid doch wohl nicht auf Urlaub hier?«

»Durchaus nicht«, antwortete Justus gelassen, bevor Peter oder Bob etwas sagen konnten. »Wir erstellen für das Lokalblatt von Rocky Beach eine Fotoreportage über den Umweltschutz in den Nationalparks. Wir suchen seltene Tiere und Pflanzen. Und selbst? Sie sind doch bestimmt auch nicht unterwegs, um im Grand Canyon auf dem Colorado Schlauchboot zu fahren? Ein Interesse Ihrerseits an Naturdenkmälern würde mich ausgesprochen in Erstaunen versetzen!«

Perry lachte auf. »Ich bewundere deine geschraubte Formulierungskunst, Justus, aber mehr noch deinen Scharfsinn! Ich bin ebenfalls auf der Suche ... nach meinem Glück sozusagen – ja, so könnte man es ausdrücken. Und ihr seid also auf Fototour ... und in der braunen Tüte dort habt ihr bestimmt ... die Kamera?«

Bob zuckte zusammen und rückte ein Stück zurück. Mit Schrecken stellte er fest, dass sich eine der Tüten oben aufgefaltet hatte. Hatte Perry etwas gesehen? Schnell drückte er sie wieder zu. »Da drin ist ... was zu essen«, stieß er hervor. »Donuts, mit denen man einen vorlauten Mund stopfen kann!« Augenblicklich bereute er seine harsche Reaktion. Wenn Dick Perry auch nur einigermaßen wachsam war, dann musste er gespürt haben, dass sich hier eine andere Geschichte abspielte.

Doch Perry ließ sich zumindest nichts anmerken. »Ich muss feststellen: Ihr könnt mich immer noch nicht leiden!«, sagte er und setzte eine gespielt beleidigte Miene auf. »Das wird sich wohl nie mehr ändern ... Aber haltet mir bitte den Platz frei, meine lieben Freunde! Ich muss kurz zur Toilette und würde mich gleich gerne weiter mit euch unterhalten!«

Dick Perry stand auf und wackelte davon.

Die drei ??? tauschten ein paar Blicke. Eine wortlose Verständigung: Das war *die* Chance! Jetzt galt es, sich Dick Perry möglichst schnell vom Hals zu schaffen.

Kaum war der kleine Detektiv verschwunden, schnappten Peter und Bob die Geldtüten und sprangen auf. Justus bahnte ihnen bereits den Weg zum Ausgang. Ein allein sitzender Mann mit einer bunten Strickmütze sah ihnen argwöhnisch hinterher. In der Nähe des Ausgangs brach eine Familie mit drei Kindern auf. Als sich Justus an ihrem Tisch vorbeizwängen wollte, schob der

Jüngste Justus unabsichtlich, aber wuchtig seinen Stuhl in den Bauch. Justus schrak zurück und spürte im selben Moment, wie Peter gegen ihn prallte. Er fuhr herum und bekam gerade noch die Geldtüte zu fassen, die Peter aus der Hand geglitten war. Doch für Bob war es zu spät. Er kam ins Stolpern und mit einem dumpfen Plopp landete die Packung auf dem Boden. Mehrere Geldbündel rutschten heraus. »O nein!« Die drei ??? bückten sich und stopften hastig das Geld zurück in die Tüte. Hoffentlich hatte niemand etwas bemerkt. Doch als sie sich nervös umblickten, schien es, als ob der muffig aussehende Mann mit Strickmütze auffällig schnell seinen Blick abwenden würde. »Raus hier!«, befahl Justus.

Erwischt!

»Wenn wir so weitermachen, haben wir bald eine ganze Meute von Wölfen am Hals, die auf unser Geld scharf sind«, schimpfte Peter, als sie – heftig nach Luft schnappend – endlich wieder im Auto saßen.

»O'Sullivans Geld«, korrigierte Justus. Aber auch er machte sich Sorgen. »Dieser Typ mit der Strickmütze hat mir nicht gefallen!«

»Und warum musste uns bloß diese eklige Klette über den Weg laufen?« Peter saß wieder hinterm Steuer und jetzt gab er Gas. »Dick Perry, der Schnüffler. Glaubt ihr, dass er etwas geahnt hat? Der riecht doch jede Gelegenheit hundert Meilen gegen den Wind!«

»Was soll's, wir sind ihn ja jetzt los!« Bob fand, dass sie die Situation noch einigermaßen glimpflich überstanden hatten. »Jetzt sind wir alle los! Wovor sollten wir nun noch Angst haben?«

»Denk an die Million!«, stieß Peter hervor. »Diesem Dickwanst ist doch nicht zu trauen! Der taucht bestimmt wieder auf! O'Sullivan bringt uns um, wenn wir sie verlieren ...«

»Die Million ruht sicher neben mir. In zwei braunen Papiertüten. Ich halte sie fest, als wären es zwei Babys.«

Peter fuhr auf einen Truck zu und wechselte auf die linke Spur. »Zweiter, bestünde eventuell die Möglichkeit, dass du zu schnell fährst?«, fragte Justus und schielte vom Beifahrersitz auf den Tachometer des Wagens. Die Nadel stand bei Weitem nicht mehr dort, wo sie hingehörte.

»Natürlich fahre ich zu schnell! Ich bin doch nicht auf eine erneute Begegnung mit Dick Perry scharf!«

»Wenn er noch dieselbe alte Kiste wie früher hat, schraubt er sowieso noch eine Stunde am Anlasser herum«, versuchte Bob, Peter zu beruhigen. »Soll ich dich nicht lieber mal ablösen, Peter?«

»Halt lieber deine Babys fest«, blaffte Peter zurück und blinkte mit der Lichthupe einen Caravan an, der ihm entschieden zu langsam war. Der Caravanfahrer wechselte hektisch nach rechts und Peter wischte vorbei.

Mehrere Meilen lang sagte niemand mehr etwas.

Dann meldete sich Bob, der sich ab und zu umgedreht hatte, um durch das Rückfenster zu blicken. »Tut mir leid, Peter: langsamer! Sofort!«

»Was ist los?«

»Polizei!«

»Au, Mist!« Peter ging vom Gas. Doch es war zu spät. Mit Blaulicht näherte sich von hinten ein Streifenwagen. Als er dicht genug aufgefahren war, kam per Lautsprecher die Aufforderung, rechts an den Straßenrand zu fahren und anzuhalten.

Peter tat, wie ihm befohlen wurde, und ließ den Chevrolet bei der nächsten Gelegenheit auf dem rechten Seitenstreifen ausrollen.

Der Polizeiwagen stoppte ebenfalls und die beiden Polizisten stiegen bedächtig aus. Peter kurbelte die Seitenscheibe herunter und legte die Hände ans Lenkrad. »Das kann teuer werden«, sagte er. »Hoffentlich übernimmt O'Sullivan auch die Strafzettel ...«

»Und hoffentlich durchsuchen sie nicht das Auto«, sagte Justus. Seine Stimme klang auf einmal überhaupt nicht mehr ruhig. »Was ist, wenn sie von irgendjemandem aus dem Restaurant einen Tipp bekommen haben? Wie sollen wir der Polizei erklären, dass wir mit einer Million Dollar durch die Gegend fahren? Wir wandern ohne Umweg in den Knast, wenn sie das Geld entdecken! Egal, was wir erzählen, sie werden uns für Verbrecher halten! Das wäre das Ende unseres Auftrags!«

Bobs linker Arm umklammerte immer noch die Papiertüten. Eine hatte durch den Zwischenfall einen Riss bekommen, der sich nicht mehr ganz zudrücken ließ. Sie waren natürlich noch nicht dazu gekommen, die Ersatztüte aus dem Kofferraum zu holen und das Geld umzuschichten.

»Wir ... wir ... sagen ...«, stotterte Peter nervös. »Oh, da sind sie schon!«

Der eine Officer hatte sich mit gezogener Waffe neben der Fahrertür postiert, während ihn sein Kollege von hinten sicherte. »Stellen Sie den Motor ab!«

Peter gehorchte.

»Führerschein!«

»Ich ... ja, sofort, Sir!« Mit zwei Fingern griff Peter langsam in seine Brusttasche. Er hatte schon davon gehört, dass eine zu schnelle Bewegung fälschlich als das Ziehen einer Waffe verstanden worden war.

»Drei Jungs!«, rief der Officer seinem Kollegen zu. Und zu Peter gewandt: »Ist das ein Leihwagen?«

Peter nickte.

»Und was treibt ihr?«

»Ein Ausflug. Memorial Day«, stotterte Peter.

»Ausflug? Memorial was?«

»Wir fahren ... in die Nationalparks. Zion Park.«

»Zion ... Heute Abend noch?«

»Nein, Sir, wir ... übernachten in einem Motel!«

»Dafür habt ihr Geld?«

»Ja, Sir, wir suchen uns ein einfaches Haus!«

Der Officer nickte unbestimmt in den Wagen. Es war klar, dass er drei Jungen, die nachts mit zu hohem Tempo in einem Leihwagen Richtung Las Vegas fuhren, keinen Zentimeter über den Weg traute. Oder steckte mehr hinter der Kontrolle?

»Ihr beiden auch, eure Papiere!«

Bob ließ das Geld los und kramte in seiner Jacke herum. Er meinte zu spüren, wie der Blick des Polizisten an der Tüte hängen blieb. Er schwitzte aus allen Poren. »Hier, meine ID-Card«, sagte Bob und beugte sich vor, wobei er versuchte, die Tüte mit dem Geld gegen die Rücklehne zu schieben.

»Danke. – Steigen Sie aus, Mr Shaw! Kofferraum auf!«

Peter atmete durch. Das war ja noch mal gut gegangen. Der Polizist hatte das Geld nicht entdeckt. Vorsichtig stieg Peter aus und öffnete den Kofferraum. Der zweite Polizist trat hinzu und wühlte in der Ansammlung von Schlafsäcken und Klamotten herum. Aus den Augenwinkeln bemerkte Peter, dass weiter hinten ein drittes Auto angehalten hatte. »Hier ist alles okay«, sagte der Polizist, der das Gepäck untersucht hatte. »Was Jungs so dabeihaben ...« Er klappte die Kofferraumhaube zu.

»Hm.« Sein Kollege nickte und sah aus, als ob er mit der Auskunft zufrieden wäre. Doch dann fiel sein Blick auf die Rückbank. »Was ist da drin?« Er deutete auf die Tüten.

»Spaghetti, Sir!«, rief Justus schnell vom Beifahrersitz aus. Eine Notlüge musste in ihrer Situation erlaubt sein. Auch wenn sie die Polizei vor sich hatten. »Nun glauben Sie uns doch. Wir haben nichts auf dem Kerbholz! Wir wollen das lange Wochenende ausnutzen und sind ein wenig zu schnell gefahren! Das geben wir ja zu!«

Der Polizist verzog keine Miene. »Gebt mir das mal raus!«

Zitternd näherten sich Bobs Hände der ersten Tüte. Justus hatte recht. Wenn der Polizist das Geld entdeckte, war es vorbei mit dem Auftrag. Er würde denken, sie hätten es gestohlen.

Bis sie die ganze verwickelte Geschichte geklärt hätten, würden Tage vergehen. Tage, die sie im Gefängnis verbringen würden. Schönes Wochenende – und der Auftrag wäre gescheitert ... Warum geschah nicht irgendetwas? Jetzt? Der Polizist nickte Bob ungeduldig zu. Bob packte die erste Tüte und der Polizist öffnete die Seitentür, um sie entgegenzunehmen.

»Hallo, meine lieben Freunde!«

Das gab es doch nicht! Die Stimme von Dick Perry. Die Köpfe der drei ??? fuhren herum. Tatsächlich kam niemand anderes als der kleine Detektiv herangetrippelt. Aufgeregt wedelte er mit einem dunklen Mäppchen durch die Luft. Den ersten Polizisten ließ er stehen wie eine Slalomstange. Nie zuvor hatte sich Bob vorstellen können, sich über den Anblick von Dick Perry freuen zu können. Doch in dieser Sekunde tat er es.

»Meine lieben Freunde von der Polizei!« Dick Perrys Stimme überschlug sich förmlich, als er auf den Polizisten neben dem Auto der drei ??? zuhüpfte. »Ich bin sozusagen ein Kollege von Ihnen – ein ganz unwesentlicher Kollege zugegebenermaßen, doch immer auf der richtigen Seite! Hier mein Ausweis! Ich bin Detektiv meines Zeichens und stets im Dienst von Recht und Freiheit!«

Den drei ??? blieb die Luft weg. Was hatte das jetzt wieder zu bedeuten?

Mehr verwundert als beeindruckt ging der Polizist, der eben noch Bobs Papiertüte inspizieren wollte, einen Schritt auf Dick Perry zu. »Und?«, fragte er und warf einen flüchtigen Blick auf Perrys Ausweis.

»Die drei Jungen da, sie sind in Ordnung, Sir! Sie kümmern sich um seltene Tiere in den Nationalparks! Haben sie das nicht erzählt? Immer ein wenig schüchtern, die drei. Wollen ihre guten Taten nicht groß herauskehren! Ihre Mamas haben mich beauftragt, sie zu beschützen, weil sie sich Sorgen machen um die lieben

Kleinen. Es kann einem ja so viel passieren in der Fremde. – Die Jungs sind offenbar ein wenig zu schnell gefahren, nicht wahr? Der Leichtsinn der Jugend, lieber Kollege ... « Dick Perry lachte auf und legte eine Hand auf den Arm des Polizisten, der ihn um mindestens einen halben Meter überragte. »Waren wir früher nicht genauso? Aber Sie haben ja recht. Recht und Ordnung! Am besten, Sie knöpfen den Jungs ein paar Dollars ab, dass es ihnen eine Lehre ist!«

»Das wollte ich gerade tun, Mister ... Perry!«

»Wundervoll! Sie sind ein so guter Polizist! Wissen Sie, ich habe schon viele Ihrer Kollegen kennengelernt. So hilfsbereite Menschen! Und immer für Recht und Ordnung!«

»Mister! Würden Sie mich jetzt bitte meinen Job machen lassen?«

»Aber selbstverständlich, Sir!« Perry verbeugte sich leicht und ging einen Schritt zurück.

Der Polizist trat wieder an das Auto und nannte eine Summe. Es dauerte eine Weile, bis die drei ??? das Geld zusammenhatten.

Der Polizist zählte alles genau nach und stellte eine Quittung aus. »Beim nächsten Mal seid ihr richtig dran!«, sagte er, bevor er sich umdrehte. »Seltene Tiere hin oder her!«

»Wir haben verstanden, Sir!«, versicherte Peter schnell, der inzwischen wieder im Wagen saß.

Der Polizist warf Perry einen argwöhnischen Blick zu, den der Detektiv mit einem schleimigen Grinsen erwiderte, und ging zusammen mit seinem Kollegen zum Polizeiwagen. Sie starteten und fuhren davon. Dick Perry winkte ihnen noch eine Weile hinterher.

Dann trat der kleine dicke Detektiv aus Santa Monica an den Chevrolet der drei ??? und streckte seine schwitzige Hand durch das nach wie vor geöffnete Fenster. »Na? Sind wir jetzt Freunde?«, fragte er.

Peter reagierte nicht, aber Justus stellte mit einem skeptischen Ton in der Stimme fest: »Ihr kleiner Dienst war doch bestimmt nicht uneigennützig! Oder schätze ich das falsch ein, Mr Perry?«

Dick Perry zog die verweigerte Hand enttäuscht wieder zurück. »Justus Jonas denkt wohl nur in Geschäften! Da kennt ihr euren Dick Perry aber schlecht. Nein, ich möchte euch nur helfen! Ich habe ein reines Herz! Helfen, meine Freunde! Es stinkt doch tausend Meilen gegen den Wind, dass ihr in Schwierigkeiten steckt!«

»Uns geht's verdammt gut!«, zischte Justus. »Zumindest wenn wir nicht von Polizisten und Detektiven belästigt werden!«

»Detektiven?« Perry lachte auf. »Ihr schimpft euch doch selber welche!«

»Detektiven aus Santa Monica«, schränkte Justus ein. »Wenn Sie überhaupt noch einer sind!«

»Nun, meine Detektivmarke ist in der Tat ein wenig ... antik. Aber das ist dem netten Polizisten nicht weiter aufgefallen«, grinste Dick Perry. Sein Blick wanderte durch das Innere des Wagens. »Ich müsste mich verdammt täuschen, wenn eure Gereiztheit nicht etwas damit zu tun hat, was ihr in diesen beiden Tüten habt«, sagte er. »Du klammerst dich ja daran fest, als wäre es deine Altersversicherung, Bob. Du bist doch Bob?«

Bob schluckte.

Justus nutzte den Moment und gab Peter ein Zeichen.

Peter nickte. »Auf Wiedersehen, Mr Perry«, rief er, drehte den Zündschlüssel und startete durch. Im Rückspiegel sah er, wie ihnen Dick Perry hinterherfluchte und dann eilig zu seinem Wagen zurücktrippelte.

Miese Tricks

»Den Kerl werden wir so schnell nicht wieder los«, befürchtete Peter. »Die Taktik mit dem Schnellfahren hat sich erledigt. Beim nächsten Polizei-Stopp kommen wir nicht mehr so glimpflich davon. Außerdem hat uns Dick Perry in der Hand. Er ahnt, dass wir ein Geheimnis mit uns herumtragen, und kann uns jederzeit an die Polizei verpfeifen.«

»Und der können wir ja schlecht erklären, dass wir auf dem Weg zum Übergabeort eines Erpressers sind und deshalb die hübsche Summe von einer Million Dollar bei uns tragen«, ergänzte Justus. »Zur Not müssten wir natürlich die Wahrheit sagen. Aber den Auftrag zu erledigen, hat erste Priorität.«

»Also werden wir mit der Anwesenheit von Perry leben müssen«, meldete sich Bob von hinten. Er hatte sich herumgedreht, um durch das Rückfenster den Verkehr zu kontrollieren. »Unser Freund ist bereits hinter uns!«

Trotz dieser Information ließ Peter den Wagen sogar noch langsamer werden. Mit gut sechzig Meilen rollte er den Highway entlang. »Dann ändern wir unsere Taktik: Wiegen wir Perry in Sicherheit! In einer Stunde suchen wir uns ein Motel, checken ein und winken ihm noch einmal freundlich zu. Morgen müssen wir ihn dann bei einer günstigen Gelegenheit irgendwie abhängen!«

»Bloß wie?« Justus nickte nachdenklich. Die Fahrt verlief verzwickter, als er es sich vorgestellt hatte. Einen schmierigen, fiesen Schnüffler, der die nervige Angewohnheit hatte, in den unpassendsten Momenten aufzutauchen, konnten sie bei einem so heiklen Auftrag wirklich nicht brauchen. Auch wenn Dick Perry sie bei der Polizeikontrolle gerettet hatte. Andererseits wären sie ohne ihn nicht in diese Situation geraten.

Nach einer Weile entdeckten die drei ??? eine bunte Hotelreklame und verließen den Highway.

Wie ein Schatten folgte ihnen das Auto von Dick Perry.

Ein einfaches Motel wartete inmitten einer öden Landschaft, umgeben von den trockenen Sträuchern der Halbwüste, die sich bei der armseligen Beleuchtung schnell in der Dunkelheit verloren. Die drei ??? checkten ein und bekamen ihr Zimmer zugewiesen. Als sie die Rezeption verließen, zwinkerte ihnen Dick Perry, der diskret vor der Tür gewartet hatte, verschwörerisch zu.

Sie parkten das Auto vor ihrem Zimmer und trugen das wenige Gepäck hinein. Die karge Einrichtung verschlechterte noch ihre niedergeschlagene Stimmung. Nach ein paar Minuten hörten die drei ???, wie ein weiteres Auto einparkte und kurz darauf die Tür des Nachbarraums aufgeschlossen wurde. Bob hätte sich den Blick nach draußen sparen können. Er wusste auch so, dass es Perrys alter Ford war, der neben ihrem Chevrolet stand.

Bob und Justus hatten eine unruhige Nacht. Der Einzige, der einigermaßen schlafen konnte, war Peter, der davon träumte, wie ihm ein Mann, der aussah wie Dick Perry, einen Sack voll Geld schenkte.

Die beiden anderen Detektive lagen immer wieder wach und hörten Dick Perry schnarchen. Ein Sägewerk war nichts dagegen. Und die Wände waren dünn. Immer wieder nahm Justus das Foto der Geige zur Hand, das neben ihm auf dem Nachttisch lag, und prägte sich das Aussehen des Instruments genauestens ein. Zwischendurch studierte er den Straßenatlas, den er aus der Zentrale mitgenommen hatte. Gegen fünf Uhr verlor Justus die Geduld und zusammen mit Bob weckte er seinen dahinträumenden Kollegen. »Peter! Die Gelegenheit ist günstig! Dick Perry schläft tief und fest! Lasst uns abhauen!«

So leise sie konnten, machten sich die drei Jungen bereit.

Bob und Peter klemmten sich das Gepäck unter die Arme, während sich Justus das Geld schnappte, das sie während der Nacht dicht neben dem Bett deponiert hatten. Bob schob den Türriegel zurück. »Licht aus, raus, Gepäck ins Auto werfen, ich ans Steuer und tschüss, Dick Perry«, wiederholte er noch einmal den einfachen Plan für die nächsten sechzig Sekunden. Dann zog er mit einem kräftigen Ruck die Tür auf.

Ein ohrenbetäubendes Schellen ließ sie zusammenfahren. Es klang wie ein überdimensionaler Wecker und kam direkt aus Dick Perrys Zimmer. Vor Schreck hatte Justus die Tüten fallen lassen und Bündel von Geld bedeckten plötzlich den fleckigen Teppichboden.

»Hört sich an wie eine verdammte Pausenglocke«, sagte Bob, während er sich bückte, um Justus beim Einsammeln des Geldes zu helfen. Das Schellen im Nachbarzimmer erstarb. Auch das Schnarchen hatte aufgehört, dafür waren jetzt Dick Perrys trippelnde Schritte zu hören. »War das ein Zufall?«, fragte Peter und sah nach draußen. Die kühle Luft des Morgens drang herein.

»Nein, bestimmt nicht!« Enttäuscht über den misslungenen Fluchtversuch suchte Justus die letzten Geldbündel zusammen. »Es muss irgendeine verdammte Dick-Perry-Konstruktion gewesen sein.«

»Das gibt es doch nicht!« Peter, der vor die Tür getreten war, zog eine dünne Schnur durch seine Finger, die außen an der Wand entlanglief und durch das nur halb geschlossene Schiebefenster in Dick Perrys Zimmer verschwand. »Der Kerl hat uns als Wecker benutzt«, stellte er verblüfft fest. »Als wir die Tür geöffnet haben, haben wir den Mechanismus ausgelöst!« In dem Moment wurde Perrys Fenster ganz hochgeschoben und das Gesicht des kleinen Detektivs aus Santa Monica erschien. Im schwachen Licht, das die an der Außenwand angebrachten Glühbirnen verbreiteten, wirkte er ziemlich zerknittert. »Ihr hättet mir durchaus eine Runde mehr Schlaf gönnen können, meine Freunde! Aber gut. Auch am frühen Morgen hilft euch Dick Perry bei Kummer und Sorgen!«

Enttäuscht stiegen die drei ??? in ihr Auto. Bereits wenige Augenblicke später schmiss Dick Perry sein kleines Gepäckbündel in den Ford. Bob zuckte mit den Schultern, drehte den Zündschlüssel um und gab Gas.

Durch den frühen Aufbruch lagen die drei ??? gut in der Zeit. Bereits am Vormittag erreichten sie Las Vegas, in dessen dichtem Autoverkehr sie ein weiteres Mal versuchten, Dick Perry abzuhängen. Doch als sie die Spielerstadt auf dem Highway 15 in Richtung St. George verließen, tauchte der Ford wieder in ihrem Rückspiegel auf.

»Der Kerl muss uns gestern Nacht einen Peilsender unter das Auto geklebt haben«, vermutete Justus. »Wenn wir einen geeigneten Moment erwischen, suchen wir das Teil und klemmen es einfach unter einen anderen Wagen.« Doch zunächst gab es keine passende Gelegenheit. Sie rollten an St. George vorbei, was Justus daran erinnerte, sich endlich bei O'Sullivan per Handy zu melden. Der Filmproduzent hob sofort ab. Er klang aufgeregt, beruhigte sich aber, als Justus ihm versicherte, es liefe alles nach Plan. Von Dick Perry erzählte der Erste Detektiv lieber nichts. Dieses Problem mussten sie selbst lösen.

Mittlerweile war es Mittag geworden und Peter, der inzwischen den Wagen steuerte, bog auf die Straße nach Rockville ab. In der Nähe eines Campingplatzes entdeckten sie eine Snack-Bar und machten Pause. Während Justus, Peter und Bob unter der Schatten spendenden Markise Platz nahmen, blieb Dick Perry in seinem Auto und schmorte in der Hitze.

Bald war der größte Hunger gestillt und die bevorstehende Aufgabe bestimmte wieder die Gedanken der Jungen. Den Zion Park hatten sie so gut wie erreicht. Nun galt es, die Örtlichkeiten genau zu erkunden. Bob hatte eine Landkarte des Parks besorgt und faltete sie auseinander. »Da ist der Straßentunnel, der auf dem Foto abgebildet ist«, sagte er. Sein Finger fuhr auf der Karte entlang. »Direkt an seinem Ende gibt es einen kleinen Parkplatz. Etwa dort beginnt der Wanderweg, der zu der Schlucht führen muss, die auf dem dritten Foto abgebildet ist!«

»Und irgendwo an dem Weg scheint der Hang zu liegen. Der Hang mit den Felsen und dem eingezeichneten Kreuz!« Justus beugte sich nach vorne und sprach leiser. »Aber bevor wir das Geld übergeben, müssen wir Dick Perry loswerden. Der Kerl vermasselt uns sonst noch die Tour! – Mein Plan ist folgender: Wir halten nur kurz am Parkplatz. Dort setzen wir dich ab, Peter, mit den beiden Papiertüten. Bob und ich fahren einige Kurven weiter. Wir parken, ich steige mit dem Geld aus, gehe zurück und suche den Übergabeort. Bob folgt mir in genügendem Abstand, um alles zu überwachen. Ein paar Hundert Meter sollten es schon sein …«

»Ich verstehe gar nichts«, unterbrach Peter. »Ich denke, ich habe das Geld?«

»Nein, in den Papiertüten werden sich zu dem Zeitpunkt nur ein paar T-Shirts von uns befinden!« Justus grinste ihn an. »Deine Aufgabe wird es sein, Dick Perry abzulenken und ihn in irgendeine Richtung zu locken. Egal welche, so lange sie nur nichts mit dem richtigen Ziel zu tun hat!«

Beim Stichwort Dick Perry blickten sie unwillkürlich auf. Der nahm gerade einen kräftigen Schluck aus einer Plastikflasche.

»Dann überbringst tatsächlich du das Geld?«, fragte Peter.

»Genau!«

»Fast schade, dass wir die Million bald los sein werden ...«

»Peter!«

»Ich ... ich meine ja nur.« Peter grinste.

Justus hielt es für das Beste, zu seinem Plan zurückzukehren. »In dem Shop auf dem Campingplatz besorgen wir uns zwei einfache Rucksäcke. Dort hinein packen wir während der Fahrt das Lösegeld und in die Tüten stopfen wir ein paar Klamotten. Perry wird dich verfolgen, Peter. Kein schlechter Plan, oder?« Peter schien sich mit dem Gedanken anzufreunden. »Es wird mir eine Freude sein, Perry in die Wildnis zu führen. Durch Hecken und Dornen ... sein Anzug wird nur noch ein einziger Fetzen sein ... Aber wie kommen wir an die Rucksäcke, ohne dass er den Braten gleich riecht?«

Justus lachte. »Wir sind zu dritt, Peter. Setzen wir ihn ein wenig unter Druck. Pass auf ...«

Nachdem Justus seine Idee erklärt hatte, bezahlten sie die Rechnung und verließen die Bar. Bob und Justus stiegen in den Wagen, während sich Peter nur seine Jacke herausnahm und dann gemächlich auf Dick Perrys Ford zuschlenderte. Der dicke Detektiv hatte das Fenster heruntergekurbelt und stierte ihm skeptisch entgegen.

»Hallo, Mr Perry«, sagte Peter leichthin, »keine Lust gehabt auf ein Erfrischungsgetränk? War eine nette Runde dort, und so schattig ...«

»Du bist doch nicht gekommen, um dich mit mir über Drinks zu unterhalten«, knurrte Perry. Sein Blick war nun auf das Auto der drei ??? geheftet.

»Warum verfolgen Sie uns eigentlich, Dick?«

»Weil ihr Grünschnäbel viel zu dumm seid für so einen Haufen Geld! In was für einer Geschichte steckt ihr da bloß drin?«

Für einen Moment verschlug es Peter die Sprache. »Sie wissen ... von dem Geld?«

»Dick Perry ist doch nicht blöd, mein Junge! Und ich bin bestimmt nicht der Einzige, der davon weiß. So dämlich, wie ihr mit den Dollars umgeht! Ist euch beim Burgeressen dieser Typ mit der Strickmütze aufgefallen? Wie viel ist es denn? Eine halbe Million? Eine?« Perrys Hände umklammerten das Lenkrad. Sein Blick ging immer noch geradeaus.

»Sie sind scharf auf das Geld!«, stieß Peter hervor.

In dem Moment startete Bob das Auto. Er ließ die Steine unter den Rädern spritzen und brauste davon.

Dick Perry warf den Motor an und setzte ohne ein weiteres Wort hinterher. Peter blieb zurück, umgeben von einer Wolke Staub und erschrocken durch das, was Dick Perry eben gesagt hatte. Dieser klebrige Detektiv wusste, was sie da mit sich führten! Und womöglich wussten es noch mehr Menschen! Schließlich hatte das Geld bündelweise auf dem Fußboden des Restaurants gelegen! Doch dann besann sich Peter seines Auftrags. Er spuckte den Sand aus und wechselte auf die andere Straßenseite, an der wenige Hundert Meter entfernt der Campingplatz mit dem kleinen Shop lag.

Wie verabredet kamen Bob und Justus zehn Minuten später angebraust und luden ihn wieder ein.

»Dick Perry weiß von dem Geld!«, sprudelte Peter los, kaum dass er wieder im Auto saß. »Ganz unbemerkt ist der Zwischenfall im Restaurant also doch nicht geblieben!«

»Umso wichtiger, dass wir den Kerl rechtzeitig loswerden«, stellte Justus fest.

Nach wenigen Meilen erreichten sie den Einlass des Parks. Bob bezahlte den Eintritt und buchte auch die Tunneldurchfahrt. Die Rangerin drückte ihm einiges an Informationsmaterial über den Park in die Hand, dann rollte Bob weiter. Der Detektiv aus Santa Monica folgte ihnen auf dem Fuß.

»Was lassen wir uns einfallen, wenn sich Dick Perry nicht an Peter hängt, sondern an uns?«, fragte Bob, als er am Besuchercenter des Parks vorbeifuhr.

»Wird er nicht. Nicht, wenn Peter die Papiertüten hat«, versicherte Justus. Doch in seiner Stimme schwang eine Spur Unsicherheit: Dick Perry hatte sie schon oft überrascht. Es wurde Zeit, das Ablenkungsmanöver vorzubereiten. Justus drehte sich zur Rückbank um. »Fangen wir an. Pack die Taschen um, Peter!«

Der Zweite Detektiv rollte folgsam die einfachen Rucksäcke auseinander, die er am Campingplatz erstanden hatte, und begann, die Geldbündel umzuschichten. Es war nicht ganz einfach, da der Straßenverlauf immer kurviger wurde. Doch als sie an die Einfahrt des Tunnels kamen, war alles erledigt.

Da der Tunnel nur einspurig benutzt werden konnte, mussten sie eine Weile warten. Justus nutzte die Pause, um Jelena anzurufen, die Freundin, der er eine Kopie des Bildes der Geige gegeben hatte. Doch sie hatte noch nichts über die Versteigerung der Geige und eventuelle Mitbieter herausgefunden. »Am Memorial Wochenende ist einfach niemand zu erreichen!« Justus verabschiedete sich enttäuscht. Sein Blick fiel auf Dick Perry, der inzwischen seinen Wagen verlassen hatte, munter mit einigen Kindern plauderte und so tat, als würde er sich ungeheuer für den Anblick der steilen Berge interessieren.

Schließlich gab die Frau, die den Verkehr regelte, die Fahrt frei. Bob ließ den Wagen an und schaltete die Automatik auf Fahrposition. Mit einem dumpfen Gefühl im Bauch rollte er in die dunkle Tunnelöffnung. Die ständige Anwesenheit von Dick Perry störte ihn. Sie lenkte von ihrer eigentlichen gefährlichen Aufgabe ab, dem Tausch des Geldes gegen die Geige. Und wenn man sich zu sehr ablenken ließ, das wusste er aus langer Erfahrung, dann passierten Fehler.

Justus kommt ins Schwitzen

Während der Fahrt durch den Tunnel nahm Bob das Tempo zurück und vergrößerte so den Abstand zu seinem Vordermann. Er benötigte diesen Platz für das nächste Manöver. Denn kurz vor der Ausfahrt beschleunigte er scharf. Dick Perry sollte argwöhnen, dass sie etwas im Schilde führten. Als sie den Tunnel verließen und wieder vom gleißend hellen Licht empfangen wurden, hatten sie wie erhofft einigen Vorsprung zu Perry, der zu spät reagiert hatte. Bob entdeckte die Einfahrt zum Parkplatz und lenkte so scharf, dass die Reifen quietschten. Dann stieg er voll auf die Bremsen. Bewaffnet mit den Papiertüten sprang Peter aus dem Wagen. Ein Hauch von Kino lag über der Szene und einige Touristen schüttelten verständnislos die Köpfe. In dem Moment, als Dick Perry aus dem Tunnel auftauchte, gab Bob wieder Gas. Das alles hatte nur wenige Sekunden gedauert, aber Perry musste die Aktion gerade noch mitbekommen haben. Im Rückspiegel beobachtete Bob, wie ihr Verfolger abbremste, kurz zögerte und dann auf den Parkplatz abbog, den Peter soeben im Laufschritt überquerte. Bob entspannte sich und grinste Justus an, der ebenso erleichtert wirkte. Der erste Teil ihres Plans hatte schon mal geklappt. Nach zwei, drei Kurven waren sie außer Sicht, sodass Bob den Wagen auf dem sandigen Seitenstreifen abstellen konnte. »Dick Perry sind wir los«, sagte er zu Justus. »Jetzt kommt es drauf an. Bist du bereit?«

Justus nickte und checkte sein Gepäck. Er war die Ruhe selbst. »Die beiden Rucksäcke mit dem Geld, eine Wasserflasche, das Blatt mit den Fotos, die kleine Kamera ...«

»Du hast eine Kamera eingepackt?«

»Vielleicht gelingt es mir, ein Foto von dem Erpresser zu machen«, erläuterte Justus. »Denn genau in dem Moment, in dem ich die Geige in den Händen halten werde, wird unsere Jagd auf den Täter beginnen!«

»Justus, wir sollten kein Risiko ...«

»Ich werde schon aufpassen, Bob. Die Geige zu sichern geht vor, daran brauchst du mich nicht zu erinnern. Und komm mir bei der Verfolgung nicht so nahe, dass der Entführer Verdacht schöpft!«

Justus stieg aus und hängte sich den einen Rucksack über die rechte, den anderen über die linke Schulter. »Wenn du mich nachher wiedersiehst, dann spiele ich dir auf der Geige ein kleines Solo vor!« Er warf Bob einen letzten Blick zu und lief los. Bob grinste. »Lass die Drohungen!« Mit einer Mischung aus Angst und Bewunderung sah er seinem Freund hinterher. Wenn es darauf ankam, zeigte der Erste Detektiv wirklich Nervenstärke.

Bedächtig schritt Justus die Straße zurück. Der Entführer hatte keinen festen Zeitpunkt angegeben, also hatte er Zeit genug. Vermutlich saß der Täter an einer strategisch günstigen Stelle, von der aus er die Gegend und vor allem den Übergabeort genau beobachten konnte. Doch bis zu diesem Punkt war es ein noch etwa zwanzigminütiger Weg. Die Rucksäcke hingen locker über Justus' Schultern und der Erste Detektiv tat sein Möglichstes, äußerlich gelassen zu wirken. Nach wenigen Minuten erreichte er das Ende einer Autoschlange. Es waren die Fahrzeuge, die auf die Rückfahrt durch den Tunnel warteten. Auf der anderen Seite der Straße lag der kleine Parkplatz. Von Dick Perry war nichts zu sehen. Justus musste lächeln, als er sich vorstellte, wie sich der dicke Detektiv fluchend und schwitzend auf einem sinnlosen Zickzackkurs den Weg durch die Felsen bahnte ... Gerade als er seinen Blick wieder nach vorne wenden wollte, fiel ihm eine rasche Bewegung auf. Ein Mann auf dem Parkplatz war schnell hinter einem Wohnmobil verschwunden. Täuschte sich Justus oder hatte der Mann wie Hendry ausgesehen, der Diener O'Sullivans? Ohne lange zu überlegen, lief Justus los, an den wartenden Autos vorbei, auf den Parkplatz. Heftig atmend erreichte er den Wohnwagen. Vorsichtig schlich er um ihn herum. Doch da war niemand. Aus dem Inneren des Wagens drangen Kinderstimmen. Das passte nicht zusammen. Hatte er sich getäuscht? Justus besann sich wieder seines Auftrags. Er durfte sich jetzt nicht ablenken lassen. Nachdenklich verließ er den Parkplatz und wechselte die Straßenseite.

Ein kleines Schild wies Justus zu dem gesuchten Pfad. Justus blickte sich noch einmal um und machte sich an den leichten Anstieg. Eine Familie kam ihm entgegen, kurz darauf traf er auf ein älteres Ehepaar und Justus wunderte sich, dass der Entführer zur Übergabe einen so gut besuchten Ort ausgesucht hatte. Vielleicht hatte es für ihn den Vorteil, leichter zwischen den Touristen verschwinden zu können? Obwohl sich der Erste Detektiv nach außen hin unbeteiligt gab, arbeiteten seine Sinne auf Hochtouren. Ständig suchte er mit den Augen die Gegend nach Auffälligkeiten ab. Er achtete auf jedes Geräusch. Er roch die Gefahr.

Nach einer Weile erreichte Justus das Ende des Weges: einen Aussichtspunkt in den Canyon des Parks, dessen Schönheit er leider nicht genießen konnte. Trotzdem trat er an den Zaun, um einen Blick hinunterzuwerfen. Er wollte nicht auffallen und so lange wie möglich seine Tarnung als Tourist aufrechterhalten.

Dann drehte sich Justus unauffällig um und sah den Abhang hinauf, an dessen Ende sich die vier Felsen erhoben, die auf dem Foto des Entführers abgebildet waren. Am spitzesten Felsen hatte der Erpresser das Kreuz eingezeichnet. Keine Frage, diesen Hang musste Justus hochsteigen. Erbarmungslos brannte die Sonne vom Himmel. Justus wand sich: Die Rucksäcke zogen schwer an seinen Schultern und das schweißnasse T-Shirt klebte wie eine zweite Haut an seinem Rücken. Für Peter wäre der Aufstieg weniger anstrengend gewesen. Doch er, Justus Jonas, war der Erste Detektiv. Diese Aufgabe musste er übernehmen. Es durfte nichts schiefgehen. Eine Million Dollar standen auf dem Spiel und eine noch wertvollere Geige. Und außerdem: War Peter im entscheidenden Moment wirklich zu trauen? Sofort schämte sich Justus für diesen Gedanken. Doch das Gespräch zwischen ihnen zu Beginn der Fahrt hatte Justus misstrauisch gemacht. Peter hatte sich verführbar gezeigt. Wie er das Geld gestreichelt hatte! Wie seine Augen geleuchtet hatten! Wie locker er mit der Idee gespielt hatte, mit dem Geld zu verschwinden ... Angewidert vom eigenen Argwohn schüttelte Justus seine Gedanken ab. Jetzt hieß es handeln. Er ging zwischen zwei Büschen hindurch und kletterte los. Niemand beachtete ihn.

Die Oberfläche der Felsen war glatt und gut zu besteigen, doch ab und zu waren ihm Felsspalten im Weg. Nach wenigen Minuten fühlte er sich allein. Hierher verlief sich niemand mehr. Er war für sich – bis auf den unsichtbaren Beobachter, den Entführer, der irgendwo auf ihn wartete. Justus blieb stehen und visierte den Felsen an. Bewegte sich dort oben etwas? Oder war es nur das Flimmern der Hitze? Mit jedem Schritt wurde es ihm gleichgültiger. Es war so anstrengend. Er wollte diesen schrecklichen Aufstieg einfach nur noch hinter sich bringen.

Schier endlose Minuten waren vergangen, bis sich Justus auf die Anhöhe geschleppt hatte. Ein einziger Gedanke rotierte durch sein Gehirn: Der Erpresser wollte es so. Er wollte, dass der Überbringer des Geldes müde war, wenn er auf den Entführer traf. Dieser Kerl ging wirklich auf Nummer sicher! Und er war da! Irgendwo. Und sah ihm zu.

Jetzt hatte Justus den ersten der Felsen erreicht. Bis zu der eingezeichneten Stelle war es nicht mehr weit. Justus holte seine Wasserflasche hervor und trank mehrere Schlucke. Der Aufstieg hatte ihn viel Flüssigkeit gekostet. Ganz unten, am Aussichtspunkt in die Schlucht, meinte er, Bob zu erkennen, der mit einem Fernglas vom Zaun aus in die Tiefe blickte. Justus wandte den Blick wieder ab und holte aus einem der Rucksäcke das Foto der Geige heraus, das O'Sullivan ihm mitgegeben hatte. Zum x-ten Mal prägte er sich die Eigenheiten der Geige ein, als hinter ihm plötzlich ein lautes Flattern ertönte. Wie der Blitz fuhr er herum. Wie konnte er sich nur so überraschen lassen! Doch er hatte nur einen großen Vogel aufgeschreckt.

»Hallo?«, rief Justus, als er sich wieder beruhigt hatte. »Ist da jemand?«

Er hörte den Wind. Und die Vögel, die ihn aus sicherer Entfernung aus der Luft scheinbar wütend ankrächzten. »Ich ... ich habe die Ware dabei!«

Keine Antwort.

Justus beschloss, näher an den markierten Felsen zu gehen. Obwohl das Kreuz die Vorderseite des Felsens markierte, lief er zunächst vorsichtig um den steinernen Block herum. Er wollte in keine Falle gehen.

»Hallo!«

Doch da war niemand.

Wo steckte der Entführer? Justus blickte sich lange um. Erst als er sicher war, dass zumindest in der unmittelbaren Nähe alles unverdächtig war, lief er zu dem

Platz, den das Kreuz auf dem Foto markierte. Es bezeichnete eine Stelle am Fuß des Felsens, an dem einige schwere Steinbrocken herumlagen. Aber was sollte er hier finden?

Justus legte die Rucksäcke vor sich ab und wartete. Als minutenlang nichts geschah, rückte er den erstbesten Stein zur Seite. Doch darunter befand sich nichts als ein Gemisch aus Erde und Steinen. Dann nahm sich Justus den nächsten Brocken vor. Und den nächsten. Und so fort. Es war eine Arbeit, die er sofort abgrundtief hasste. Als er sich zum Luftholen aufrichten wollte, sah er ein paar Meter abseits des Felsens etwas Rötliches unter einem Felsbrocken hervorschimmern. Warum war ihm das nicht gleich aufgefallen?! Jemand hatte hier Farbe aufgemalt! Mit wenig Mühe schob Justus den Schotter zur Seite. Zum Vorschein kam etwas Rundes – das runde Ende von etwas, das im Boden steckte und das aussah … wie das Ende eines schwarzen Geigenkastens! Auf den jemand ein rotes Kreuz gemalt hatte, genau wie auf dem Foto! Aufgeregt schnappte sich Justus einen flachen Stein, den er zum Graben benutzen konnte, und legte den Kasten vollkommen frei. Er konnte sein Glück kaum glauben. War es so einfach? Hatte der Erpresser die Guarneri-Geige hier einfach in Schotter und Erde eingegraben? Aber dann konnte er das viele Geld ja wieder mitnehmen … Das Geld! Er hatte sich ablenken lassen! Justus warf einen hastigen Blick zur Seite und atmete erleichtert aus. Die Rucksäcke standen nach wie vor an ihrem Platz. Justus wandte sich wieder dem

Geigenkasten zu und zog ihn vorsichtig aus dem Boden. Ganz sachte legte er ihn vor sich hin. Mit den Fingern säuberte er notdürftig die beiden Schlösser und betätigte sie dann. Die Scharniere sprangen auf.

Mit zitternden Händen klappte Justus den Deckel hoch.

Komm um Mitternacht!

Bob hatte sich möglichst lange als interessierter Tourist ausgegeben, doch nun war ihm jede Tarnung egal. Während die anderen Besucher ihre Blicke durch die Schlucht streifen ließen, war Bob etwas zur Seite getreten und hatte sein Fernglas ununterbrochen auf den Hang gerichtet. Justus musste dort oben irgendetwas gefunden haben. Jedenfalls kniete er am Boden und untersuchte etwas. Doch Bob konnte beim besten Willen nicht erkennen, worum es sich dabei handelte. Dann richtete sich Justus plötzlich auf. In der Hand hielt er einen länglichen schwarzen Kasten, der aussah – Bob verlor vor Aufregung Justus kurz aus dem Blick – wie ein Geigenkasten! Doch warum hob er jetzt die Rucksäcke auf, in denen sich immer noch das Geld befand? Und wo war der Entführer? Oder hatte Bob etwas nicht mitbekommen? Jetzt kam Justus den Hang heruntergeklettert, die Rucksäcke immer noch auf den Schultern und den Kasten in der Hand. Ab und zu blieb er stehen und sah sich um. Das erinnerte Bob an seinen eigentlichen Auftrag und er suchte mit dem Fernglas flüchtig die nähere Umgebung von Justus ab, allerdings ohne etwas Verdächtiges zu entdecken. Dann heftete er seinen Blick wieder auf den korpulenten Ersten Detektiv, der bei seinem Körpergewicht einige Mühe hatte, seine Schritte abzufedern. Nach einer Weile hielt Justus an und gönnte sich einen Schluck aus seiner Wasserflasche. Nur schwer konnte Bob dem Drang widerstehen, seinem Freund entgegenzulaufen. Doch er wollte keinen Fehler machen. Wirkte Justus fröhlich? Ärgerlich? Ängstlich? Besiegt oder als Sieger? Es war von unten nicht auszumachen.

»Sie schauen sich die Vögel an?«

Bob zuckte zusammen. Ein Mann war neben ihn getreten, etwa sechzigjährig, mit einer altmodischen Silberrandbrille.

»Ja, äh, nein ...« Der Mann hatte Bob auf dem falschen Fuß erwischt. War er der Entführer? Die Ausrüstung ließ eher auf einen Vogelbeobachter schließen und in dem Gesicht des Mannes lag kein Argwohn.

»Ich verstehe nicht. Bin Deutscher«, murmelte Bob schnell, nickte zum Gruß und ging eilig zurück zum Aussichtspunkt, von dem aus man in die Schlucht schauen konnte. Achselzuckend wandte sich der Mann ab.

Bob wartete. Nach langen Minuten hatte Justus endlich die Plattform erreicht. Bob trat einen kleinen Schritt auf ihn zu, doch Justus ließ seinen Blick ausdruckslos über ihn hinwegstreifen. Mit einem kurzen Nicken deutete er an, dass sie sich auf den Weg in Richtung Auto machen sollten. Bob verstand: Justus vermutete, dass der Entführer in der Nähe war und wollte den Eindruck, er sei allein unterwegs, noch nicht zerstören. Also ließ Bob Justus genügend Abstand, bevor er sich selbst auf den Weg machte. Während er langsam an den Felsen entlanglief, füllte sich sein Kopf mit immer mehr Fragezeichen. Was war mit Justus los? Die spannendste Frage aller Fragen war: Hatte Justus die Geige?

Doch Bob musste sich noch eine Weile gedulden. Als er das Auto erreichte, war Justus in eine heftige Diskussion mit Dick Perry verstrickt. Der Kopf des kleinen Detektivs aus Santa Monica glühte wie Lava und sein Hemd pappte schweißnass über dem rundlichen Bauch. Peter stand neben den beiden, verdrehte genervt die Augen und sagte kein Wort.

»Kümmern Sie sich um Ihre eigenen Probleme, Mr Perry!«, rief Justus gerade aus. »Oder warten in Santa Monica keine Kunden mehr auf Sie? Dann machen Sie doch etwas Werbung! Werfen Sie Flugblätter in die Briefkästen oder erfinden Sie einen neuen Geschäftsslogan! Aber lassen Sie bitte die drei ??? in Ruhe!«

»Nicht, wenn Grünschnäbel wie ihr mit so viel Geld unterwegs sind und mir nicht sagen wollen, um was es geht. Ihr braucht eindeutig den Schutz eines erfahrenen Detektivs!« Er deutete auf Justus' Rucksäcke. »Da beulen sich die Geldbündel ja so durch, dass jeder Gangster nervöse Zuckungen bekommt!«

»Am liebsten würden Sie sich doch selbst bedienen, Mr Perry! Ihr Budget scheint zurzeit sehr knapp zu sein. Fehlen etwa die Aufträge?«

Dick Perry lächelte dünn. »Wenn ich die Lage recht

beurteile, hätte euer Auftraggeber lieber mich als euch engagieren sollen. Schon verdammt peinlich, wie Peter durch die Gegend irrt! Nun, vielleicht wird sich noch eine Gelegenheit ergeben, in der ich mein Können unter Beweis stellen kann!«

»Die Gelegenheit ergibt sich gerade«, sagte Justus kühl. »Bitte lassen Sie uns doch einmal an Ihrem Können des Verschwindens teilhaben!«

»Wie ihr wollt! Grünschnäbel!« Dick Perry spuckte verächtlich aus und griff in seine Hemdtasche. »Hier, das hast du verloren, du Vollprofi!« Es war das Foto der Geige. Auf dem Rückweg musste es Justus aus der Tasche gerutscht sein. Der Erste Detektiv lief knallrot an.

Dick Perry machte auf dem Absatz kehrt und wippte die Straße hinunter, zurück zu seinem Auto.

Kaum war er verschwunden, setzten sich die drei ??? auf die Rückbank des Autos. Den immer noch bestürzten Justus nahmen sie in ihre Mitte.

»Hast du die Geige?«, fragte Bob. Er konnte es kaum erwarten und außerdem wollte er schnell über Justus' Nachlässigkeit hinweggehen. Es war seinem Freund auch so schon peinlich genug.

Justus legte den Geigenkoffer auf seine Knie und wurde langsam wieder der Alte. »Das Leben ist leider kein Wunschkonzert, Kollegen«, sagte er mit fester Stimme, betätigte die Schlösser und klappte den Deckel hoch. Peter und Bob sahen sich verblüfft an. Es lag keine Geige im Koffer. Es lag überhaupt nichts darin. Bis auf ein zusammengerolltes Blatt Papier, ähnlich dem, welches der Entführer Mr O'Sullivan zugespielt hatte.

Enttäuscht lasen die drei ???, was der Dieb dieses Mal geschrieben hatte:

GRATULATION!
KOMM UM MITTERNACHT!

Mehr stand nicht auf dem Blatt. »Schaut, was auf der Rückseite ist!« Justus drehte das Papier um und die drei ??? sahen, dass dort wieder drei Fotos abgedruckt waren.

»Was soll das?«, fragte Bob.

»Dieser erste Treffpunkt war nur ein Test«, antwortete Justus. »Der Täter wollte prüfen, ob O'Sullivan sich an die Bedingungen hält. Wahrscheinlich hat er mich die ganze Zeit beobachtet. Die Geige wird erst heute um Mitternacht übergeben.«

»Und zwar im Antelope Canyon«, sagte Peter mit einem Blick auf die Fotos. »Ich kenne den Ort. Ich war schon einmal mit meinen Eltern da. Ein Slot-Canyon, ganz schmal, manchmal gerade einen Meter breit. Durch die Öffnung oben kann an bestimmten Stellen Sonnenlicht einfallen. Wie hier auf dem dritten Bild!« Peter deutete auf das Papier. Auf dem Bild waren die sanften Rot- und Brauntöne der weich geschliffenen Felsen zu sehen, die zwischen sich nur einen schmalen Pfad freiließen. Von oben herab warf die Sonne einen dünnen Strahl und markierte damit einen Punkt auf dem sandigen Boden, an dem wieder ein rotes Kreuz eingezeichnet war.

»Nur dass die Sonne um Mitternacht nicht scheint«, bemerkte Bob. »Zumindest nicht bei uns.«

»Dieses Rätsel werden wir erst vor Ort lösen können«, sagte Justus nachdenklich. »Und wo befindet sich dieser Antelope Canyon?«

»Bei Page«, antwortete Peter. »Arizona. In dem Gebiet, das von den Navajo-Indianern verwaltet wird. Wir werden ein paar Stunden brauchen, bis wir da sind.«

»Dann lasst uns keine Zeit verlieren! Es wäre gut, wenn wir nicht auf den letzten Drücker kommen.«

Peter setzte sich hinter das Steuer und fuhr los, während Justus und Bob das Blatt und den Geigenkasten noch einmal genau nach Auffälligkeiten untersuchten. Allerdings ohne Ergebnis. Als er eine gute Handy-Verbindung hatte, informierte Justus O'Sullivan. Der Filmproduzent klang sehr enttäuscht. Eine solche Entwicklung des Falls hatte er wohl nicht erwartet. Aber ihm war klar, dass er keine andere Wahl hatte, als weiter abzuwarten. »Ich danke euch erst einmal und bitte euch sehr, auch den zweiten Versuch zu wagen!«

»Die drei ??? lassen Sie nicht im Stich«, versprach Justus.

»Gut. Ich werde euch folgen und mir ein Hotel in Page suchen.«

»Wo befindet sich eigentlich Ihr Diener, Mr O'Sullivan?«

»Zu Hause, nehme ich an, warum?«

»Nur eine Routinefrage. Wir melden uns wieder, Mr O'Sullivan!« Justus unterbrach die Verbindung und steckte das Handy weg. »Mir war so, als hätte ich Hendry auf dem Parkplatz bei dem Tunnel gesehen«, sagte er. »Ich habe es O'Sullivan lieber nicht erzählt. Ist euch etwas aufgefallen?«

»Nichts«, sagte Bob und Peter schüttelte den Kopf.

»Vielleicht habe ich mich auch getäuscht.« Justus drehte sich um und sah durch das Rückfenster. Sie hatten kein Auto hinter sich. »Wie ist es dir eigentlich mit Dick Perry ergangen?«, wollte er von Peter wissen.

Peter grinste Justus im Rückspiegel an. »Frag lieber, wie es ihm mit mir ergangen ist. Er hat sein Jahresprogramm für übergewichtige Detektive an einem Tag absolviert und bestimmt mehrere Kilo abgenommen ...« Peter unterbrach sich, als ihm bewusst wurde, dass ja auch Justus nicht gerade schlank war.

»Ich habe heute ebenfalls mein Jahresprogramm für übergewichtige Detektive überstanden«, verkündete Justus auch schon ungeniert. »Allerdings nicht so vergebens wie Dick Perry.«

»Dann lass mich doch den nächsten Geld-Botengang übernehmen!«, schlug Peter vor.

Da war er wieder, dieser kleine, leise, schleichende Verdacht. Erneut versuchte Justus, den absurden Gedanken, Peter könne sich des Geldes bemächtigen wollen, aus seinem Gehirn zu löschen.

»Ich werde mit dem Geld schon nicht verschwinden!«, fügte Peter hinzu, als hätte er Justus' Gedanken gelesen.

»Seit wann meldest du dich freiwillig für gefährliche Aufgaben?«, fragte Justus.

Peter schwieg.

Sie erreichten eine weite Ebene. Von dort aus lief die Straße wie mit dem Lineal gezogen durch die Halbwüste. Ab und zu überquerte sie eine sanfte Anhöhe.

»Dick Perry verfolgt uns«, sagte Peter. »Relativ weit hinten, aber ich denke, dass er es ist.«

Justus ließ sich nicht ablenken. »Du kannst den Boten-Job nicht übernehmen, Peter!«

»Wahrscheinlich hat uns Dicky doch ein Peilgerät unter die Kühlerhaube geklebt«, sagte Peter statt einer Entgegnung.

»Der Entführer hat mich vorhin gesehen, Peter. Er erwartet mich«, beharrte Justus.

»Im Canyon ist es dunkel. Ich bezweifle, dass dich jemand erkennen kann.«

»Peter, dafür haben die Menschen Taschenlampen erfunden!«

»Das sind so Dinger, mit denen man sich bei Dunkelheit ins Gesicht leuchten kann, Peter«, meldete sich Bob von hinten. »Ich schlage vor, wir beenden das Thema.«

Peter schwieg. Nur an seiner herausfordernden Fahrweise merkte man, dass er sauer war. Ohne anzuhalten, überquerten sie den Colorado auf der Navajobridge. Sie passierten mehrere seitlich an der Straße aufgebaute Verkaufsstände der Indianer, nahmen die Steigung hoch zu einem Bergrücken und schossen auf der anderen Seite die gerade Straße hinunter. Als sie die ersten Häuser von Page erreichten, war es bereits dunkel. Inzwischen machte sich bemerkbar, dass sie den ganzen Tag fast nichts gegessen hatten, und die drei ??? parkten vor einem Supermarkt, um sich mit Essen und Getränken einzudecken. Danach war das Auto dran und bekam eine neue Ladung Sprit verpasst. Zufrieden steckte Justus das Restgeld zurück in seine Brieftasche. »An das ungebundene Leben auf der Straße könnte man sich fast gewöhnen!«

Peter grinste.

Es war nicht mehr lange bis Mitternacht.

Canyon bei Nacht

Von Page aus waren es nur wenige Meilen zum Antelope Canyon, dem Ort, den der Entführer der Geige als Treffpunkt bestimmt hatte. Fast hätte Peter die kleine sandige Ausfahrt verpasst, die zu dem staubigen Parkplatz führte. Von dort aus starteten tagsüber die Jeeps mit den Touristen zum Canyon, der eine gute Meile abseits in der sandigen Wüste lag. Doch nun, nach Einbruch der Dunkelheit, war die Anlage zugesperrt und keine Menschenseele mehr vor Ort. Die drei ??? ließen das Fahrzeug vor der Schranke stehen und stiegen aus. Es war einsam, und der Wind pfiff ihnen den Sand um die Ohren. Etwas knatterte ohne Unterlass. Bob war das Geräusch unheimlich. Er schaltete seine Taschenlampe ein und sah, dass es eine Abdeckplane war, unter der die Besucher auf die nächste Fahrgelegenheit warten konnten. Plötzlich knirschten hinter ihnen Reifen auf den Steinen, ein weiteres Fahrzeug war abgebogen. Sie brauchten sich nicht umzudrehen, um zu wissen, dass ihr neuer Dauerschatten eingetroffen war. Der Schnüffler aus Santa Monica. Schon fuhr Dick Perry heran und kurbelte sein Seitenfenster herunter. »Wohl wieder so ein Trick von euch?«, fragte er. »Zweimal lasse ich mich nicht durch die Gegend jagen!«

»Eigentlich hatten wir heute Abend eine neue Trainingseinheit für Sie vorgesehen«, grinste Peter und tat ganz gelassen. Noch war Zeit. Zeit, Dick Perry loszuwerden. »Halten Sie sich bereit, Mr Perry! Wir werden eine kleine Nachtwanderung unternehmen!«

»Und mich in einen Hinterhalt locken, wie?«

»Hinterhalt?«, sagte Peter. »Wir heißen doch nicht … Perry …«

»Du gehst mir auf den Geist!« Dick Perry schaltete in den Rückwärtsgang, stellte den Wagen gut fünfzig Meter weiter hinten ab und blieb im Auto sitzen. Er schien der Sache nicht recht zu trauen.

Die drei ??? packten alles zusammen, was sie vom Einkauf übrig hatten, und hockten sich unter die Abdeckplane. Während sie es sich noch einmal schmecken ließen, überlegten sie, wie sie weiter vorgehen sollten. Die Verfolgung durch Dick Perry hatte sie mürbe gemacht – mehr als sie wahrhaben wollten. Sie hatten sich jetzt eigentlich auf die Übergabe des Geldes zu konzentrieren und mussten sich stattdessen wieder mit diesem Kerl rumschlagen. Zu allem Unglück klingelte auch noch das Handy. Es war O'Sullivan, der es vor Neugier nicht mehr aushielt und wissen wollte, ob bei den drei ??? alles nach Plan lief.

»Klar«, bestätigte Justus und verschwieg ihr kleines Perry-Problem. »Ich melde mich nach Mitternacht bei Ihnen. Bitte versuchen Sie nicht, mich anzurufen. Das könnte gefährlich für mich werden.«

»Selbstverständlich«, sagte O'Sullivan. »Entschuldigung. Ich kann es nur kaum …«

»... erwarten. Ich weiß. Bitte verlassen Sie sich auf uns.« Justus unterbrach die Verbindung und wandte sich dem Zweiten Detektiv zu, der gerade vergeblich versuchte, sein Sandwich vor dem sandigen Wind zu schützen. »Peter, der Anruf kam gerade zur rechten Zeit. Wir sollten uns um unseren Auftrag kümmern. Du kennst dich doch hier aus: Wie kann ich zu diesem Canyon fahren?«

»Das Auto kannst du nicht benutzen – vergiss es, Just. Dazu brauchst du schon einen Jeep. Unsere Kiste würde sofort im Sand stecken bleiben. Du musst laufen, da hilft nichts.« Peter spuckte eine Ladung Sand aus und wies dann Justus die Richtung. »Das Ganze ist eine Art ausgetrockneter Flusslauf. Du musst dich immer nur in der Mitte halten. Irgendwann stößt du auf einen quer liegenden Höhenzug. Er wird vom Antelope Canyon durchbrochen. Den Eingang in den Canyon musst du wahrscheinlich eine Weile suchen. Er ist kaum ein paar Meter breit. Du wirst unsere beste Taschenlampe brauchen.«

Justus stöhnte. Durch den Sand wandern. Bei Sturm. Im Finstern. Der Entführer machte es ihm wirklich nicht einfach.

»Ich würde dir den Job ja gerne abnehmen ...«, begann Peter spitz – und augenblicklich war Justus wieder an Bord.

»Aber ich hätte wegen etwas anderem Sorge«, fügte Peter hinzu. »Antelope ist ein alter indianischer Canyon. Und man sagt, dass dort nachts Geister umgehen.«

»Das haben dir wohl damals deine Eltern erzählt, um dir Angst zu machen«, sagte Justus.

Peter zuckte mit den Schultern. »Ich weiß, dass du nicht an solche Dinge glaubst. Ich sag's ja nur.«

»Eine unumstößliche Tatsache hingegen ist die Anwesenheit von Dick Perry«, fuhr Bob dazwischen. Er hatte sich in der Zwischenzeit Gedanken um ihn gemacht und wollte seinen Plan endlich loswerden. »Was also unsere feiste Klette betrifft, schlage ich Folgendes vor: Wir verschwinden abwechselnd in die Dunkelheit, als ob wir pinkeln wollten. Erst Peter, dann ich, dann du. Peter nimmt heimlich einen Rucksack mit und deponiert ihn dort neben dem Busch.« Bob wies auf das Gestrüpp, von dem sich ein gerade noch erkennbarer schwarzer Schatten abhob. »Ich nehme das restliche Geld und du, Justus, gehst ohne. Aber du kehrst nicht zurück. Bis Perry kapiert, dass du auf Tour gegangen bist, wirst du in der Nacht nicht mehr aufzuspüren sein. Und dann gibt es ja noch Peter und mich, um ihn aufzuhalten.«

»Du denkst doch nicht etwa an körperliche Gewalt?«, fragte Justus.

»Nur im Notfall fasse ich diesen Typen an«, versprach Peter.

Justus grinste. »Ein guter Plan. Ich denke, wir sollten anfangen. Ich werde eine Weile brauchen, bis ich den Canyon gefunden habe. Und vielleicht ist es von Vorteil, sich dort vorher noch etwas umzusehen!«

»Der Plan hat leider auch einen Nachteil«, sagte Bob.

»Wir werden dich nicht begleiten können. Du wirst vollkommen auf dich allein gestellt sein.«

»Das bin ich gewohnt«, sagte Justus nur.

Sie machten es, wie Bob vorgeschlagen hatte. Nach gut einer halben Stunde verabschiedete sich Justus, nachdem seine Freunde die Rucksäcke mit dem Geld wenige Meter entfernt in der Dunkelheit deponiert hatten. Peter und Bob vermieden es, ihrem Freund nachzusehen und taten möglichst munter, wobei sie ständig das Auto von Dick Perry im Blick behielten. Hoffentlich fiel er auf ihren Trick herein.

Als Justus nach mehreren Minuten immer noch nicht aufgetaucht war, stieg der Detektiv aus Santa Monica aus seinem Wagen und watschelte zu Peter und Bob. »Dieses Mal soll ich wohl Justus verfolgen?«, fragte er und hockte sich ungebeten zu ihnen. »Wieder auf irgendwelchen sinnlosen Zickzackwegen? Damit ihr eure Ruhe vor mir habt! Darauf falle ich nicht mehr herein, Grünschnäbel!«

»Schade«, sagte Bob und grinste Peter an. »So was von schade!«

Justus hatte die beiden Rucksäcke schnell gefunden. Um Dick Perry nicht auf sich aufmerksam zu machen, verzichtete er zunächst darauf, seine Taschenlampe einzuschalten. Der Mond stand am Himmel, und obwohl seine Sichel sehr schmal war, reichte das Licht, um die Richtung zu halten. Aber es war ein beschwerlicher Weg. Das lag vor allem am sandigen Untergrund, auf dem man nur mühsam vorankam. Irgendwo musste wieder der Entführer sitzen und ihn beobachten. Wahrscheinlich benutzte er dazu ein Nachtsichtgerät. Der Erpresser war ihm hoffnungslos überlegen. Er bestimmte die Orte, er bestimmte die Termine. Er hatte vermutlich eine gute technische Ausrüstung. Justus konnte allein auf die eigene Intelligenz setzen und darauf, dass man ihn gerne unterschätzte. Denn eins war Justus klar: Nachdem er das Geld gegen die Geige getauscht hatte, wollte er den Täter fangen. Wenn O'Sullivan erst einmal sein Instrument zurückhatte, würde er nichts dagegen haben. Und man jagte einen Justus Jonas nicht auf Berge und durch Sandwüsten, ohne dafür bestraft zu werden!

Am Stand der Sterne erkannte Justus, dass er eine Kurve gelaufen war. Man konnte ihn nun vom Ausgangsort aus wahrscheinlich nicht mehr sehen, da der aufgeworfene Rand des Flussbetts die Sicht versperrte. Doch Justus ließ die Taschenlampe weiter ausgeschaltet. Inzwischen hatten sich seine Augen an die Dunkelheit gewöhnt. Und vielleicht, so hoffte er, hatte ihn der Entführer noch nicht entdeckt und die Überraschung lag auf seiner Seite.

Es dauerte noch eine ganze Weile, bis Justus den dunkel dahingeworfenen Höhenzug ausmachen konnte, den Peter beschrieben hatte. Es war vollkommen still, bis auf den Wind, der unaufhörlich blies. Justus verlangsamte das Tempo und schärfte seine Sinne. Ein schrecklicher Gedanke befiel ihn: Was, wenn der Entführer ihm einfach das Geld abnehmen würde, ohne die Geige einzutauschen? Justus war allein, im Zweifel hatte er keine Chance. Würde O'Sullivan ihm dann glauben? Oder würde er denken – ganz so wie Peter dahinfantasiert hatte –, sie hätten das Geld insgeheim zur Seite geschafft?

Dann hieße es umso mehr, den Täter dingfest zu machen, um jeden Verdacht von sich zu weisen. Doch darüber konnte er sich Gedanken machen, wenn es so weit war. Noch immer hatte Justus den Eingang des Canyons nicht entdeckt. Er konnte sich denken, wie der Durchbruch entstanden sein musste: Das Wasser hatte ihn durch das Hindernis gegraben, das sich ihm in den Weg gestellt hatte. Wasser, Kälte und Hitze: das waren die Baumeister der landschaftlichen Wunder des Westens.

Jetzt war Justus ganz nahe an die Felsen herangekommen. Und da sah er ihn: einen tiefschwarzen Riss im Dunkel des Hangs, den Eingang zum Canyon. Justus kontrollierte die Uhrzeit. Noch zwanzig Minuten bis Mitternacht. Er hatte länger gebraucht als erwartet. Vorsichtig schritt Justus auf den schwarzen Spalt zu. Was nutzte das Zögern, er musste hinein. Bereits nach wenigen Metern umgab ihn völlige Finsternis. Der Durchlass zum Himmel war viel zu schmal, um etwas vom Licht der Sterne und des Mondes einfallen zu lassen. Als sich Justus zum zweiten Mal den Kopf an einem Felsvorsprung stieß, beschloss er, seine Taschenlampe einzuschalten. Auch wenn er dem Entführer damit das Zeichen gab: Der Bote war eingetroffen! Während Justus tiefer in den Canyon schritt, glitt das Licht der Lampe über die faszinierenden Rundungen des Gesteins. Doch jetzt hatte er keinen Sinn dafür.

Nach einer Weile blieb er stehen. Er hatte etwas gehört. Einen feinen Klang, der sich unter die Geräusche des Windes gemischt hatte. Oder doch nicht? Justus hörte genauer hin. Der Laut wurde intensiver, schwoll an. Unmöglich zu sagen, aus welcher Richtung er kam, er schien von allen Seiten zugleich zu schwingen. Es war der Ton – einer Geige! Das konnte nur eins bedeuten: Der Täter wusste, dass Justus gekommen war. Die Show begann!

Gruselparty

Gespannt war Justus stehen geblieben. Die Rucksäcke hatte er längst von den Schultern genommen. Mit den Händen hielt er sie fest umklammert. Die Geigenmusik irritierte ihn. Was sollte das? Was hatte der Entführer mit ihm vor?

Der Ton schwoll an, wurde wieder leiser und plötzlich mischten sich Stimmen darunter. Kichernde, grässliche Stimmen, die lachten, die ihn auslachten, die von überall her zu kommen schienen. Justus leuchtete nach links, nach rechts, nach oben, doch er entdeckte niemanden, er war allein. Ein Licht blitzte auf, ein gutes Stück weit im Canyon entfernt, Justus sah nur den kurzen Widerschein, den die rotbraunen Felswände sanft reflektierten. Sein erster Impuls war wegzurennen, doch er riss sich zusammen und schritt langsam auf die Felsen zu, um zu sehen, was sich hinter ihnen verbarg. Mit jedem seiner Schritte schwoll das Gelächter an, als wollte es ihn warnen, weiterzugehen, bis plötzlich direkt hinter ihm etwas aufsurrte. Justus drehte sich abrupt herum und starrte in eine grässliche Fratze, die ihn von schräg oben angrinste. Die indianischen Geister, die Peter erwähnt hatte, kamen ihm in den Sinn. Der Geister-Canyon. Für eine Sekunde war Justus versucht, daran zu glauben. Doch dann verdrängte er den Gedanken. Er wusste: Was er hier erlebte, hatten sich nicht tote Indianer, sondern ein quicklebendiges teuflisches Gehirn ausgedacht! Was seine plötzlich auflodernde Angst nicht minderte. Das grauenvolle Lachen wurde lauter und lauter. Die Fratze verlosch und Justus wich zurück in die andere Richtung, in den Teil des Canyons, den er noch nicht kannte. Wenn er sich jetzt beeilte, kam er auf der anderen Seite hinaus – heraus aus dem Canyon! – das war jetzt sein einziger Gedanke, heraus, um wieder einen klaren Kopf zu bekommen und zu überlegen, was zu tun sei. Über ihm rauschte etwas, und als Justus den Kopf nach oben drehte, traf es ihn auch schon. Er hustete und spuckte, eingehüllt in eine gewaltige Ladung Sand, der ihm in den Augen brannte. Justus kauerte sich nieder und rieb sich die tränenden Augen. »Die Million«, meinte er zwischen all dem Gelächter zu hören, »die Million, gib mir die Million! Und verschwinde!«

Die Rucksäcke waren unter ihm, er hatte sie sich zwischen die Knie geklemmt. Er brauchte sie nur herzugeben. Dann hatte er wahrscheinlich seine Ruhe.

Als er endlich den Sand aus seinen Augen entfernt hatte, richtete er sich auf und rief: »Komm raus, du Phantom! Du kriegst deine Million! Aber nur gegen die Geige!«

Die Antwort war ein Lachen. Und eine zweite Ladung Sand. Für einen kurzen Augenblick verlor Justus die Nerven. Er drehte sich um und floh. Zwängte sich zwischen den Felsen hindurch, stolperte über Steine, wollte hinaus ins Freie, bis ihn eine flackernde Hitzewand aufhielt: Sein Fluchtweg war durch einen dicken brennenden Ast versperrt! Die Flammen loderten meterhoch. Justus drehte um und hastete zurück. Doch auch hier: Feuer!

Er saß in der Falle. Langsam wich Justus zurück. Etwa in der Mitte zwischen den beiden Brandherden befand sich eine etwas größere Höhle, in der er innehielt. Er spürte seine Taschenlampe in der Hand und leuchtete die Wände hoch, um zu prüfen, ob er irgendwie aus dem Canyon herausklettern konnte. Doch es war aussichtslos. Die Wände waren zu steil. Selbst der sportliche Peter hätte kaum eine Chance gehabt, da hochzukommen.

Plötzlich erstarb das Gelächter. Mit einem Schlag wurde es ganz still. Selbst die Geige war nicht mehr zu hören. Unwillkürlich kauerte sich Justus zusammen. Was für eine Überraschung erwartete ihn als Nächstes? Von oben strahlte eine Lampe auf. Sie leuchtete durch die Höhle und markierte einen Punkt im Sand, der sich wenige Meter neben Justus befand. Unwillkürlich bewegte er sich auf die Stelle zu. Der Boden war weich. Justus bückte sich und fing an zu graben, erst langsam, dann immer schneller. Er war auf etwas gestoßen, das hohl klang, wenn man dagegen stieß. Kaum eine Minute später zog er einen schwarzen Geigenkasten aus dem Sand. Im gleichen Moment erlosch das Licht über ihm. Justus wartete einen Moment und versuchte, seinen Atem zu beruhigen. Als nichts passierte, leuchtete er den Geigenkasten an. Es war dasselbe Modell, das er aus dem Zion Park kannte. Auch dieser Kasten war unverschlossen. Justus klappte die Verriegelung hoch und öffnete den Koffer. Der Geigenkasten war leer. Bis auf ein zusammengefaltetes Blatt, aus dem ein Foto fiel, als Justus es herausnehmen wollte. Er erschrak. Es war ein Polaroidbild, unterbelichtet zwar, dennoch konnte man Justus, Peter und Bob erkennen, wie sie unter der Plane am Parkplatz des Antelope Canyons saßen und die Reste ihres Einkaufs aus dem Supermarkt verspeisten. Etwas unscharf, aber doch deutlich zu erkennen. Justus drehte das Bild herum. Auf der Rückseite stand in dicken Buchstaben:

LETZTE WARNUNG:
DAS NÄCHSTE MAL BIST DU ALLEIN!

Der Entführer wusste über alles Bescheid! Er hatte sie beobachtet. Aber es würde ein nächstes Treffen geben. Die Geige war noch nicht verloren. Justus faltete das Blatt auseinander. Es war nach dem Schema der bisherigen Botschaften aufgebaut. Drei Bilder, die den Ort markierten, sowie eine Uhrzeit: MONTAG 11 UHR. Was die Fotos abbildeten, war nicht schwer zu erraten. Es war eine bestimmte Stelle im Grand Canyon, dem größten, tiefsten und eindrucksvollsten Canyon, den Amerika zu bieten hatte. Nachdenklich verstaute Justus alles wieder im Koffer. Er wusste, nun hatte er nichts mehr zu befürchten. Zumindest heute nicht. Was ihn jedoch nach den gerade durchstandenen Ereignissen noch alles im Grand Canyon erwartete, daran wollte er jetzt lieber nicht denken. Er stand auf und ging langsam in die Richtung, aus der er in den Canyon eingetreten war. Nach ein paar Metern erreichte er die Stelle mit dem brennenden Ast. Inzwischen war das Feuer ziemlich heruntergebrannt. Justus beschloss, es noch kleiner werden zu lassen. Jetzt hatte er Zeit. Sogar die seltsam faszinierenden Wände des Canyons bestaunte er nun. Er nahm sich vor, später einmal hierher zurückzukommen und den Ort zu genießen, später, wenn alles vorbei war. Als die Flammen nur noch leicht flackerten, löschte Justus sie ganz mit Sand. Dann kletterte er über die Stelle hinweg und machte sich auf den Weg zu Peter und Bob.

Der Rückweg durch das Flussbett kam ihm endlos vor, aber er wurde nicht mehr gestört. Als er endlich den Parkplatz vor sich sah, stand der Mond schon deutlich höher. Peter und Bob kamen ihm entgegen.

Justus leuchtete seine Freunde an und konnte Erleichterung in ihren übermüdeten Gesichtern lesen. »Es war sandig, es war anstrengend und es war ein wenig gruselig«, sagte er matt, »selbst für meine Verhältnisse! Nur den Erpresser habe ich wieder nicht zu Gesicht bekommen. Er ist wie ein Phantom! Tänzelt um einen herum und du kannst ihn nicht greifen. Leider sind wir nicht weiter als zuvor. Aber es gibt einen dritten Treffpunkt!«

»Wenn ich nicht wüsste, dass es sich anders verhält, könnte man unseren Trip wohl für eine Art Abenteuerrundreise halten«, antwortete Peter enttäuscht. »Und ich hatte so gehofft, dass du das Ding endlich mitbringst. Wir werden die Million einfach nicht los!«

»Und Dick Perry auch nicht«, sagte Justus und wies auf den alten Ford, aus dem eben der kleine dicke Detektiv gestiegen war. Perry schleppte sich heran. Er sah ziemlich übernächtigt aus, sein Anzug war zerknittert wie Butterbrotpapier. Perry gähnte ohne Unterlass, seiner Natur gemäß, ohne sich die Hand vor den Mund zu halten. »Hallo, Justus«, grunzte er und warf einen kritischen Blick auf Justus' Gepäck. »Ah ja. Die viele Kohle ist auch noch da! Aber was schleppst du da für einen merkwürdigen Koffer mit dir rum? Schon wieder so ein Geigenkasten! Sammelst du die? Oder bist du unter die Mafiosi gegangen und transportierst in solchen Kisten dein Maschinengewehr? Meine Güte, Justus! Du solltest dich mal sehen! Und mich endlich einweihen! Ihr schaut nicht gerade drein, als wärt ihr vom Erfolg verwöhnt! Ihr braucht Hilfe, Jungs, Hilfe von einem Profi!« Justus fand, dass das eine erstaunlich lange Rede für Dick Perry war. Zumal um diese Uhrzeit. Doch er war einfach nur müde. Er beschloss, Perry schlicht stehen zu lassen, und wandte sich wieder seinen Freunden zu. »Machen wir uns endlich auf den Weg?«

Peter und Bob nickten, packten ihre Sachen zusammen und trotteten zum Auto.

»Wohin des Weges, Chef?«, fragte Peter, als er wenige Sekunden später hinter dem Steuer saß. Auch Dick Perry hatte sein Auto erreicht.

»Flagstaff. Richtung Grand Canyon.«

»Aye aye, Sir.«

Justus berichtete noch, was passiert war, und informierte per Handy kurz O'Sullivan. Dann schlief er erschöpft ein.

Die Sonne ging gerade auf, als Peter Flagstaff erreichte.

Das Mädchen mit den Flipflops

Warum der Entführer ihnen diesen einen Tag Pause verordnet hatte, war eine der Fragen, die sich Justus stellte, als die drei Detektive nach einem kurzen Schlaf vor ihrem Zelt auf dem Campingplatz zusammensaßen und frühstückten. Die zweite war: Warum hatte der Erpresser diese ganze Show abgezogen, nur, um ihm dann einen dritten Treffpunkt zu vermitteln? Wollte er überhaupt, dass die Übergabe zustande kam? So viel Justus auch grübelte, er kam auf keine befriedigende Antwort. Ihm fiel ein, dass sich Jelena noch nicht gemeldet hatte, die über die Versteigerung der Geige recherchieren wollte. Langsam wurde auch Mr O'Sullivan nervös, mit dem Justus am Vormittag wieder telefoniert hatte.

»Irgendwie hat der Kerl spitzgekriegt, dass ihr beide dabei seid«, sagte Justus und stellte seinen Becher Milchkaffee ab, um noch einmal das Foto zu zeigen, das er in dem Koffer gefunden hatte. »Morgen sollten wir noch vorsichtiger vorgehen. Der Kerl muss ein wahnsinniges Sicherheitsbedürfnis haben!« Sein Blick streifte in die unmittelbare Umgebung. Neben ihnen begann die Zone mit den Campingwagen. Zwei lange Wohnmobile waren gerade angekommen und die Männer schlossen die Strom- und Wasserversorgung an. Ein Junge und ein Mädchen mit einem Fußball tauchten auf. Sie postierten sich auf dem Weg, der zwischen dem Platz der drei ??? und den Wohnwagen lag, und droschen den Ball hin und her. Es war eine Frage der Zeit, bis der Ball auf dem Zelt der drei ??? landen würde.

»Wo Dick Perry wohl steckt?«, fragte Peter. »Ich habe mich schon richtig an ihn gewöhnt.«

»War übrigens eine gute Idee von dir, auf den Campingplatz zu fahren«, grinste Bob. »Im Gegensatz zu uns hat er bestimmt kein Zelt dabei.«

»Wahrscheinlich besorgt er sich gerade irgendeine zerknitterte alte Regenplane«, lästerte Peter. »Zeig mir bitte noch mal das Foto, Justus.«

Wortlos reichte Justus das Bild und Peter sah es sich eine Weile an. »Unser Täter muss irgendwo im Dunkeln der Wüste gewartet haben. Im Hintergrund des Bildes sieht man sogar Dick Perry in seinem Auto.« Peter hielt das Bild dicht vor die Augen. »Der Erpresser war ziemlich nah an uns dran! Die Verzerrung durch das Teleobjektiv ist nicht sehr stark. Ob er uns auch jetzt beobachtet?«

»Wir sollten jedenfalls damit rechnen.« Justus trank einen Schluck. Wer aber war ihr Gegner? Hatte er am Zion Park wirklich O'Sullivans Butler gesehen? Die Gedanken des Ersten Detektivs wanderten zurück zu ihrem Dauerbegleiter. »Hat Dick Perry uns eigentlich bis vor den Zeltplatz verfolgt?«

»Nicht dass ich wüsste«, sagte Peter, der gefahren war.

»Das ist doch eine gute Gelegenheit, um unser Auto nach einem Peilsender abzusuchen! Es ist schon erstaunlich, dass Dick Perry immer wieder auftaucht, selbst wenn er ohne Sichtkontakt fährt! Ich wette, wir finden was!«

Das ›wir‹ war natürlich eine maßlose Übertreibung: Die Fahndung nach dem Sender war eindeutig eine Aufgabe für Peter und Bob. Justus passte allein schon wegen seines Körperumfangs nicht unter den Wagen. Also tranken Peter und Bob ihre Becher aus und legten sich rücklings auf den Boden unter das Auto. Jeder auf eine Seite. Systematisch tasteten sie Zentimeter um Zentimeter der Wagenunterseite ab. Justus saß daneben, nippte an seinem Milchkaffee und kommentierte die Bemühungen von Zeit zu Zeit mit wenig hilfreichen Bemerkungen. »Peter ist eindeutig schneller als du, Bob!«

»Du verwechselst schlampig mit schnell!«, blaffte Bob zurück.

Dafür bekam er von Peter eine Ladung Sand in die Haare gepfeffert.

»Wer von euch beiden den Sender findet, bekommt einen tollen Preis!«, verkündete Justus und schlürfte besonders laut.

»Den letzten Schluck Kaffee!«

»Ich hätte lieber die Million Dollar!«, kam es unter dem Auto hervor.

»Eine Million Dollar«, sagte ein Mann hinter ihnen.

Peter prallte vor Schreck mit dem Kopf gegen den Wagen und auch Justus fuhr zusammen. »Ah, Mr O'Sullivan!«

»Ich wollte mit euch sprechen«, sagte der Filmproduzent. Unruhig trat er von einem Fuß auf den anderen.

Peter und Bob kamen unter dem Auto hervorgerutscht. »Die Hände können wir Ihnen leider nicht geben, die sind etwas ... schwarz«, grinste Peter, aber er hielt sich trotzdem den Kopf damit.

»Das macht nichts. Ist euer Wagen kaputt?«

»Nein, alles in Ordnung«, sagte Justus schnell. Er wollte seinen Auftraggeber nicht durch die Geschichte mit Dick Perry beunruhigen. Irgendwie hatte er ein schlechtes Gewissen, dass sie den dicken Detektiv nicht richtig abschütteln konnten – schließlich waren sie Profis.

»Ich wollte auch nur kurz vorbeischauen«, sagte O'Sullivan und räusperte sich. »Nach allem, was du von gestern Nacht berichtet hast, hätte ich volles Verständnis, wenn ihr den Auftrag abgeben würdet.«

Justus schüttelte den Kopf. »So leicht lassen wir uns nicht beeindrucken, Mr O'Sullivan! Wir werden den Auftrag erledigen! Sie werden Ihre Geige wieder in den Händen halten!«

»Das freut mich zu hören.« Die Gesichtszüge von O'Sullivan entspannten sich und man spürte wieder etwas von dem Charme, den er ausstrahlen konnte. »Ich möchte mir allerdings keine Vorwürfe machen, wenn etwas schiefgeht. Ihr seid noch nicht ... und der Grand Canyon ist ... nun, er ist ...«

»Sie meinen, wir sind für solch eine Begegnung noch

nicht erwachsen genug und der Grand Canyon ist sehr, sehr tief«, sprach Justus den Gedanken aus. »Ich werde aufpassen. Nein, Sie brauchen sich nicht zu sorgen.«

»Und die Million ist auch noch da!«, verkündete Peter stolz.

O'Sullivan lächelte und sogar seine kleine Narbe am Mund lächelte mit. »Ich sollte mir vielleicht nicht ganz so viele Gedanken machen. – Danke. Aber wenn morgen wieder etwas schiefgeht, sprechen wir noch einmal über die Sache. So langsam bin ich mit meinen Nerven am Ende ...«

»Ich bin sicher, dass es bald zur Übergabe kommt«, sagte Justus. »Der Täter will endlich an sein Geld und langsam hat er mich auch genug getestet!« Justus verdrängte seine Zweifel über die Absichten des Erpressers, die sich nach dem gespenstischen Besuch des Antelope Canyons in ihm eingenistet hatten.

»Gut. Wir werden sehen. Kann ich euch noch helfen? Braucht ihr eine Karte vom Grand Canyon? Essensvorräte?«

»Wir fahren nachher zum Supermarkt einkaufen«, sagte Justus. »Aber Sie können sich darauf verlassen, dass wir Ihren Vorschuss nicht unnötig ausnutzen.«

»Daran zweifle ich nicht, Justus. Dann verschwinde ich besser wieder! Ich wohne im Hotel Sedona, falls ihr es euch anders überlegen solltet.« O'Sullivan nickte zum Gruß und wollte sich umdrehen.

»Haben Sie inzwischen etwas von Ihrem Diener gehört?«, fragte Justus hinterher.

»Hendry? Ja, ich habe ihn vorhin zu Hause angerufen. Alles in Ordnung.«

O'Sullivan nickte noch einmal und machte sich auf den Weg.

»Dann habe ich mich mit diesem Hendry wohl doch getäuscht«, sagte Justus, als der Filmproduzent außer Hörweite war.

»Andererseits kann man Telefone auch umleiten ...«, gab Bob zu bedenken. »Aber lass uns weiter nach dem Peilsender suchen! Ich bin heiß auf den kalten Kaffee!«

Doch nicht er, sondern Peter hatte Glück. Nach gerade mal einer Minute hielt er stolz einen kleinen Sender in der Hand.

»Da ist das Miststück! Innen unter der Beifahrertür«, sagte er. »Perry muss das bei einem der Stopps erledigt haben. Und nun?«

Darüber hatte sich Justus längst Gedanken gemacht. »Wir fahren doch sowieso zum Supermarkt. Dort klemmen wir das Teil einfach unter ein anderes Auto. Am besten unter irgendeinen Wagen von der Ostküste ...« Er grinste. »Dann lernt Perry mal Amerika kennen! – Und nun: der Siegertrunk!« Doch in dem Moment, als Justus sich die Thermoskanne greifen wollte, flog sie mit einem lauten Scheppern zur Seite. Im selben Augenblick verdrückte sich der Junge mit dem Fußball hinter den Wohnwagen.

»Volltreffer!«, sagte Justus und rieb sich die braunen Spritzer vom T-Shirt.

»Ich habe das Gefühl, O'Sullivan traut uns nicht so recht«, sagte Bob, als die drei ??? eine Weile später auf den großen Parkplatz des Supermarkts einbogen. »Immerhin geht es um eine Million Dollar und um eine Guarneri, und die Übergabe ist bereits zweimal fehlgeschlagen.«

»Ihm bleibt nichts anderes übrig, als uns zu glauben«, meinte Justus. »Und wir sind schließlich nicht irgendwer. Ich denke, er hat sich ganz bewusst für uns entschieden. Schau, da vorne können wir halten. Da stehen eine Menge Pkws herum, unter denen wir bestimmt das richtige Fahrzeug finden!«

»Ich hoffe jedenfalls, dass nicht irgendetwas Blödes passiert.«

»Was meinst du, Bob?«

»Dass die Übergabe nicht klappt. Wir liefern das Geld ab, bekommen aber nicht die Geige. Würde O'Sullivan uns das abnehmen?«

»Sein Risiko«, befand Justus kurz. Dann stiegen sie aus und checkten die umstehenden Wagen. Schließlich entschied sich Justus für ein Auto aus Maine, das bis unters Dach mit Taschen und Klamotten vollgepackt war. Der Schluss lag nahe, dass die Besitzer auf Durchreise waren. Während er und Bob die Umgebung im Blick behielten, bückte sich Peter schnell und befestigte den Minisender seitlich unter dem blauen Chevrolet. Zufrieden richtete er sich wieder auf. »Gute Fahrt, Dick Perry!« Mit einem Lächeln auf den Lippen warf Justus Peter den Wagenschlüssel zu. »Und du, pass gut auf unsere Million auf, wenn Bob und ich den Supermarkt unsicher machen!«

»Am besten, ich zähle die Dollars noch mal durch«, sagte Peter und wartete auf ein Widerwort. Doch die beiden machten sich davon.

Peter sah seinen zwei Freunden kurz hinterher, dann verdrückte er sich zu ihrem Mietwagen. Die Million hatten sie am Morgen im Kofferraum verstaut. Da niemand in unmittelbarer Nähe war, öffnete Peter die Heckklappe. Da lagen sie, die beiden Rucksäcke. Voll mit Geld. Peter sah sich noch einmal um, hob den nächstliegenden Rucksack heraus und klappte den Kofferraum wieder zu.

Dann zwängte er sich zwischen den parkenden Autos zur Fahrertür, um sie aufzusperren. Als er mit dem Schlüssel beschäftigt war, wurde sein Blick magisch von einem blondgelockten Mädchen angezogen, das mit flotten Flipflops an den Füßen und einer bunten Plastiktasche in Richtung Supermarkt schlenderte. Er starrte ihr einen Moment lang nach. Sie spürte seinen Blick und lächelte selbstbewusst zurück. Für einen kurzen Moment vergaß er sogar das Geld in seinem Rucksack.

Vollgepackt mit Tüten verließen Justus und Bob eine Weile später den Supermarkt. Sie hatten Getränke und Speisen gekauft, dazu Sportriegel für zwischendurch und in einer Abteilung mit Postkarten und Reiseführern hatte Justus sogar eine genaue Karte des Grand Canyon gefunden, auf der er die Stelle der morgigen Übergabe zu finden hoffte. Entsprechend gut gelaunt bahnten sie sich den Weg über den Parkplatz zu ihrem Wagen. Doch irgendwie mussten sie sich vertan haben. Da war kein Auto. Zumindest nicht das, nach dem sie suchten.

»Hier haben wir Peter zurückgelassen!«, sagte Justus irritiert. »Schau, der Wagen aus Maine ist immer noch da! Und wir standen dort!« Justus deutete auf eine Lücke, in die gerade ein roter VW rollte.

»Aber ... dann ist Peter weggefahren? Ohne uns? Nie im Leben! Irgendetwas geht hier vor, Just!« Bob hatte plötzlich ein lähmendes Gefühl in der Magengegend. Peter würde nicht einfach so abhauen. Aber vielleicht hatten sie die Gefahr eines Überfalls unterschätzt.

»Peter wird doch nicht mit den Dollars durchgebrannt sein«, sagte Justus.

»Hör auf, Just! Nach Scherzen ist mir nicht zumute!«, gab Bob zurück. Er setzte die Einkaufstüten auf dem nächstbesten Kofferraum ab und sah sich hastig um. »Nichts! Gar nichts! Peter ist spurlos verschwunden!«

In der Ferne ratterte ein schier endlos langer Güterzug der Union Pacific Rail entlang. Viermal ertönte das lange dunkle Signal der starken Lokomotive. In den Ohren der beiden Detektive klang es unheilvoll.

Peter? Peter!!!

Nachdem sie den Parkplatz ergebnislos nach einem Hinweis von Peter abgesucht hatten, packten Justus und Bob ihre eingekauften Vorräte zusammen und liefen zur Hauptstraße. Sie konnten nichts anderes tun als warten. Der Durchgangsverkehr von Flagstaff rollte an ihnen vorbei, Auto um Auto, doch von Peter keine Spur.

Unruhig traten die beiden Detektive von einem Fuß auf den anderen. Wenn sie nur einen Hinweis hätten. Steckte Dick Perry dahinter? Aber warum sollte Perry ihren Freund entführen? Oder hatte Peter eine Spur entdeckt und die Verfolgung aufgenommen? Aber was für eine Spur sollte das sein?

Plötzlich stieß Bob seinen Freund heftig in die Seite. »Peter! Da vorne!«

Tatsächlich! In einigen Hundert Metern Entfernung kam ihr Chevrolet angerast. Nach wenigen Sekunden konnten die beiden Detektive Peter erkennen, der dicht über das Steuerrad gebeugt war. »Der Kerl fährt ja wie der Henker!«, entfuhr es Justus. Aber wenigstens war Peter wieder da! Justus sprang an den Straßenrand und winkte heftig, um auf sich aufmerksam zu machen. Peter raste heran. Erst im letzten Moment trat er auf die Bremse. Staub wirbelte auf. Kaum stand das Auto, stieg Peter auch schon aus und umrundete den Wagen. Offenbar war es ihm egal, dass er mitten auf dem Fahrstreifen parkte.

»Die Dollars!«, rief er. »Alles ist aus!«

»Wie bitte?«

Hinter dem Auto hatte sich bereits ein kleiner Stau gebildet. Die ersten Autofahrer hupten. Justus schob Peter zurück in den Chevrolet und wies Bob ans Steuer. »Verschwinden wir hier erst mal!«

Bob lenkte den Wagen zurück auf den Parkplatz und stellte den Motor ab. »Nun reg dich bitte ab und erzähl in Ruhe, was passiert ist, Peter.«

Der Zweite Detektiv sah aschfahl aus. »Die Dollars sind weg!«, sagte er mit weinerlicher Stimme. »Nicht alle, aber der eine Rucksack!«

»Wie *weg*?«

»Ich ... als ihr zum Supermarkt seid, da ... da wurde ich abgelenkt und ...«

»Die Rucksäcke waren doch im Kofferraum!«

»Ja, schon, aber ich habe einen herausgenommen. Ich wollte einfach mal reinschauen, ob noch alles in Ordnung ist. Und dann wurde ich abgelenkt und hinter mir ...«

»Wie *abgelenkt*?«

»Ah, ein Mädchen, dem ich ...«

»Ein Mädchen?«

»Ja! Sie sah ziemlich toll aus und ich habe ihr hinterhergeschaut!« Peter wusste genau, dass Justus innerlich den Kopf schüttelte. Das machte die Sache nur noch schlimmer. Dem Ersten Detektiv, dieser verführungsresistenten Denkmaschine, wäre das natürlich nie passiert. Aber Justus war halt Justus, und Peter blieb Peter. Peter fühlte sich mehr als mies. »Sie hat mir zugelächelt. Dadurch habe ich nicht mitbekommen, dass hinter mir inzwischen ein Auto gestoppt hatte. Ich hörte Schritte, drehte mich um und blickte in eine dunkle ...«

»... in eine Maske?«, dachte Justus mit.

»Ja, eine schwarze Wollstrumpfmaske! Nur die Augen waren zu sehen! Ein Messer hatte der Kerl auch noch dabei. Der Mann riss mir den Rucksack aus den Händen ...«

»... du sprichst von einem der Rucksäcke mit den Dollars?«

»Aber ja doch, Justus! Das ist es ja! Der Dieb sprang zurück in seinen Wagen. Dann gab er Gas. Und weg war er.«

»Er riss dir einfach so den Rucksack ...«

»Ich wollte ihn noch festhalten, aber ich war so überrascht! – Steinigt ihr mich jetzt?«

»Überrascht!« Justus konnte es einfach nicht fassen. Das Geld war weg. Was erzählte Peter da bloß für eine Geschichte. »In was für einem Auto flüchtete er?«

»Ist doch jetzt unwichtig«, drängelte Bob. »Wie ging es weiter, Peter? Hast du ihn verfolgt? Weißt du, wohin er gefahren ist? Wer es war?«

»Er fuhr einen ziemlich gewöhnlichen Chrysler«, sagte Peter und beantwortete damit zunächst Justus' Frage. »Mit Kennzeichen aus Florida. Vielleicht ein Leihwagen. Die Nummer konnte ich nicht mehr erkennen. Der Kerl ist losgebraust wie ein Irrer! Bis ich ausgeparkt hatte, war der Mann schon auf der Hauptstraße. Ich hinterher. Er fuhr die Straße entlang Richtung Highway. Durch meinen Zeitverlust waren mehrere Autos zwischen uns. Ein paar konnte ich überholen. Ich hatte ihn immer im Blick! Und dann ging alles so richtig schief! Der Typ erreichte die Kreuzung, an der man die Schienen der Pacific Rail überqueren kann. Die Schranken gingen gerade herunter. Der Typ sieht das, biegt ab, obwohl rot ist, und brettert gerade noch über die Schienen!«

»Und du?«, fragte Bob.

»Die Trottel vor mir haben mich natürlich nicht vorbeigelassen«, lamentierte Peter. »Aber es wäre auch zu spät gewesen. Ein riesiger Güterzug rollte über den Bahnübergang. Mann, das waren bestimmt über hundert Waggons! Ich bin fast durchgedreht! Nach einer Ewigkeit gingen die Schranken wieder hoch.«

»Und da war der Räuber über alle Berge!«

»War er.«

»Mist.«

Peter schwieg. Er fühlte sich wie ein Häufchen Elend. Nein, mindestens wie zwei. Oder zweitausend. »Ich habe alles vermasselt«, jammerte er.

»Wenn du nicht dem Mädchen ...«, setzte Justus an.

Doch Bob unterbrach den Ersten Detektiv sofort. »Dann hätte Peter den Räuber zwei Sekunden früher gesehen. Und? Hätte das was genützt? Ich sage dir: nein!«

Peter sah Bob dankbar an. Es tat mächtig gut, dass Bob ihn verteidigte.

Doch Justus ließ nicht locker. Er wollte einfach nicht glauben, was passiert war, und sein Dickkopf ging mit ihm durch. »Warum hast du auch das Geld aus dem Kofferraum geholt! Damit fing doch alles an!«

Peter sackte wieder in sich zusammen.

Bob legte den Arm um ihn und schüttelte den Kopf. »Justus! Hast du das Gehirn ausgeschaltet? Dann hätte der Täter einfach Peter das Messer in die Rippen gebohrt und ihn gezwungen, den Kofferraum aufzuschließen! Ist doch kein Problem!« Er lächelte Peter an.

»Wenn er das mit dem Geld überhaupt gewusst hat!«, rief Justus. »Vielleicht hatte es der Typ nur auf einen kleinen Geldbeutel abgesehen und freut sich nun über eine halbe Million Dollar! Sein Glückstag! Sechs Richtige im Lotto!«

»Das glaube ich nicht.« Peter blickte auf. »Ich habe nämlich vergessen, euch noch etwas zu erzählen: Auf der Ablage hinter der Rückbank seines Autos lag eine bunte Strickmütze.«

»Eine bunte Strickmütze ... was soll uns das sagen?«, brauste Justus los. Er war immer noch in Fahrt. Dann fiel es ihm schlagartig ein. Der Mann im Fastfood-Restaurant hatte eine solche Mütze getragen. Der so seltsam hinter ihnen hergeblickt hatte, als ihnen das Geld zu Boden gefallen war. Und das war nicht Peters Schuld gewesen. Hatte sie der Mann seitdem verfolgt? Letztlich war es egal. Vorerst jedenfalls. Das Geld war weg. »Entschuldigung, Peter«, sagte Justus nach einer kurzen Denkpause. »Tut mir leid. Ich wollte dich nicht blöde anpampen. Ich weiß, wir sind ein Team. Ich bin nur so enttäuscht.«

Peter nickte. »Vergessen wir's, Erster.«

Das Geld war weg, ein großer Teil zumindest, und das bedeutete, dass sie ihren Auftrag nicht mehr ausführen konnten. Es war einfach nur peinlich. Eine Weile saßen sie ratlos herum.

»Peter, gib doch endlich zu, dass das alles nicht wahr ist und du das Geld versteckt hast! Um es später zu holen. Davon hast du doch sowieso geträumt!« Justus lachte. »So verrückt es sich anhören mag: Aber diese Lösung wäre mir jetzt am liebsten!«

»Glaubst du das wirklich?«, fragte Peter säuerlich.

»Für Außenstehende klingt die Geschichte schon etwas schräg!«, sagte Justus.

»Vor allem wird O'Sullivan so denken!«, nahm Bob den Faden auf. »Der nimmt uns die Story vom Überfall auf dem Parkplatz doch kaum ab, oder?«

Der Gedanke war nicht von der Hand zu weisen. »Vielleicht gab es Zeugen?«, mutmaßte Justus. »Das Mädchen vielleicht?«

»Ich glaube nicht, dass sie etwas mitbekommen hat«, sagte Peter. »Sie war schon ein Stück weit weg. Wir könnten sie natürlich suchen ...«

»Unsere einzige Chance!« Die drei Freunde schlossen das Auto ab und rannten in den Supermarkt. Gang für Gang suchten sie den Laden bis auf den letzten Quadratmeter ab. Doch das Mädchen war längst verschwunden.

Geknickt trotteten die Detektive wieder nach draußen.

»Es bleibt uns nichts anderes übrig, als O'Sullivan zu informieren«, sagte Bob.

Justus stöhnte auf. Er hatte vor fast nichts Angst. Und er drückte sich selten vor einer unangenehmen Aufgabe, außer, wenn Tante Mathilda mit ihrer Putzausrüstung winkte. Aber wenn er an das Gespräch mit O'Sullivan dachte, wurde ihm richtig schlecht. »Lasst uns zum Zeltplatz zurückfahren und das übrig gebliebene Geld zählen, damit wir wenigstens wissen, wovon wir reden«, schlug er vor. So verschaffte er sich etwas Aufschub. Den anderen fiel auch nichts Besseres ein und so setzten sie sich wieder ins Auto und fuhren zurück. Fast wünschten sie sich, Dick Perry zu sehen. Genau genommen hatte er ihnen zweimal geholfen: bei der Polizeikontrolle – und als er Justus das verlorene Bild zurückgegeben hatte. Und hatte er sie nicht auch vor dem Mann mit der Strickmütze gewarnt? Aber ausgerechnet jetzt hatte niemand auf sie aufgepasst. Wahrscheinlich war der Detektiv aus Santa Monica längst auf dem Weg nach Maine. Sie erreichten den Campingplatz und verzogen sich ins Zelt. Missmutig öffnete Peter den zweiten Rucksack und schüttete seinen Inhalt auf den Zeltboden. Sie fingen an zu zählen.

Und zählten.

Und zählten.

»Eine Million Dollar sind ganz schön viel«, sagte Bob, als er die letzten Scheine zusammensuchte.

»Nicht mal eine halbe Million«, korrigierte Justus. »Wir sind exakt bei 398.400 Dollar. Der Mistkerl hat auch noch den volleren Sack erwischt.«

»Fehlen 601.600 Dollar«, sagte Bob. »Sollen wir zusammenlegen?«

Peter flüchtete sich in Sarkasmus. »Wenn wir zu dritt die nächsten siebzig Jahre bei Tante Mathilda putzen, bekommen wir's vielleicht hin.«

»Bei solchen Aussichten wandere ich lieber nach Südamerika aus«, verkündete Justus bitter.

Es half nichts. Er musste O'Sullivan informieren. Mit trockenem Mund wählte Justus dessen Handynummer. Zu allem Unglück hob ihr Auftraggeber auch noch gleich ab.

Riskante Pläne

Mit zitternder Stimme beichtete Justus, was passiert war. Als er alles erzählt hatte, hielt Justus das Handy so, dass Peter und Bob mithören konnten, und entschuldigte sich noch einmal bei ihrem Auftraggeber: »Es tut uns ausgesprochen leid, Mr O'Sullivan.«

O'Sullivan schwieg.

»Sind Sie noch am Apparat?«, fragte Justus.

»Ja ... ich ...«, kam es stockend aus dem Hörer.

»Ich weiß: Es ist unverzeihlich, Mr O'Sullivan! Und es war ein dummer Zufall!«

»Jetzt ... jetzt ist alles aus!« O'Sullivans Stimme klang ausgesprochen weinerlich. So hatten ihn die drei ??? noch nie reden gehört. »Ich sehe mein Instrument nie wieder!«

»Doch, Mr O'Sullivan! Der Entführer wird sich wieder bei Ihnen melden! Schließlich will er das Geld! Besteht denn irgendeine Chance, den Geldtopf wieder aufzufüllen? Anschließend werden wir versuchen, den Dieb zu fangen und Ihnen das gestohlene Geld wiederzubringen, das versprechen wir Ihnen!«

»Wie denn, Justus? Morgen soll das Lösegeld übergeben werden. Ich sitze in Flagstaff im Sedona-Hotel, meine Bank ist in Beverly Hills. Es ist Sonntag, Justus! Wie soll ich denn jetzt an 600.000 Dollar kommen?

Langsam übersteigt das auch meine Kapazitäten.« Er rang mit sich. »Trotzdem, mit dem Verlust könnte ich ja noch leben.«

»Sollten wir nicht besser die Polizei informieren?«

»Ja. Ich denke, das sollten wir. Morgen Mittag. Direkt nach dem Treffen mit dem Entführer!«

»Sie halten ein Treffen also nach wie vor für sinnvoll«, stellte der Erste Detektiv zufrieden fest. Er dachte ähnlich.

»Natürlich, Justus. Ich würde den übrig gebliebenen Teil des Geldes übergeben und dem Entführer einfach sagen, was passiert ist. Dann sieht er meinen guten Willen! Das ist doch meine einzige Chance! Ich kann diese Aufgabe übernehmen, Justus. Wenn der Täter mich akzeptiert ...«

Justus glaubte, nicht recht zu hören. »Ich denke kaum, dass der Entführer sich überhaupt nur blicken lässt, wenn Sie auftreten! Das passt nicht in sein bisheriges Verhaltensmuster. Selbstverständlich werden wir das in die Hand nehmen, Mr O'Sullivan! Schließlich haben wir Ihnen das alles eingebrockt!«

O'Sullivan schwieg. Er schien zu überlegen. »Sprechen wir nachher noch mal«, sagte er und seine Stimme klang resigniert. »Ich werde versuchen, jemanden bei meiner Bank zu erreichen. Ich rufe dich an.«

Justus steckte das Handy weg. »Puh!«, sagte er erleichtert. So verzwickt die Lage auch war, so war ihm jetzt immerhin wohler zumute. O'Sullivan hatte ihnen den Überfall geglaubt. Sie hatten die Chance, den Fehler wiedergutzumachen. »Bis morgen haben wir noch Zeit genug! Peter und Bob, wir müssen uns etwas einfallen lassen!«

»Erst einmal sollten wir uns darum kümmern, dass O'Sullivan die Dollars zurückbekommt«, sagte Bob. »Das bedeutet: Dick Perry auftreiben. Denn er hat den Mann mit der Strickmütze gesehen. Vielleicht hat er beobachtet, welches Auto er fährt. Irgendeine Spur muss sich doch ergeben!«

»Aber damit fangen wir an, wenn wir die Geige haben«, antwortete Justus.

»Wie? Die Geige *haben*?« Peter war fassungslos. »Du glaubst doch wohl nicht, dass O'Sullivan das fehlende Geld noch auftreibt?«

Justus schüttelte den Kopf. »Das ist unwahrscheinlich. Aber ganz habe ich noch nicht aufgegeben. Immerhin besitzen wir noch 400.000 Dollar. Vielleicht gelingt es mir ja vorzutäuschen, es wäre eine Million. Es kommt auf die Situation der Übergabe an. Ich muss ... flexibel agieren!«

Peter sah seinen Freund mit einer Mischung aus Bewunderung und Erstaunen an. »Das wäre ein hohes Risiko, Justus!«

»Wenn einer Nerven wie Stahlseile hat, dann unser Erster!«, sagte Bob anerkennend. Justus hatte einen Plan. Bobs Laune besserte sich schlagartig.

Aber Peter war dagegen. »Wenn das schiefgeht, sind die 400.000 Dollar auch noch weg! Dann haben wir innerhalb eines Tages eine Million Dollar verbraten! Das glaubt uns keiner, in was für einer verrückten Situation wir sind ... Aber ich halte mich zurück. Entscheidet ihr!«

»Als Erstes brauchen wir einen Copyshop, Gummibänder, drei Scheren oder besser noch: eine Schneidemaschine«, sagte Justus. Er sprühte plötzlich wieder vor Tatkraft. »Wir machen uns Dollarkopien, schneiden sie auf das Format des Geldes und packen sie zu Bündeln zusammen! Nur ganz oben drauf legen wir echtes Geld. Die so präparierten Bündel packen wir in die Mitte der Rucksäcke. An den Seiten deponieren wir möglichst richtiges Geld. Wenn der Erpresser die Scheine kontrollieren will, wird er in den Rucksack greifen und sich irgendein tiefer gelegenes Paket vom Rand herausziehen. Auch auf der oberen Schicht sollte selbstverständlich echtes Geld liegen. Vielleicht macht er es sich sogar ganz einfach und nimmt nur ein Bündel von oben. Schließlich steht er unter Zeitdruck!«

»Und wenn er den Rucksack ausschüttet?«, fragte Peter.

»Dann befinden sich zumindest oben und unten von jedem Bündel ein paar echte Dollars! Und unterschätzt nicht, wie man sich fühlt, wenn man kurz vor dem Ziel ist. Da muss man sich zur Ruhe zwingen! Auch der Erpresser! Vor allem aber: Der Mann rechnet nicht mit einem Trick! In seinen Augen sind wir keine Profis. Und bisher haben wir uns ziemlich an seine Bedingungen gehalten!«

»Na ja«, sagte Peter.

Justus legte die Stirn in Falten. »Ich weiß«, gab er zu. »Mein Plan hat seine Risiken. Ich muss flexibel reagieren. Wenn ich den Eindruck habe, dass die Situation unübersichtlich wird, dann kann ich immer noch umschwenken, die Wahrheit erzählen und dem Erpresser versichern, dass er den Rest des Geldes erhalten wird.«

»Wenn es schiefgeht, riskierst du die Geige!«

»Das glaube ich nicht. Der Erpresser wird sie nicht zerstören. Sie ist sein Garant für das Geld!«

Peter entgegnete nichts mehr. Ganz hatte Justus ihn nicht überzeugt. Andererseits konnte sein Fehler durch Justus' Plan mit etwas Glück wieder ausgebügelt werden. Und das Glück war ja, wie er aus langer Erfahrung wusste, hin und wieder auf ihrer Seite gewesen.

Auf dem Weg in die Stadt steuerten sie einen Copyshop an, in dem Peter im Sichtschutz von Justus und Bob einen dicken Papierstapel Dollarkopien herstellte. Sie kauften auch noch ein einfaches Schneidegerät. Dann verdrückten sie sich in ihr Zelt, um die Massenherstellung von Dollarscheinen in Angriff zu nehmen. Es war eine ziemlich langwierige Arbeit. Als sie gut die Hälfte der kopierten Blätter verarbeitet hatten, rief O'Sullivan an. Wie befürchtet, hatte er das Lösegeld nicht auftreiben können. Er bot wieder an, die Übergabe zu übernehmen, doch Justus überzeugte ihn, den drei ??? noch einmal eine Chance zu geben. Von seinem Plan erzählte er nichts. Es war die Trumpfkarte, die er erst ganz zum Schluss ausspielen wollte.

Justus wählte auch noch Jelena an, doch sie hatte nur ihre Mailbox eingeschaltet.

Also arbeiteten die drei ??? weiter. Sie kamen sich vor wie in einer kleinen Geldfälscherwerkstatt. »Wenn Inspektor Cotta uns erwischen würde ...«, witzelte Justus. »Wir bekämen zehn Jahre Knast!«

Gegen Abend hatten sie endlich die beiden Rucksäcke so weit präpariert, dass Justus zufrieden war. Peter und Bob verabschiedeten sich, um das Essen vorzubereiten, während sich Justus die Karte des Grand Canyon vornahm, die er im Supermarkt gekauft hatte. Er wollte die Stelle sondieren, die der Entführer in seinem letzten Schreiben als Übergabeort festgelegt hatte. Sie war nicht schwer zu finden. Vom Südrand des Canyons aus musste man einen Wanderweg laufen, der ins Innere des riesigen Tals führte. Nach kurzer Zeit zweigte ein kleiner Nebenpfad ab, der sich eng zwischen Felsen und Schluchten hindurchzwängte und dann einfach im Nirgendwo endete. Das war geschickt gewählt. Wahrscheinlich verlief sich hier kaum ein Mensch jemals hin. Wenn es überhaupt erlaubt war, den Pfad zu betreten. Denn die beiden Bilder, mit denen der Entführer die Übergabestelle markiert hatte, zeugten eindrucksvoll von der Gefährlichkeit des Ortes, von der Wucht der Felsen und der unermesslichen Tiefe der Schluchten. Justus schauderte unwillkürlich, als er sich vorstellte, dort alleine dem Entführer gegenübertreten zu müssen. Aber lange ließ er dieses Gefühl nicht zu.

»Abendessen, Justus!«, rief Bob von draußen. Justus

steckte die Karte weg und zog das Zelt auf. Der Duft von Rauch und frisch gegrilltem Fleisch wehte ihm um die Nase. Der neben ihrem Zeltplatz installierte Holztisch war einladend gedeckt. In den Bechern perlte bereits die Cola. Peter nahm gerade ein Steak vom Grill und legte es auf den Teller, den Bob ihm reichte. »Es ist angerichtet, der Herr!«, sagte der Zweite Detektiv und grinste.

»So lange es keine Henkersmahlzeit ist«, antwortete Justus und robbte aus dem Zelt. »Jungs, ihr seid die Größten! Mein Magen hängt tiefer als die wildeste Schlucht des Grand Canyon!«

»Dann lass uns am besten sofort etwas dagegen unternehmen!« Sie setzten sich an den Tisch, aßen und tranken. Es war ein wunderbarer Abend, friedlich, warm und ohne störenden Wind. Auch die beiden Familien mit den großen Campern waren am Grillen und unterhielten sich über das, was sie am Tag erlebt hatten. Peter zwinkerte dem Jungen mit dem Fußball zu und nahm sich vor, ihn nach dem Essen noch auf einen kleinen Kick einzuladen.

Eine Falle?

Justus hatte schlecht geschlafen. Immer und immer wieder hatte er an die Geldübergabe gedacht und sich ausgemalt, was dabei alles passieren konnte und wie er darauf reagieren wollte. Es war seine Art der Vorbereitung, um in der Situation selbst keinen Fehler zu machen. Doch ab und zu hatte eine andere Frage seine Vorstellung überlagert: Würde es überhaupt eine Übergabe geben? Wollte der Dieb die Geige nicht vielmehr behalten? Und trotzdem abkassieren? Schade, dass Jelena immer noch nichts über die Mitbieter der *Diener des Herrn* auf der Versteigerung in New York herausgefunden hatte.

Aber auch Peter rieb sich müde die Augen, er allerdings, weil ihm der Überfall nicht aus dem Kopf gegangen war. Er hatte schon Schöneres geträumt als in dieser Nacht und war froh, dass sie endlich vorbei war.

Als Letzter wachte Bob auf. Nervös, unsicher – ihm passte nicht, dass Justus zu einem solch gefährlichen Treffen musste. Nacheinander gingen sie sich waschen; die meisten der Gäste auf dem Campingplatz schliefen noch. Dann holten sie sich Kaffee und hockten sich vors Zelt. In der Ferne fuhr ein Zug der Union Pacific Rail vorbei. Das durchdringende Tuten der Lokomotiven, das sie auch durch die Nacht begleitet hatte, erinnerte sie an den Misserfolg des gestrigen Tages. Als sie mit dem kargen Frühstück fertig waren, packten sie zusammen, zahlten und verließen den Campingplatz. Sie waren gut in der Zeit. Justus wollte die Sache in Ruhe angehen.

Nach einer problemlosen Fahrt erreichten sie pünktlich den Grand Canyon. Justus hatte einen Parkplatz ausgesucht, der einigermaßen in der Nähe des Übergabeortes lag. Trotz des Memorial Days waren noch nicht viele Besucher da. Auch von Dick Perry war nichts zu sehen. Die drei ??? vermissten ihn nicht.

Vom Parkplatz aus konnte man den Canyon noch nicht sehen. Sie liefen einen Weg entlang und ganz plötzlich bot sich ihnen die volle Aussicht auf das Naturwunder. Obwohl sie nicht als Touristen gekommen waren, konnten sie sich der Wucht des Anblicks nicht entziehen. Der Canyon war so weit und tief, dass er seltsam unnahbar wirkte. Aber die Detektive hatten nicht viel Zeit, sich solchen Gedanken hinzugeben oder sich gar in den Anblick der Farben und Formen zu vertiefen. Stattdessen prüften sie, ob es am Rand des Canyon eine geeignete Stelle gab, von der aus sie den Übergabeort beobachten konnten. Doch wie sie erwartet hatten, lag der vorgegebene Platz vollkommen verborgen. Für Justus würde es also wieder ein Tanz auf dem Seil ohne Netz werden. Er beschloss, dass Peter und Bob erst gar nicht mitgehen, sondern am Anfang des Wanderwegs auf ihn warten sollten. Er wollte den Erpresser nicht unnötig provozieren.

Der Erste Detektiv hängte sich die beiden Rucksäcke um, die bis jetzt Bob und Peter getragen hatten. Dann kontrollierte er die Uhrzeit. »Noch eine knappe Stunde. – Ihr werdet sehen: Die drei ??? gewinnen!« Er lächelte.

»Werden wir! Und komm heil zurück, Erster«, meinte Bob.

»Ja, wäre schade um dich!«

»Sonst müssen wir die halbe Million bei Tante Mathilda zu zweit abarbeiten!« Bob verzog zum Spaß das Gesicht. »Wäre ein Albtraum!«

»Ich lasse euch nicht im Stich«, sagte Justus, lächelte noch einmal und ging.

Peter und Bob sahen ihm nach, bis er um die erste Kurve gelaufen und aus ihrem Blickfeld verschwunden war. Justus war schon sehr mutig. Jetzt war Peter froh, dass er nicht in seiner Haut steckte. Zur Untätigkeit verdammt setzten sich die beiden Detektive auf einen Felsbrocken und starrten in den Canyon. Ab und zu flog ein Hubschrauber über sie hinweg, der den Touristen die Schluchten von oben zeigte.

Die Sonne brannte heiß vom Himmel und Justus schwitzte schon nach wenigen Metern. Nach einer Weile erreichte er die gesuchte Abzweigung. Ein Schild warnte vor dem Betreten des Pfades. Dem Weg war auch anzusehen, dass ihn nicht sehr viele Menschen benutzten. Justus bog ab und marschierte weiter. Der Karte nach ging es nun eine ganze Weile parallel zum

Canyon, vorbei an mehreren Nebenschluchten. Der Weg fiel leicht ab und die Felsen auf der linken Seite wurden immer höher. Ab und zu streifte der Pfad fast die Kante, von der aus es mörderisch steil hinunterging. Einmal blieb Justus stehen und blickte den Felsfall hinab. Ihm wurde ganz schwindelig. Danach verkniff er sich das.

Irgendwo weiter hinten auf dem Weg wartete ein kleines Plateau auf ihn, das Justus vom dritten Foto kannte. Dort, genau in die Mitte hinein, hatte der Erpresser das dritte Kreuz eingezeichnet. Es würde der Ort der Übergabe sein, dessen war sich Justus plötzlich gewiss. Es passte alles: Der Platz war abgelegen genug, um Touristen fernzuhalten, der schmale Weg war für den Erpresser noch besser zu überwachen als die anderen Orte und in der Weite der Landschaft verlor sich jedes Geräusch, falls es zu einer Auseinandersetzung kommen sollte. Weit war es nicht mehr. Justus wollte zwar nicht zu spät kommen, aber auch nicht zu früh. Also verlangsamte er das Tempo.

In Gedanken ging er noch einmal alles durch. Sein Plan war, den Erpresser in Sicherheit zu wiegen, sein Vertrauen zu erhalten und so vielleicht einer strengen Kontrolle der Dollars zu entkommen.

Als Justus um einen steil abfallenden Felsblock gebogen war, blieb er stehen und holte erst einmal Luft. Der Abstieg hatte ihn weit in die Schlucht hinuntergeführt und viel Schweiß gekostet. Viele Hundert Meter unterhalb donnerte der Colorado-River durch die Felsen.

Die Einsamkeit ließ Justus spüren, wie schutzlos er war. Warum hatte der Erpresser Wert auf einen körperlich unterlegenen Gegner gelegt? Plante der Dieb vielleicht ... Geige *und* Geld zu behalten? Bei dem Gedanken zuckte Justus innerlich zusammen. Dazu brauchte man hier keine Waffe, keine Pistole, nicht einmal ein Messer. Es reichte ein kleiner Stoß über die Kante in den Abgrund. Er würde keine Spuren hinterlassen. Keine Zeugen, der perfekte Mord. Jetzt brach Justus erneut der Schweiß aus, aber er zwang sich zur Ruhe. Er würde aufpassen, dem Abhang nicht zu nahe zu kommen. Aber wie würde der Erpresser reagieren, wenn er bemerken sollte, dass er betrogen worden war?

Justus drängte die Frage beiseite, schob sein Gepäck zurecht und schritt los. Nur noch ein Felsvorsprung, dann war er am Plateau. Ganz langsam passierte er das Hindernis. Und erschrak. Zwei Menschen waren dort. Ein Mann und eine Frau. Sie saßen exakt an der Stelle, die Justus aufsuchen sollte. Beide aneinandergelehnt, sodass sie sich gegenseitig stützten, die Beine weit von sich gestreckt, es sah aus, als ob sie sich sonnten. Nicht weit entfernt standen zwei geöffnete Rucksäcke und auch eine Wasserflasche lag in Reichweite. Ein friedliches Bild.

Doch Justus traute ihm nicht. Er wartete einen Moment. Nichts regte sich. Es konnte ein Zufall sein, Touristen, die sich und den Augenblick genossen. Oder auch eine Falle. Eine Falle für ihn.

Auf glühenden Kohlen

Justus kniff die Augen zusammen und schaute genau hin. Der Mann war mit T-Shirt und kurzer Hose bekleidet, die Frau trug zu ihren Shorts ein Hemd, Freizeitkleidung, gewiss, aber doch in der Farbkombination mit einer gewissen Aufmerksamkeit gewählt, wie sie eher die Besucher von der Ostküste trugen, oder auch Europäer. Die blau-weiß-rot gemusterten Schuhe, die die Frau abgestreift hatte, hatten einen gewissen Chic. Nichts an der Szenerie wirkte gestellt, sodass Justus beschloss, sich näher heranzuwagen.

Sie bemerkten ihn erst, als er fast vor ihnen stand. Erschrocken schob die Frau die Sonnenbrille auf ihre kurzen Haare und der Mann setzte sich auf.

»Hi«, sagte Justus möglichst unverbindlich. Innerlich war er hochkonzentriert.

»Hi ... Wirklich ... fantastisch hier, oder?«

»Hm.«

»Allein unterwegs?«

»Ja.« Justus nickte zur Bestätigung. »Ich liebe es, etwas abseits zu gehen. Sie wohl auch? Sie sind Touristen aus Europa?«

Der Mann bejahte. »Wie kommst du darauf?«

Justus deutete auf das T-Shirt des Mannes, auf dem klein das Kolosseum von Rom aufgedruckt war und neben ihm ein Schriftzug: amo roma. Doch mehr noch als das hatten ihm die für Amerika untypischen Marken der Rucksäcke und das ungewöhnliche Goldoni-Hemd der Frau Gewissheit verliehen. Justus erwähnte es mit Absicht nicht. Seine scharfe Beobachtungsgabe konnte auf andere auch unheimlich wirken. Aber innerlich entspannte er sich: Das waren bestimmt Touristen. So gut konnte niemand schauspielern.

»Wir schauen uns die Nationalparks an. Morgen geht es weiter in den Antelope Park«, erzählte die Frau. »Willst du dich zu uns setzen? Es ist so ein traumhafter Platz hier ... Wo kommst du denn her?«

»Kalifornien«, murmelte Justus. »Großraum Los Angeles.«

Der Mann strahlte und setzte sich auf. »Los Angeles! Wunderbar! Da wollen wir auf unserer Reise auch noch hin! Wohnst du direkt an der Küste?«

Hoppla, da schien sich ein Gespräch zu entwickeln. Justus schluckte. Die erste Gefahr hatte sich zwar in Luft aufgelöst. Doch nun hatte er das nächste Problem: Wie sollte er die beiden von diesem Plateau wegbekommen, an dem sie sich augenscheinlich so richtig wohlfühlten? Genau dort, wo sie saßen, hatte der Erpresser auf dem Foto das Kreuz eingezeichnet. Justus sah auf die Uhr. Die Zeit drängte. Der Erpresser würde nicht lange tatenlos zusehen, wie er sich hier gemütlich mit zwei Touristen unterhielt.

»Ich wohne so in der Nähe. In der Nähe der Küste.«

Justus blieb im Allgemeinen, um nicht für neuen Gesprächsstoff zu sorgen.

»Ah ja.« Eine Zeit lang sagte niemand etwas. Die beiden Europäer starrten abwechselnd in den Canyon und auf Justus.

»Kannst du ein Foto von uns machen?«, fragte der Mann nach einer Weile.

»Klar.« Wenn ihr dann endlich abhaut, dachte Justus. Er nahm die ihm angebotene Kamera und postierte die beiden genau vor den Abgrund.

»Da wird einem ja schwindelig, so tief ist das«, sagte die Frau mit einem Blick nach hinten und legte den Arm um die Hüfte des Mannes.

Justus versuchte es mit einem Scherz: »So, bitte noch ein Stück zurücktreten ...«

Die beiden lachten und Justus knipste.

»Wollen wir mal weitergehen, Flora?«, fragte der Mann, als er die Kamera wieder verpackt hatte.

Flora schüttelte den Kopf. »Wir haben doch Zeit, es ist so wunderschön ... Schau, wie der Canyon im Sonnenlicht langsam die Farben verändert.«

Justus biss die Zähne zusammen, um seine plötzlich hochschießende Nervosität zu kontrollieren. So ging das nicht weiter. Wie sollte er die beiden loswerden? Er konnte sie ja schlecht in den Canyon stoßen. Was also tun? Sie einfach bitten, wegzugehen? Aber mit welcher Begründung ... Oder die Wahrheit sagen? Auf keinen Fall! Außerdem klang seine Geschichte absolut unglaubhaft. Blieb als Einziges ... wegekeln? Ja, wegekeln. Das war die Idee! Anders wurde er die zwei Hübschen hier nicht los! So ungern er es tat, aber es musste sein.

Justus setzte sich wieder. »Ich finde das hier wirklich cool«, verkündete er gedehnt und öffnete seine Sportschuhe. »Absolut scharf!« Mit dem Zeigefinger streifte er sich die durchgeschwitzten Socken ab und warf den ersten neben den Rucksack der Touristen. Mit dem zweiten traf er in die Öffnung. »Ihr habt ganz recht: Ich werde noch etwas abhängen und mir den Anblick reinziehen!« Er versuchte, der Aussage im Unterton den Charakter einer Drohung zu geben. Ungefragt rollte er sich zur Seite und griff nach der Wasserflasche der Frau. Er nahm einen herzhaften Schluck und stieß hörbar auf. Trank noch mal. »Aaaah! Das tut gut!«, grunzte er und spuckte aus. Die beiden sahen ihn mit einer Mischung aus Erstaunen und Angewidertheit an. Die Verwandlung des netten Amerikaners in einen stillosen Flegel vollzog sich für sie vollkommen überraschend.

Vom Erfolg angestachelt klopfte sich Justus auf seinen stattlichen Bauch. »Wissen Sie eigentlich, warum viele Amerikaner so fett sind?«, fragte er. »Ihr Europäer findet uns doch fett, oder?«

»Äh«, sagte der Mann.

»Sie halten mich doch für einen richtig fetten Amerikaner, oder?«

»Nun ...«, sagte der Mann.

»Es hängt an den Hamburgern«, verkündete Justus. »An den Hamburgern, dem Ketchup, der Mayo und natürlich auch am Autofahren. Und an der Cola. Cola macht fett«, sagte Justus. »So richtig voll fett! Und man muss davon rülpsen!«

Die beiden wechselten einen schnellen Blick.

Justus unterlegte seine Aussage entsprechend.

»Benjamin ...«, sagte die Frau drängend.

Justus grinste die beiden frech an, aber innerlich kam er sich vor wie ein Schwein. »Ist toll mit euch hier. Echt nett. Coole Europäer. Ich hoffe, ihr bleibt noch ein bisschen bei mir hocken und quatscht mit mir. Wisst ihr, was voll öde ist? Ich habe nämlich mein Futter vergessen. Habt ihr was für mich dabei? Vielleicht Erdnussbutter? Erdnussbutter mag ich am liebsten!« Er beugte sich zu dem Rucksack der beiden, um darin nachzuschauen. »Richtig fette Erdnussbutter ...«

Mit einer schnellen Bewegung riss der Mann sein Gepäckstück an sich. »Ich glaube nicht, dass da Erdnussbutter drin ist«, sagte er und zog angewidert Justus' Socke heraus. »Flora, wir wandern weiter!«

Die Frau stand auf und suchte schnell ihre Sachen zusammen. Sie nahm sich noch nicht mal die Zeit, ihre Schuhe überzustreifen, sondern blieb barfuß. »Angenehmen Tag noch«, sagte sie und warf sich ihren Rucksack um. Schon machten sich die beiden auf den Weg.

»Bleibt doch noch!«, rief Justus ihnen hinterher. »Is' doch nett hier ...«

Im Eilschritt und ohne sich noch einmal umzusehen, verschwanden Benjamin und Flora um den nächsten Felsvorsprung.

Geschafft! Justus schnaufte erst einmal durch.

Aber jetzt drängte die Zeit. Es war zehn Minuten nach elf.

Genau an der Stelle, wo der Mann gesessen hatte, sah man jetzt die Farbmarkierung des Erpressers. ›SIEH DIR DAS GESICHT AN!‹ hatte er in roter Schrift hingemalt. Justus untersuchte die Stelle, ob es vielleicht noch einen weiteren Hinweis gab, doch da war nichts. Nur dieser merkwürdige Satz.

Justus blieb nichts anderes übrig, als dem Befehl zu folgen. *Sieh dir das Gesicht an.* Welches Gesicht bloß? Da war kein ... Gesicht. Doch! Der Erpresser musste diesen wie einen Kopf geformten Stein meinen, der sich unterhalb der Bruchstelle eines massiven Felsens gegen den Himmel abhob! Justus setzte sich um und starrte den Fels an. Seine Form erinnerte ihn an einen guten Bekannten. Ein großer Kopf mit Halbglatze, herunterhängenden Wangen und Augenlidern ... Doch was sollte es da zu entdecken geben? Enthielt der Fels irgendeine Botschaft?

Nachdem Justus eine Weile gerätselt hatte, kam er auf die Lösung. Sie war denkbar einfach. Der Mann wollte, dass Justus in eine bestimmte Richtung blickte. Damit er sich unbemerkt anschleichen konnte. Plötzlich hatte Justus das drückende Gefühl, dass der Erpresser bereits hinter ihm wartete. Das Phantom war da!

Der Mann in Schwarz

»Bleib sitzen, Junge!«

Die Stimme klang dumpf. Undeutlich, vernuschelt, als würde sie durch irgendetwas aufgesaugt. Wahrscheinlich trug der Erpresser eine dicke Maske. Justus wagte nicht, sich umzusehen.

»Ja, Sir.«

»Das Geld?«

Justus deutete auf die beiden Rucksäcke, die links und rechts neben ihm standen. Er fragte: »Die Geige?«

»Hier.«

»Darf ich mich umdrehen?«

»Aber langsam, Junge.«

Justus setzte sich vorsichtig um. Der Mann war ganz in Schwarz gekleidet. Turnschuhe, Jeans, Jacke. Über den Kopf hatte er sich eine schwarze Kapuze gestreift. Aus zwei engen Schlitzen funkelten seine Augen. In der linken Hand hielt er ein Messer, in der rechten einen Geigenkoffer. Der Mann stand etwa zehn Meter von Justus entfernt. Offenbar hatte er sich zuvor auf dem Weg versteckt, den Justus gekommen war. Damit versperrte er dem Ersten Detektiv jetzt den Fluchtweg.

»Es ist alles vorbereitet, Sir«, sagte Justus. »Ganz wie Sie es gewünscht haben. Für den kleinen Zwischenfall mit den Touristen konnte ich nichts, Sir! Ich habe sie vertrieben!«

»Das Geld!«

Justus räusperte sich. »Sie bekommen es, Sir. Aber wer gibt mir die Garantie, dass ich dann auch die Geige erhalte?«

»Niemand!«

»Ja, aber ... Sollen wir nicht gleichzeitig die Übergabe vollziehen?« Justus wollte aufstehen. Es wurde schwieriger, als er gehofft hatte.

»Sitzen bleiben!«

»Ja, Sir. Aber verstehen Sie mich doch bitte! Ich brauche eine Sicherheit. Schauen Sie, das Lösegeld ist da!« Justus öffnete einen Rucksack und zog eins der vorbereiteten Dollarbündel hervor. Mit dem Daumen blätterte er das Bündel durch, sodass die einzelnen Dollarscheine sichtbar wurden. »Es ist alles in Ordnung, Sir! Ich nehme jetzt Geld aus dem zweiten Rucksack!« – Justus zog ein ebenfalls vorbereitetes Bündel heraus, das seitlich und tiefer steckte – »sehen Sie, ich blättere es für Sie durch. Alles unmarkierte Scheine, wahllos nummeriert. Ich werfe Ihnen jetzt das Geld zur Prüfung zu!« Der Erste Detektiv holte aus und mit einem leisen Klatschen landete das Päckchen vor den Füßen des Mannes. Ohne Justus aus dem Blick zu lassen, stellte er den Geigenkoffer ab, hob das Bündel auf und blätterte es durch.

»In Ordnung«, sagte er.

Justus atmete auf. »Bitte zeigen Sie mir jetzt die Geige.«

Der Mann klappte den Koffer auf und hielt ihn so, dass Justus hineinblicken konnte. Das war sie. Die *Diener des Herrn.* Zumindest aus der Entfernung sah es so aus.

»Sir, ich muss ganz sichergehen«, sagte Justus. »Ich ziehe jetzt ein Fernglas aus dem Rucksack.«

»Aber langsam.«

»Natürlich, Sir. Es ist keine Waffe!« Justus packte das Fernglas aus und hielt es vor die Augen. Er stellte die Schärfe ein. Obwohl der Mann beim Halten der Geige leicht zitterte, konnte Justus die Erkennungsmerkmale der *Diener des Herrn*, die er sich eingeprägt hatte, genau erkennen. »In Ordnung!«, sagte er. Der Mann legte den offenen Koffer vor sich auf den Fels und stellte sich wieder in Position.

»Sir, dann gehen wir jetzt vorsichtig aufeinander zu und tauschen Koffer und Rucksäcke?«

»Bleib! Wirf die Rucksäcke rüber!«

Verdammt! Justus versuchte, äußerlich gelassen zu bleiben. »Sie konnten sich doch überzeugen! Geld gegen Ware! Bitte!«

»Geld her!« Der Mann hob das Messer. »Oder die Geige ist weg!«

»Ja doch, Sir.« Justus überlegte blitzschnell. Für die Wahrheit war es jetzt zu spät. Er musste das gewonnene Vertrauen aufrechterhalten. Die Säcke rüberschmeißen. Vielleicht reichte das dem Mann ja und er verschwand mit dem Geld. Wenn der Erpresser hingegen das ganze Lösegeld kontrollieren wollte, musste Justus die Ablenkung nutzen und sich blitzschnell die Geige schnappen, bevor er den Betrug bemerkte.

Er verschloss die Rucksäcke wieder und warf sie nacheinander vor die Füße des Erpressers, wobei er unmerklich ein oder zwei Meter der Distanz verkürzen konnte.

Der Erpresser bückte sich und öffnete den ersten Rucksack. Der Geigenkoffer stand aufgeklappt neben ihm.

Justus schob einen Fuß vor und spannte die Muskeln an.

Der Mann warf einen Blick in den Rucksack.

Justus wartete.

Da griff der Mann mitten ins Geld und zog ein Bündel heraus, das – wie Justus vermutete – von Falschgeld durchsetzt sein musste. Im selben Moment, als der Erpresser den Daumen über das Bündel zog und überrascht aufblickte, sprang Justus los. Der Mann schrie auf und reagierte mit einer schnellen Bewegung. Justus griff ins Leere. Gerade noch rechtzeitig hatte der Mann den Koffer zur Seite gerissen. Dafür schnappte sich der Erpresser die Geige und sprang auf. »Betrüger!«, brüllte er. »Das wird dir verdammt leidtun!« Er beugte den Arm nach hinten, als wolle er das Instrument in den Canyon schmeißen, und tat einen Schritt auf den Abgrund zu.

Was dann mit der Geige passieren würde, war Justus klar. Die Felsen in der Tiefe würden das zarte Instrument zerschmettern, als wäre es aus Porzellan.

»Nein!«, schrie Justus. Wie hatte er die Situation nur so entgleiten lassen können. »Nicht werfen! Geben Sie mir eine zweite Chance! Es sind 400.000 Dollar! Das restliche Geld wurde uns gestohlen, glauben Sie mir! Sie bekommen alles! Alles!«

»Gestohlen, ja? Was willst du mir noch erzählen?« Die Stimme des Mannes klang gefährlich gepresst. »Ist das eine Falle? Sag O'Sullivan, dass ich mich nicht reinlegen lasse! Ich nicht!« Er trat ganz an den Abgrund und holte aus.

»Nein!«, schrie Justus noch einmal und sprang auf den Mann zu. »Sie ... wir ...«

»Ihr habt es nicht anders gewollt!«

Es war eine blitzschnelle Bewegung. Die Geige flog in einem Bogen, verlor dann an Schwung und trudelte hinab, als ob sie sich zieren würde, in die Felsen zu fallen, die wie offene Messer auf sie warteten. Ein Windstoß wirbelte die Geige weiter und Justus musste sich über den Abgrund beugen, um sie im Auge zu behalten. Kurz war es ihm, als würde ganz unten Jelena am Rand der Felsen stehen, die Geige lächelnd auffangen, und alles würde gut werden, so wie es schon einmal passiert war. Doch da war keine Jelena. Nur die schier bodenlose Tiefe. Die Geige, in der Entfernung ganz klein geworden, machte eine letzte Drehung, dann prallte sie auf die Spitze eines Felsens. Sekundenbruchteile später meinte Justus, einen Fetzen des zerborstenen Holzes auszumachen, der weiter nach unten sprang, und sein Blick hastete den Felsen auf und ab. Aber letztlich war es egal, wann er das letzte Trümmerstück aus den Augen verlor. Die *Diener des Herrn* war Kleinholz. Ein Millionenwert vernichtet. War das alles wirklich wahr? Justus brauchte einen Moment, bis er begriff, dass er, Justus Jonas, der große Detektiv, versagt hatte, versagt wie nie zuvor in seiner Karriere.

Abgestürzt!

Der Erpresser sprang auf Justus zu und versetzte ihm einen gewaltigen Stoß. Justus prallte zurück und fiel taumelnd zu Boden. Der Mann packte die Rucksäcke und rannte davon. Justus hatte nicht viel Zeit zu überlegen. Aber eins war ihm klar: Wenn er den Fehler auch nur ansatzweise wiedergutmachen wollte, so musste er den Täter fangen! Er rappelte sich auf und hechtete hinterher.

Der Mann war den Weg zurückgerannt und plötzlich aus Justus' Blickfeld verschwunden – eine winzige, vom Fels verdeckte Stelle, die man vom Plateau aus nicht einsehen konnte. Als Justus wenige Sekunden später den Ort erreichte, wurde ihm klar, warum der Erpresser wie ein Phantom verschwunden war: Dort hing eine Strickleiter, die wild hin und her schleuderte. Justus sah nach oben. Ein paar Meter über ihm kletterte der Mann den Felsen hoch. Justus fing das Ende auf und setzte an. Einer der Touristenhubschrauber tauchte auf und blieb in der Luft stehen wie eine Libelle. Wahrscheinlich hielt man die kletternden Männer für eine Sondervorführung. Mit Mühe kam Justus zwei Sprossen hoch. Es war verdammt schwer, das schlingernde Ding in den Griff zu bekommen. Der Mann war schneller. Die Rucksäcke hatte er geschultert und Griff für Griff zog er sich bergauf. Inzwischen hatte er das Ende der Leiter fast erreicht. Mit viel Kraft überwand Justus die nächsten Meter. Dann stockte ihm der Atem. Der Mann hatte sich auf die Felskante gerettet. Jetzt nahm er das Messer, das er zum Klettern zwischen die Zähne geklemmt hatte, in die Hand. Mit kräftigen Schnitten durchtrennte er die Seile.

»Nein!« Justus' Hände suchten verzweifelt nach einer Spalte im Fels, in der sie Halt finden konnten. Ausgerechnet jetzt meldete sich sein Handy. Schon kam ihm die Strickleiter entgegengeschossen. Für einen Moment klammerte sich Justus an die Felswand, dann rutschte er ab und fiel – gut zwei Meter tief. Instinktiv rollte er sich zur Seite, um die Kraft des Aufpralls abzufangen. Gerade noch rechtzeitig blieb er liegen. Sein Kopf hing bereits über dem Abgrund des Canyons. Aus den Augenwinkeln registrierte er, wie ihm das Handy aus der Tasche rutschte und über die Kante schlitterte. In wenigen Sekunden würde sein nerviges Piepsen für immer verstummen.

Der Hubschrauber kam jetzt tiefer und stand schließlich direkt vor ihm in der Luft. Jemand hinter der Scheibe winkte hektisch und Justus sah mit einiger Überraschung, dass es Peter war. Mühsam rappelte er sich hoch. Er fühlte sich vollkommen durchgerüttelt, doch offenbar hatte er sich nichts gebrochen. Zum Zeichen, dass alles in Ordnung war, streckte er den Daumen hoch. Peter wiederholte die Geste. Kurz darauf stieg der Hubschrauber höher und flog an den Felsen entlang. Vielleicht, um die Verfolgung des Mannes aufzunehmen, so hoffte Justus. Wie Peter bloß in diesen Hubschrauber gelangt war … Einen Moment später war Justus allein.

Niedergeschlagen machte er sich auf den Rückweg.

Selbst wenn Peter den Täter zur Strecke bringen sollte, war dies die bitterste Stunde ihrer Karriere.

Als Bob Justus sah, stand er auf und rannte ihm entgegen. »Und? Wie ist es gelaufen?«

Doch Justus brauchte nicht zu antworten. Er hatte nichts bei sich, was er vorweisen konnte. Kein Geld, keine Geige. Und sein Gesicht sprach Bände.

»Justus?«

»Vorbei, Bob! Aus und vorbei. Die Geige ist zerstört! Ich glaube, ich hänge meinen Job an den Nagel!«

»Das kannst du den Leuten nicht antun! Erzähl doch endlich!« Justus blickte zu dem Hubschrauber, der in einiger Entfernung auf der Stelle verharrte. »Wieso ist Peter da drin?«

»Das ist doch jetzt egal, Just! – Peter kam auf die Idee! Ich fand es klasse! Er ist zu dem Flughafen, der die Touristenflüge durchführt. Er hat gehofft, etwas von der Übergabe mitzubekommen!«

»Das hat er auch. Nämlich wie ich vom Felsen gefallen bin.« Dann erzählte Justus. Und Bob hörte mit großen Ohren zu.

»Du meinst, dass man die Geige nicht mehr zusammenbauen kann?«, fragte Bob, als Justus von der Zerstörung der Guarneri berichtet hatte.

Justus schüttelte den Kopf über so viel Ahnungslosigkeit. »Du machst dir keine Vorstellung, wie tief der Canyon ist. Die *Diener des Herrn* ist Kleinholz! Du kannst sie nicht mehr reparieren. Nie mehr!«

»Nie mehr ...«

»Nie mehr. Wenn überhaupt jemals etwas gefunden wird.«

»Und jetzt?«

»Jetzt helfen wir Peter bei der Tätersuche. Und dann muss ich O'Sullivan anrufen. Das wird der schwierigste Anruf meiner Laufbahn.«

»Tu einfach so, als wärst du in einer Geschichte. Nicht in der Wirklichkeit. Erzähl ihm, was passiert ist, und dann leg auf.«

»Danke für den Tipp, Bob. Willst du vielleicht das Telefonat ...«

Bob sah ihn erschrocken an. »Nicht wirklich.«

Der Hubschrauber drehte jetzt ins Land ab.

»Sieht aus, als ob er zum Flughafen zurückkehrt«, sagte Justus. »Hast du die Autoschlüssel?«

»Die hat Peter ...«

»Klar. Blöde Frage!«

Sie wollten schon einen Touristen überreden, sie mitzunehmen, als das Pärchen aus dem Canyon – Benjamin und Flora – den Weg entlangkam. Als sie Justus entdeckten, änderten sie abrupt die Richtung. Doch der Erste Detektiv ließ ihnen keine Chance. Bei den beiden hatte er sowieso noch etwas gutzumachen! Mit wenigen Schritten holte er sie ein, entschuldigte sich und beschrieb in knappen Worten so etwas wie eine Notsituation, die es nun dringend erforderte, zum Flughafen gefahren zu werden. Ein paar Minuten später saßen Bob und Justus tatsächlich in einem sportlichen Coupé und unterhielten sich mit den beiden über das Leben in Kalifornien.

Justus zeigte sich jetzt von seiner freundlichsten Seite. Doch die Touristen konnten das Gespräch nur kurz genießen: Nach wenigen Minuten erreichten sie das Gelände, auf dem gerade einer der Hubschrauber startete. Vor dem Eingangsportal parkte ein Polizeiwagen mit eingeschaltetem Blaulicht. Benjamin stoppte direkt neben ihm und kurz darauf durchquerten die Detektive mit eiligen Schritten die Eingangshalle. Große Glasfenster gaben den Blick auf die Landefläche frei.

Außerhalb des Gebäudes stand Peter. Um ihn herum scharte sich eine Gruppe von Menschen, darunter zwei Polizisten und offenbar auch die Hubschrauberpilotin. Als Peter seine Freunde entdeckte, sprach er einen der Polizisten an, der die beiden Detektive daraufhin durch die Abflugkontrolle ließ.

Peter löste sich aus der Gruppe. »Da seid ihr ja endlich! Wir haben den Mann leider verloren«, platzte er heraus. »Er ist in einem Tunneldurchgang verschwunden und dann war er weg! Irgendwann wollte die Pilotin nicht länger warten.«

»Also stehen wir mit vollkommen leeren Händen da«, sagte Justus enttäuscht. »Wie bist du überhaupt in den Hubschrauber gelangt?«

Peter lachte. »Ganz legal! Ich habe einen Rundflug gebucht! Wollte doch mal sehen, was es aus der Luft so alles zu beobachten gibt! Allerdings halten sich die Hubschrauber streng an einen ganz bestimmten Kurs. Doch als wir über die Kante des Canyons flogen, habe ich dich entdeckt! Du im Zweikampf mit dem Erpresser! Ich konnte die Pilotin überzeugen, dass dort ein Verbrechen passiert, und sie wich von ihrer vorgeschriebenen Linie ab. Dann haben wir die Nummer mit der Strickleiter gesehen, das hast du ja mitbekommen. Als du mir signalisiert hast, dass mit dir alles in Ordnung ist, haben wir den Mann verfolgt. Aber er ist plötzlich verschwunden. Tja, und nun ist die Polizei da und jemand von der Fluggesellschaft und es herrscht große Aufregung!«

Justus nahm Peter ein Stück zur Seite. »Inwieweit hast du die Polizei in unsere kleine … Geschichte eingeweiht? Du hast doch nicht etwa von dem Geld erzählt?«

Peter schüttelte entrüstet den Kopf. »Wo denkst du hin, Erster! Schweigenkönnen gehört doch zu unserem Geschäft! Nein, die Pilotin ist in dem Glauben, ich hätte deinen Kampf mit dem Mann zufällig mitbekommen!«

»Dann sollte ich mich hier verdrücken, bevor sie mich wiedererkennt! Ich muss mich ohnehin bei Mr O'Sullivan melden!«

»Aber wie? Das Handy ist im Eimer und ein zweites Gerät haben wir nicht dabei!«

»Hier gibt es bestimmt einen Münzapparat!« Justus verließ die Gruppe und zog sich in das Gebäude zurück. Etwas abseits fand er ein öffentliches Telefon. Die Handynummer von O'Sullivan wusste er längst auswendig. Kaum eine Minute später hatte er den Filmproduzenten am Apparat.

»Und?«, fragte O'Sullivan erwartungsvoll. »Das dauert ja eine Ewigkeit, bis du dich meldest! Aber wenn es sich lohnt ...«

Justus schluckte. Dann erzählte er die ganze Geschichte. So, wie sie sich zugetragen hatte. Auch seinen Anteil an dem Fehlschlag verschwieg er nicht.

O'Sullivan stockte der Atem. »Das war so nicht abgesprochen!«, zischte er, als Justus geendet hatte, und sein Ton wurde scharf: »Was fällt dir ein! Du ... Amateur! Du hast sie vernichtet! Sie ... meine geliebte ...« – jetzt schlug die Stimme um ins Weinerliche – »... meine geliebte Geige!«

»Vermutlich hätte der Erpresser das Instrument auch dann zerstört, wenn ich ihm gleich reinen Wein eingeschenkt hätte«, antwortete Justus so ruhig er konnte. »Er wollte die ganze Summe. Und er war äußerst aufgebracht!« Justus hielt inne. Als er sich die Situation noch einmal vor Augen rief, hatte er das deutliche Gefühl, als ob der Erpresser O'Sullivan kennen würde. Sollte er den Filmproduzenten darauf ansprechen? Vermutlich würde er dann wieder aufbrausen. »Es ist müßig, darüber zu spekulieren, was passiert wäre, wenn ich den Erpresser nicht hätte täuschen wollen!«, sagte Justus abschließend. »Es ist leider alles schiefgegangen. Total. Ich gebe es zu.«

Am anderen Ende der Leitung herrschte Schweigen. »Wo bist du gerade?«

»Am Hubschrauberplatz am Canyon.«

»Wir sollten die Polizei informieren! Möglichst schnell! Ich habe wohl ... einen großen Fehler gemacht. Ich muss mich für meinen Ausbruch eben entschuldigen. Es ist nicht deine Schuld, Justus! Ich hätte nie auf den Plan eingehen sollen!«

»Die Polizei ist bereits hier!«

»Gut, dann halte sie auf. Ich bin schon auf dem Weg zu euch. In einer knappen Stunde bin ich da!«

»Soll ich den Polizisten inzwischen alles erzählen?«

O'Sullivan überlegte einen Moment. »Warum eigentlich nicht. Wir sollten keine Zeit verlieren, wenn ich mein Geld wiederbekommen will! Das ist jetzt das Letzte, was mir übrig bleibt!«

»Okay, Sir.« Justus hängte ein. Er konnte O'Sullivan verstehen. Auch wenn er auf die vorwurfsvollen Sprüche der Polizisten nicht sonderlich erpicht war.

Las Vegas

Justus hatte geahnt, dass das Gespräch mit der Polizei sehr ungemütlich werden würde, und es stand seinen Befürchtungen dann auch in nichts nach. Gaben sich die beiden Officer wenigstens nur rechthaberisch, so war der Lieutenant, der die drei ??? und den inzwischen eingetroffenen O'Sullivan in einem Besprechungsraum des Flughafens anhörte, so richtig sauer. Mit stierem Blick donnerte er auf Justus los: »Ihr Dilettanten! Zerschlagt das Porzellan und dann wird plötzlich die Polizei gerufen und soll retten, was zu retten ist! Du meinst doch wohl nicht, dass mir das Spaß macht, Jonas?«

Justus wollte antworten, doch der Polizist polterte ohne Pause weiter: »Detektive nennt ihr euch! Was ist das für ein Land, wo sich jedes dahergelaufene Greenhorn Detektiv nennen darf! Jungs, ich sag euch was: Tut irgendetwas Sinnvolles. Sammelt Müll, wenn ihr aufräumen wollt! Oder gründet von mir aus eine Rockband! Aber geht bitte nicht der Polizei auf den Geist!«

»Sir! Es ist nicht die Schuld der Detektive!«, warf sich O'Sullivan in die Bresche. »Ich selber habe den Fehler gemacht! Ich habe die Jungs beauftragt. Ich hätte mich gleich an die Polizei wenden sollen!«

Die Wut des Lieutenants schwappte nun auf den Filmproduzenten über: »Wir sind hier nicht in einem

Ihrer Hollywoodfilme, Mr O'Sullivan! Das Happy End fällt leider aus! Und alles nur, weil Sie unfähig sind, die Telefonnummer der Polizei zu wählen! Was haben Sie sich bloß dabei gedacht, als Sie diese Grünschnäbel engagiert haben?!«

O'Sullivan schwieg. Seine Gesichtsfarbe hatte einen rötlichen Ausdruck angenommen, der der Farbe der Canyonfelsen nicht unähnlich war.

Das schien den Lieutenant etwas zu besänftigen und er wandte sich wieder den Tatsachen zu. O'Sullivan, Justus, Peter und Bob sollten noch einmal ausführlich berichten, was geschehen war. Ein zweiter Polizist protokollierte die Aussagen. O'Sullivan war zuerst dran, nach ihm kamen die drei ??? zu Wort. Jetzt verschwiegen sie auch die Verfolgung durch Dick Perry nicht. »Irgendwie hat der Kerl Lunte gerochen. Aber für den Überfall kommt er leider nicht infrage«, sagte Justus. »Diesen kleinen, runden Kerl hätte ich sofort erkannt!«

»Danke für deine Darlegung, Jonas. Wir werden das selbst prüfen«, knurrte der Lieutenant. »Dürfte ich bitte mal das Bild sehen, von dem du erzählt hast?«

»Das Bild mit der Geige?«

»Nein, das Bild vom Sonnenuntergang auf Hawaii natürlich«, sagte der Lieutenant sarkastisch.

Justus schluckte und gab Bob, der dem Polizisten am nächsten saß, die Aufnahme von der Geige. Bob schenkte der Geige einen kurzen Abschiedsblick. Das war sie gewesen. *Diener des Herrn.* Die Geige war wunderbar zu sehen. O'Sullivans Hände umfassten sanft das

Ende des Korpus'. Das Griffbrett der Geige lehnte an seinem Kinn. An seinem Kinn ... Genau in dem Moment, als er das Bild weiterschob, fiel Bob etwas auf. Doch bevor ihm bewusst wurde, was das bedeuten konnte, wurde er vom Gang des Gesprächs abgelenkt.

»Ich hätte das Bild gerne zurück«, sagte O'Sullivan. »Es ist mein Lieblingsfoto. Es zeigt unsere ... Verbundenheit.«

»Ihre Verbundenheit, natürlich!« Der Polizist nahm das Bild und warf einen skeptischen Blick darauf. »Und du hast die Geige bei der Übergabe genau wiedererkannt, Jonas?«

Justus nickte. »So gut es den Umständen entsprechend ging. Aber ich bin mir ziemlich sicher. Ich habe ein Fernglas benutzt. Wie ich schon erwähnte.«

»Es ist mir nicht entgangen.« Der Polizist zog die Stirn in Falten und drehte das Bild hin und her.

»Wenn sich Justus sicher ist, dann war es auch so«, rutschte es Peter heraus.

Der Lieutenant blickte auf. »An deiner Stelle würde ich mich etwas zurückhalten, Shaw! Du hast eine Menge Geld versenkt!« Der Polizist schob O'Sullivan das Bild über den Tisch. »Kann sein, dass wir das Bild noch mal brauchen. Nicht wegwerfen.«

»Ich mache Ihnen einen Abzug davon«, antwortete O'Sullivan. Dann war endlich beredet, was zu bereden war. O'Sullivan und die drei ??? wurden entlassen. Schweigsam verließen sie den Flughafen.

»Also dann«, sagte der Filmproduzent matt. »Ich

werde noch zwei, drei Tage in der Gegend bleiben und ausspannen. Wir sehen uns demnächst in Los Angeles.«

»Der Wagen?«

»Den gebt ihr wieder in Santa Monica ab. Das restliche Geld von meinem Vorschuss bringt ihr mir dann vorbei. Ihr wisst ja, wo.«

»Das ist sehr anständig von Ihnen!« Die drei ??? nickten.

Dann gingen O'Sullivan und die Detektive auseinander. Sie hatten sich nichts mehr zu sagen.

Die drei Freunde stiegen in ihren Wagen und Bob drehte den Zündschlüssel herum. »Mir ist vorhin übrigens etwas aufgefallen, Justus. Das Foto mit der Geige ist seitenverkehrt abgezogen worden. O'Sullivans kleine Narbe ist in Wirklichkeit am linken Mundwinkel.«

»Bist du sicher?«, fragte Justus.

»Ich denke schon.«

»Wie dem auch sei«, sagte Peter genervt, »kann's jetzt losgehen? Ich habe die Schnauze gestrichen voll! Ich brauche Ablenkung! Kino vielleicht und ein wenig mit Kelly . . .«

Der dritte Detektiv gab verbissen Gas. Sie hatten eine wertvolle Geige und eine Million Dollar versenkt. Und es war ein verdammt langer Weg bis nach Hause. Um sich etwas aufzumuntern, stellte Bob das Radio an. So fuhren sie dahin. Ab und zu wechselte er ein verdrießliches Wort mit Peter, der auf der Rückbank saß. Nur Justus war die ganze Zeit über verdächtig ruhig. Hatte es etwas mit Bobs Beobachtung zu tun? Oder bohrte in ihm die Enttäuschung über die Niederlage?

Als sie eine Tankstelle passierten, öffnete der erste Detektiv endlich wieder den Mund: »Stopp!«

»Da bei der Tankstelle?«

»Ja. Ich muss telefonieren. Mit Jelena.«

Nachdem Bob den Wagen abgestellt hatte, ging Justus kommentarlos zur Telefonzelle. Peter verzog sich kopfschüttelnd in den Shop, um seine Lieblingsdrops zu kaufen. Er konnte nicht verstehen, was Justus von Jelena jetzt noch erfahren wollte. Der Fall war doch wohl mehr als gelutscht.

Bob nutzte die Gelegenheit und tankte. Bei 75 Dollar stoppte die Tankuhr automatisch und er ging in den Shop, um zu bezahlen. Plötzlich platzte Justus herein. »Bob! Weißt du noch, in welchem Hotel O'Sullivan übernachtet? Ich muss ihn dringend etwas fragen!«

»Gib mir mal was vom Vorschuss, Just!«

Bob nannte dem Tankwart die Nummer der Zapfsäule und wandte sich in aller Ruhe Justus zu. »Sedona Hotel in Flagstaff. Das hat O'Sullivan erwähnt, als er uns auf dem Campingplatz besucht hat. Aber vielleicht ist er inzwischen woanders hingefahren ...«

»Danke, Dritter!« Justus zückte die Dollars und verschwand wieder.

Inzwischen hatte Peter seine grünen Lieblingsdrops gefunden und bezahlte ebenfalls. Dann setzten sich die beiden Freunde ins Auto und warteten auf Justus. Es dauerte eine ganze Weile. Als der Erste Detektiv endlich wieder auftauchte, umspielte ein zufriedenes Lächeln seinen Mund. Er ließ sich auf den Beifahrersitz plumpsen, streckte die Beine aus und räkelte sich. »Las Vegas«, sagte er gelassen.

»Las Vegas?«

»Ja. Wir fahren nach Las Vegas.«

»Willst du noch mehr Geld verspielen?«

»Im Gegenteil. Wir holen die Million zurück! Und mehr als das.«

Für einen Moment waren Peter und Bob sprachlos. Der Erste Detektiv war doch immer für eine Überraschung gut!

»Würdest du uns an deinen Erkenntnissen teilhaben lassen?«, fragte Bob und ließ den Wagen wieder an.

»Durchaus«, sagte Justus. »Bis wir in Las Vegas sind, vergeht noch Zeit genug. Und ... Peter ...«

»Ja?«

»Ich muss mich bei dir entschuldigen!«

»Ach.«

»Weil ich ... einen klitzekleinen Moment befürchtet hatte, du wärst ...«

»Ja?«

»... du wärst mit einem Teil des Geldes durchgebrannt!«

»Und jetzt denkst du das nicht mehr?«, fragte Peter. Der wütende Unterton in seiner Stimme war nicht zu überhören.

»Hast du Jelena denn erreicht?«, ging Bob dazwischen. Er hatte nie auch nur im Geringsten an Peter gezweifelt.

Justus war ihm für die Ablenkung dankbar. »Ich habe mit ihr gesprochen. Und Jelena hat etwas herausgefunden. Durch ihren Vater, der sich ja mit der Geschichte von Instrumenten sehr gut auskennt.«

»Raus damit, Erster!«

»In Beverly Hills lebt ein Mann, der behauptet, die *Diener des Herrn* gehöre ihm. Er hätte die Geige nur verliehen. Und er würde das Instrument seiner Tochter zum 21. Geburtstag schenken.«

»Ach! Wer ist dieser Mann?«, fragte Bob.

»Frederik Lindgren, ein Schauspieler.«

»Und jetzt denkst du, dass dieser Lindgren hinter allem steckt?«

Justus grinste vielsagend.

Diener des Herrn

Einige Stunden später passierten die drei ??? den Hoover-Staudamm, der den Süden Kaliforniens mit Wasser und Las Vegas zusätzlich auch mit Strom versorgte. Von dort aus dauerte es nicht mehr lange, bis die Glücksspielerstadt wie eine Fata Morgana vor ihnen in der Wüste aufflimmerte. In der einsetzenden Dämmerung glänzten die unzähligen Lichter wie eine gigantische verführerische Illusion.

In Justus' Atlas war ein Stadtplan abgedruckt, sodass der Erste Detektiv Bob sicher durch das Geflecht der Straßen auf den Las Vegas Boulevard leiten konnte. An dessen Seiten reihten sich die beliebtesten der großen Hotels aneinander. Jedes von ihnen hatte sich ein bekanntes Thema zu eigen gemacht. Zwischen unzähligen Taxis und Towncars fuhren die drei ??? staunend an einer nachgestalteten ägyptischen Pyramide vorbei, schmunzelten über eine Ritterburg im Comicstil und bewunderten verblüfft eine stattliche Kopie des Eiffelturms von Paris. Irgendwo auf diesem Boulevard entdeckte Justus schließlich das Florence, ihr Ziel. Sie fuhren in das nahe gelegene Parkhaus, stellten den Wagen ab und betraten unter den argwöhnischen Blicken des Dienstpersonals den großzügigen, mit Marmorimitat ausgestalteten Eingangsbereich. Tausende künstlicher

Blumen schmückten die dem Piazza della Signora nachgestaltete Empfangshalle. Sie sahen ihn fast gleichzeitig. Dick Perry, der rundliche Detektiv, den sie eigentlich weit weg in Richtung Maine wähnten, trippelte direkt auf den Hauptgang der riesigen Halle zu, in der die Gäste an unzähligen Spieltischen ihr Geld ließen.

»Hinterher!«, rief Justus.

Sie bahnten sich den Weg durch die Gäste, bis sie eine Reisegruppe aus Asien bremste. Dick Perry war plötzlich spurlos verschwunden. Eilig suchten sie die Gänge in der Nähe der Stelle ab, wo sie den Detektiv zuletzt gesehen hatten. Dann entdeckten sie ihn. Perry saß an einem Tisch, an dem Black Jack gespielt wurde. Vor sich hatte er einen beachtlichen Haufen Geldchips gestapelt.

»Wo hat der Kerl bloß das ganze Geld her?«, fragte Peter.

»Das werden wir gleich klären!« Justus trat einen Schritt nach vorne. Im selben Moment blickte Perry auf. Seine Miene erstarrte, jedoch nur kurz. Dann schnippte er aufgeregt mit den Fingern. »Personal! Personal! – Diese Jungen da sind noch nicht volljährig!«

Augenblicklich trat ein Mann in goldverzierter Abendgarderobe hinter die drei ???. »Meine Herrn? Bitte verlassen Sie sofort den Spielbereich!«

»Aber ...«, begann Justus.

»Zutritt erst ab 21 Jahren!«, sagte der andere Mann sanft, aber bestimmt. »Ihr wisst das genau! Muss ich deutlicher werden?« Er winkte einen Kollegen herbei.

»Schon gut, wir gehen!« Justus warf Perry einen beißenden Blick zu, den der Detektiv feixend erwiderte. Dann blies Justus zum Rückzug.

»Und nun?«, fragte Peter, als sie wieder in der Eingangshalle standen.

»Verstecken wir uns. Ich denke, Dick Perry wird gleich auftauchen!«

Justus sollte wieder einmal recht behalten. Nur wenige Minuten später durchquerte der kleine Detektiv mit eiligen Schritten die Halle und verließ sie in eine andere Richtung. Die drei ??? hefteten sich an seine Fersen. Perry ließ mehrere Abzweigungen links liegen, dann bog er in einen Gang ein, der zu den Aufzügen zu den Hotelzimmern führte. Mit Glück erwischte Dick Perry einen abfahrbereiten Lift.

»Die Treppen!«, rief Justus aus und spurtete die Stufen hoch. In den ersten Etagen verließen einige Gäste den Lift. Perry war nicht dabei. Im fünften Stock sah Peter, der Justus inzwischen längst überholt hatte, wie Dick Perry um eine Ecke verschwand. Vorsichtig folgte er dem Detektiv. Perry lief einen langen Flur entlang. Schließlich blieb er vor einem Zimmer stehen und klopfte. Die Tür öffnete sich, doch Peter konnte nicht sehen, mit wem Perry sprach. Dann drehte sich Dick Perry plötzlich um. Peter konnte gerade noch zur Seite treten und seine Freunde zurückhalten, die inzwischen wieder zu ihm aufgeschlossen hatten.

Sie versteckten sich in einem Nebenflur und warteten, bis der Detektiv vorbeigegangen war. Doch als sie wieder auf den Gang treten wollten, hörten sie erneut Schritte.

»Wartet!«, sagte Justus.

Obwohl die Schritte durch den Teppichboden gedämpft waren, konnten die drei ??? hören, dass sich nun ein schwerer Mann näherte. Sie gaben keinen Mucks von sich.

»Paul Hendry«, flüsterte Bob, »der Diener! Was will der denn hier?!«

»Uns drei suchen«, antwortete Justus. »Kommt. Jetzt ist die Luft wieder rein. Peter, hast du dir die Nummer des Zimmers gemerkt?«

»Neben der Tür steht eine kleine Statue.«

»Gut, Zweiter!« Die drei ??? liefen hin und postierten sich vor dem Zimmer. Justus holte Luft und pochte entschlossen gegen die Tür.

»Ja?«

Justus klopfte erneut.

Die Tür wurde geöffnet.

Sofort schob Justus einen Fuß in die Spalte. »Guten Tag, Mr O'Sullivan! Wir dürfen doch hereinkommen?« Schon hatte er sich, ohne auf Antwort zu warten, an dem überraschten O'Sullivan vorbei in das Zimmer gedrängt. Peter und Bob folgten ihm.

Ihr ehemaliger Auftraggeber fand erst langsam seine Sprache wieder. »Ihr? Hier? Was ... was ... Ich dachte, ihr seid auf dem Weg nach Los Angeles! ... Wie habt ihr mich überhaupt gefunden?«

»Ganz einfach: Sie haben in Ihrem Hotel in Flagstaff

angerufen und darum gebeten, dass man Ihnen Ihr vergessenes Notizbuch ins Florence nachschicken möge.« Justus ließ seinen Blick durch das Zimmer kreisen. »Wir möchten Sie auch nicht lange belästigen. Wir haben eine Frage. Stimmt es, dass die *Diener des Herrn* gar nicht Ihnen gehört, sondern einem Schauspieler namens Frederik Lindgren?«

O'Sullivans Mundwinkel zuckte.

»Verhält es sich nicht so, Mr O'Sullivan? Es hat doch keinen Sinn, das abzustreiten!«

»Ich ...« O'Sullivans Blick ließ von Justus ab und suchte die Tür. Bob trat zurück und schloss sie.

»Dann hatten Sie das Instrument sozusagen nur in Verwahrung?«, fuhr Justus fort.

O'Sullivan nickte langsam.

»So lange, bis die Tochter Lindgrens das Instrument bekommen soll?«

»An ihrem 21. Geburtstag. Ja.«

»Sie ist jetzt 20.«

»Jutta Lindgren ist eine grobe Schachtel!«, rief O'Sullivan plötzlich aus. »Sie würde die *Diener des Herrn* nicht spielen, sondern ihr Gewalt antun!«

»Das wollten Sie verhindern! Und Sie wollten das Instrument behalten. Für immer! Es war Ihr Ein und Alles geworden.«

Man konnte dabei zusehen, wie O'Sullivan die Gesichtszüge entglitten. »Ich hätte euch nicht engagieren dürfen«, sagte er verzweifelt. »Warum überschätzt man sich nur immer wieder?«

»Diese Frage kann ich Ihnen leider nicht beantworten«, sagte Justus. »Aber mit Ihrer ersten Feststellung haben Sie recht: Sie hätten uns nicht bitten dürfen, das Lösegeld für die angeblich entführte Geige zu übergeben!«

»Dabei war es so ein genialer Plan«, übernahm Bob. »Sie haben ein feines Netz gesponnen. Zunächst täuschten Sie einen Diebstahl vor. Für alle Welt sollte klar sein, dass das Instrument verschwunden ist. Damit Sie es heimlich behalten konnten, auch über Miss Lindgrens 21. Geburtstag hinaus.«

Justus räusperte sich. »Doch dazu brauchten Sie Zeugen! Jemand Unverdächtigen, der vor der Polizei bestätigen würde, dass die Geige entführt und sogar ... zerstört wurde. Aber sie wurde gar nicht vernichtet!«

»Und als diese willfährigen Zeugen sollten wir dienen«, sagte Bob.

»Genauer gesagt: ich«, präzisierte Justus.

»Doch warum die drei Übergabeorte?«, fragte Peter.

O'Sullivan holte Luft. »Ich glaube nicht, dass ich euch damit wirklich Neues sage. Der erste Ort diente dazu, euch zu testen. Im Antelope Canyon dann inszenierte ich mithilfe von Hendry ein ziemliches Spektakel. Ich hoffte, dass du in deiner Angst das Geld einfach liegen lassen würdest, Justus. Du wärst ohne Geige nach Hause gegangen. Eigentlich hätte mir das gereicht. Du hättest der Polizei und der Versicherung den Tathergang bezeugt und jeder hätte angenommen, die Geige sei in kriminellen Händen. Das Risiko der direkten Konfrontation hätte ich gerne vermieden. Wie sich gezeigt hat, wurde es ja auch sehr knapp.«

»Sie mussten also die Übergabe im Grand Canyon planen. Waren Sie selbst dort?«

O'Sullivan nickte.

»Ich habe Ihre Stimme nicht erkannt.«

»Die Maske. Der Stoff. Und etwas schauspielern kann ich auch.«

Peters übernahm das Verhör: »Vorher stahlen Sie einen Teil des Lösegelds, um dem angeblichen Entführer einen logischen Grund dafür zu geben, die Geige zu zerstören. Haben Sie den Überfall auf dem Parkplatz ebenfalls verübt?«

»Das war Hendry«, sagte O'Sullivan.

»Da lag doch diese Strickmütze im Auto des Räubers«, erinnerte sich Peter.

»Um euch auf eine falsche Spur zu locken. Diese Idee hatte ich von ...«

»Dick Perry!«, rief Bob dazwischen. »Den haben Sie nämlich an unsere Fersen geheftet, um ständig auf dem Laufenden zu sein und uns auf Kurs zu halten! Darum hat er uns auch bei der Polizeikontrolle auf dem Highway herausgehauen. Die Entdeckung des Lösegelds hätte Ihren Plan gefährdet!«

»Perry hat in der Tat einen guten Job gemacht«, bestätigte O'Sullivan.

»Im Moment verbrät er allerdings sein Geld beim Black Jack«, sagte Bob. »Wie viel hat er denn für seine Dienste bekommen?«

»Zehntausend.«

»Das sind elftausend zu viel«, murmelte Peter kopfschüttelnd. O'Sullivan lachte verbissen auf. »So richtig könnt ihr ihn wohl nicht leiden?«

»Nicht wirklich«, sagte Justus.

Bob hielt O'Sullivan eine ihrer Visitenkarten hin. »Würden Sie mir bitte ein Autogramm geben?«

»Warum?«, fragte O'Sullivan verwundert.

»Bitte.«

O'Sullivan nahm das Papier und unterschrieb.

»Sie sind Linkshänder, Mr O'Sullivan«, stellte Justus fest. »Es ist mitunter üblich, dass sich ein Linkshänder eine exakt seitenverkehrte Kopie seiner Geige bauen lässt, damit er sie besser spielen kann. Sie haben eine Kopie der Guarneri anfertigen lassen! Eine Kopie, die natürlich längst nicht den Wert besitzt wie das Original. Die Kopie haben Sie dann zerstört!«

»Wie habt ihr das herausgefunden?«

»Das Foto von der Geige. Die Versicherung hatte die Originalgeige fotografiert, aber Sie haben mir einfach einen seitenverkehrten Abzug gezeigt, damit ich bei der Geldübergabe die minderwertige Kopie für die echte Geige halten würde. Nur eins haben Sie übersehen: Auch Ihr Mund ist auf dem Foto abgebildet. Und damit Ihre Narbe! Aber leider befindet sie sich auf der falschen Seite!«

O'Sullivan fasste sich unwillkürlich an seinen Mundwinkel. Er verstand.

»Daran habe ich gar nicht gedacht!«

»Ich zunächst auch nicht, Mr O'Sullivan! Natürlich konzentriert sich jeder Betrachter sofort auf das Instrument! Uns fiel es erst auf, als dieser Lieutenant das Bild sehen wollte!«

»Genauer gesagt: mir«, präzisierte Bob.

Justus lächelte. »Die seitenverkehrt nachgebaute Geige haben Sie in die Schlucht geworfen«, sagte er. »Deshalb wollten Sie das Bild auch sofort wiederhaben. Wenn Wochen später die Versicherungsgesellschaft nachgeforscht hätte, hätten sie es längst gegen den korrekten Abzug ausgetauscht und niemandem wäre wohl etwas aufgefallen. Umso weniger, als das Bild aus einer Serie stammt, die die Versicherung selbst hat aufnehmen lassen. So etwas schafft Vertrauen!« Justus machte eine Kunstpause. »Mr O'Sullivan, wie Sie sicher verstehen werden, müssen wir unsere Erkenntnisse der Polizei melden. Wir ziehen es allerdings vor, nicht den Lieutenant, sondern Inspektor Cotta aus Rocky Beach ins Bild zu setzen. Das dürfte Sie einiges an Strafe kosten, wenn Ihnen nicht gar Gefängnis droht. Aber Sie verfügen wahrscheinlich über gute Anwälte.«

»Ich hoffe es«, sagte O'Sullivan ohne große Überzeugung. Seine Augen blickten ins Leere.

»Ach, eine Frage noch«, sagte Peter. »War das Mädchen mit den Flipflops am Supermarkt Teil Ihres Plans, mich abzulenken?«

»Welches Mädchen?«, fragte O'Sullivan. »Nein, bestimmt nicht.«

»Schön«, sagte Peter und lächelte. »Das war mir noch

wichtig.« Justus war inzwischen zu dem schwarzen Geigenkoffer gegangen, den er schon entdeckt hatte, als sie das Zimmer betreten hatten. Er war unverschlossen und er öffnete ihn.

Da lag sie. *Diener des Herrn.* Ganz zart strich Justus mit dem Finger über ihren glänzenden Lack.

O'Sullivan trat neben ihn und nahm Instrument und Bogen aus dem Kasten. Ein Lächeln huschte über sein Gesicht. Mit einer leichten Bewegung setzte er an. Und dann begann er zu spielen. Obwohl er als Linkshänder spielte, erfüllte ein Zauber den Raum und die Melodie trug all ihre Gedanken fort. Minutenlang sagte niemand ein Wort.

Dann klopfte es jäh. O'Sullivan zuckte zusammen, als sei er aus einem schönen Traum erwacht.

Justus ging und öffnete die Tür. Es waren Dick Perry und Paul Hendry. Verblüfft starrten sie den Ersten Detektiv an.

»Ah! Die beiden Diener des Herrn!«, sagte Justus und wich einen Schritt zur Seite. »Aber bitte! Treten Sie doch ein!«

Die drei ???®

Schatten über Hollywood

Erzählt von Astrid Vollenbruch

Nach einer Idee von Astrid Vollenbruch
und Dorte Schünecke

Inhalt

Peters Wette

Es war Nacht in Kalifornien. Über dem Lichtermeer von Los Angeles lag ein samtig schwarzer Himmel voller Sterne. Die Luft war angenehm kühl nach der sengenden Hitze des Tages und Justus Jonas fragte sich vergeblich, warum er nicht zu Hause in seinem gemütlichen Bett steckte, sondern in einem Dornenstrauch, dessen Zweige ihn unbarmherzig stachen und ihm das T-Shirt zerrissen, während die scharfkantigen Steine auf dem Boden in seine Knie schnitten.

»Peter?«, sagte er leise.

Neben ihm im Gebüsch rührte sich etwas. Das war Peter Shaw, sein bester Freund und Detektivkollege, der sich hoffentlich noch viel zerstochener und zerschnittener fühlte als er selbst.

»Ja?«

»Tust du mir einen Gefallen?«

»Was denn?« Peters Stimme klang argwöhnisch.

»Solltest du noch einmal auf den Gedanken kommen, mit Jeffrey irgendeine dämliche Wette abzuschließen – beschränke dich doch bitte aufs Surfen. Da müssen Bob und ich wenigstens nicht mitkommen und auf unsere wohlverdiente Nachtruhe verzichten.«

Es blieb eine Weile still. Dann sagte Peter: »Na komm

schon, Just, normalerweise bist du doch der Erste, der mitten in der Nacht komische Dinge tut.«

»Das sind keine komischen Dinge, sondern Ermittlungen im Zusammenhang mit einem Fall. Deine Initialen mitten in der Nacht auf nationale Denkmäler zu kritzeln, gehört *nicht* dazu.«

»Aber wenn ich die Wette gewinne, spendiert Jeffrey uns drei Eintrittskarten für das Peter-Gabriel-Konzert. Lockt dich das gar nicht?«

»Doch, aber ich bin trotzdem sicher, dass es eine strafbare Handlung ist.«

»Du musst es ja wissen.«

Ein dritter Dornenstrauch wackelte. »He, die Frau mit dem Hund ist weg. Kommt, weiter!«

Ächzend kroch Justus aus seiner Deckung hervor auf den Weg. Peter, der Zweite Detektiv, und Bob, der Spezialist für Recherchen, folgten und zupften sich Dornen aus T-Shirts, Hosen und Haut.

Die drei Detektive befanden sich rund einen Kilometer von den berühmten Hollywood-Buchstaben entfernt, die jetzt in der Nacht von Dutzenden von Scheinwerfern angestrahlt wurden. HOLLYWOOD stand dort, über ganz Los Angeles hinweg zu sehen. Doch von hier unten sahen die Buchstaben gar nicht so groß aus.

Bisher war der Weg nicht besonders schwierig gewesen, aber nun verließen Justus, Peter und Bob den Park und schlugen sich den Berg hinauf wieder ins Gebüsch. Schon bald kamen sie gehörig ins Schwitzen. Sie hatten zwar ihre Taschenlampen dabei, stolperten aber trotzdem immer wieder. Auf einmal rutschte Justus aus und schlitterte ein ganzes Stück nach unten. Seine Taschenlampe ging aus.

Hastig kletterten Peter und Bob zu ihm hinab. »Alles in Ordnung?«

»Ja, natürlich«, knurrte Justus. Er suchte nach seiner Lampe, fand sie und betätigte den Schalter. Es blieb dunkel. »Na wunderbar. Das setze ich dir auf die Rechnung, Peter. Wie weit ist es noch?«

Peter hielt einen sarkastischen Kommentar über Justus' Kletterkünste zurück. »Noch ein ganzes Stück den Berg hoch.«

Justus stöhnte. »Ich glaube, ich konnte Peter Gabriel noch nie leiden.«

Widerwillig kletterte er weiter. Es machte ihm gar nichts aus, sich anzustrengen, wenn es einen Fall aufzuklären gab, aber mitten in der Nacht einen Berg hinaufzuklettern, nur damit Peter sein ›P. S.‹ auf die Hollywood-Buchstaben malen konnte, war so sagenhaft idiotisch, dass er sich zum wiederholten Mal fragte, warum er sich eigentlich darauf eingelassen hatte. Plötzlich hielt Peter an. »Hier ist ein Stacheldrahtzaun. Da müssen wir wohl durch.«

»Das hätten wir uns doch denken können«, sagte Bob. »Sie lassen natürlich nicht jeden Dahergelaufenen an die Buchstaben heran. Wir machen uns bestimmt strafbar, wenn wir da durchklettern.«

»Ach was, wir sind ja in fünf Minuten wieder draußen.« Schon schlüpfte Peter durch den Zaun. Bob folgte ihm und hielt die Drähte auseinander, damit auch Justus unbeschadet hindurchgelangte. Gleich hinter dem Zaun wurde der Berg richtig steil. Justus hatte längst die Orientierung verloren. Halbblind kämpfte er sich durch die Dunkelheit, hinter Peters und Bobs Taschenlampen her, deren Licht viel zu oft zwischen den Sträuchern verschwand.

An einem besonders steilen Abhang warteten sie auf ihn. Bob hielt ihm die Hand entgegen, um ihn hochzuziehen, aber Justus blieb keuchend stehen und verschränkte die Arme hinter dem Rücken. »Ich gehe kein Stück weiter. Das ist Wahnsinn! Dafür hätten wir eine Bergsteigerausrüstung gebraucht!«

»Mensch, Justus!«, rief Peter. »Es ist nur noch ein ganz kurzes Stück! Guck doch mal, wie weit wir schon gekommen sind!« Justus drehte sich um. Durch die Büsche und Bäume hindurch konnte er das Lichtermeer von Los Angeles sehen. Sie waren tatsächlich schon ziemlich weit oben. »Ist mir egal«, erklärte er trotzig. »Mir reicht es jedenfalls! Ich gehe zurück!«

»Ich habe auch kein gutes Gefühl bei der Sache«, sagte Bob. »Es gibt bestimmt noch mehr Zäune. Vielleicht sogar welche, die elektrisch geladen sind. Wir hätten wissen müssen, dass man nicht einfach so zu den Buchstaben hinmarschieren kann.«

»Na schön.« Peter war jetzt sauer. »Dann bleibt doch hier, ihr Schnecken. Ich gehe jedenfalls weiter. Bis später.« Er drehte sich um und kletterte weiter den Berg hinauf.

Justus ließ sich ächzend auf die Erde plumpsen. »Was ist denn mit dem los? Normalerweise lässt er sich doch nicht auf solche Aktionen ein. Was hast du ihm heute Nachmittag in den Milchshake gekippt, Dritter?«

»Ich? Gar nichts.« Bob hockte sich neben ihn, zuckte zusammen, stand wieder auf und klaubte einen stacheligen Zweig von seiner Jeanshose. Dann setzte er sich wieder hin. »Aber ich glaube, Jeffrey hat es diesmal etwas zu weit getrieben und ihn einen Angsthasen genannt. So etwas lässt Peter sich von einem Knaben, der nichts als Surfbretter und hohe Wellen im Kopf hat, eben nicht gefallen.«

»Und da fällt denen nichts Besseres ein, als zu wetten, ob Peter sich traut, mitten in der Nacht seine Initialen auf das Hollywood-H zu malen. Ich bin froh, dass wir bei unseren Fällen nicht auf Mr Shaws geniale Geistesblitze angewiesen sind, sondern auf meine.«

Bob rempelte ihn leicht an. »Gib nicht so an, du Meisterdetektiv. Peter hat dir schon oft genug den Hals gerettet, wenn du dich mit deinen genialen Geistesblitzen so richtig in den Mist manövriert hattest.«

»Schön, ich gebe zu, dass körperliche Leistungsfähigkeit nicht zu meinen höchstentwickelten Spezialgebieten gehört.«

»Stimmt auffallend. Aber um Peter von dieser Idee abzubringen, hättest du ihm eigentlich nur erzählen müssen, dass es hier spukt.«

Justus lachte. »Das hätte er mir doch nie geglaubt.«

»Vielleicht doch. Es stimmt nämlich.«

»Wirklich?« Mit neu erwachendem Interesse schaute Justus zu Bob hin, dessen Gesicht er in der Dunkelheit nur schemenhaft erkennen konnte. »Woher weißt du das?«

»Miss Bennett hat es mir erzählt.« Miss Bennett war die Leiterin der Bücherei, in der Bob in den Ferien gelegentlich aushalf. »Sie interessiert sich für solches Zeug – Spukgeschichten, moderne Legenden und so weiter. Angeblich hat sich hier in den 30er-Jahren eine Schauspielerin umgebracht und spukt seither hier in der Gegend herum.«

»Ich fasse es nicht!«, sagte Justus. »Und das erzählst du erst jetzt? Wenn du es Peter rechtzeitig gesagt hättest, wäre er nie im Leben hier hochgeklettert! Und ich könnte jetzt gemütlich in meinem Bett liegen! Wie spät ist es überhaupt? Zwei? Drei?« Bob knipste seine Taschenlampe wieder an und leuchtete auf seine Armbanduhr. »Nein, es ist gerade erst zwölf. Mitternacht. Genau die richtige Zeit für die Dame, um herumzuspuken und Peter zu Tode zu erschrecken.«

Justus fing an zu lachen – aber es blieb ihm im Hals stecken. Über ihnen in der Dunkelheit ertönte ein gellender, markerschütternder Schrei.

Geisterstunde

»Peter!« Bob schnappte sich die Taschenlampe, fuhr hoch und war schon unterwegs, bevor Justus auch nur mit dem Aufstehen angefangen hatte. Die Sträucher schlugen hinter ihm zusammen und Justus folgte ihm, so schnell er konnte. Dornen zerkratzten ihm Hände und Gesicht. Das Licht der Taschenlampe hüpfte wie verrückt auf und ab, eine Miniaturausgabe der Lichtsäulen oben auf dem Berg. Irgendwo weit hinter ihnen heulte eine Polizeisirene in der Stadt, aber am Hang des Berges war alles still, wenn man von dem Krachen und Rascheln absah, mit dem die beiden Detektive sich durch die Sträucher schlugen. Der schreckliche Schrei wiederholte sich nicht.

»Peter!«, rief Bob. »Wo bist du? Antworte doch! Peter!«

»Bob!«, schrie Justus. »Nun bleib doch mal stehen! Warte!« Bob hielt tatsächlich an, leuchtete aber weiter wild durch die Gegend. Als Justus endlich japsend bei ihm ankam, wollte er sich gleich wieder auf den Weg machen, aber Justus packte ihn am Arm. »Warte! Wenn er bisher nicht geantwortet hat, kann oder will er nicht antworten. Los, kletter auf meine Schultern. Vielleicht kannst du das Licht seiner Taschenlampe über die Büsche hinweg sehen.«

»In Ordnung.« Bob gab ihm die Taschenlampe. Justus kniete sich hin und Bob setzte sich auf seine Schultern. Ächzend stemmte Justus sich hoch und schwankte auf dem abschüssigen Boden hin und her. »Du könntest auch mal ein bisschen abnehmen! Siehst du was?«

»Nein, nur die Buchstaben. Wir sind ja doch schon ziemlich nahe dran.«

»Und was ist mit Peter?«

Bob öffnete den Mund, um zu antworten. Doch in diesem Moment brach Peter durch die Büsche und stieß mit Justus zusammen. Justus verlor das Gleichgewicht, stolperte und im nächsten Moment rollten alle drei den Hang hinunter und landeten in einem Gebüsch.

»Peter!«, schrie Justus wütend, als er wieder sprechen konnte. »Pass doch auf, wo du hinrennst! Wir hätten uns alle Knochen brechen können!«

Aber Peter hörte überhaupt nicht zu. »Los, weg hier! Schnell!« Er rappelte sich auf, aber Justus packte ihn am Hosenbein und hielt ihn fest. »Langsam! Warte! Was ist denn passiert? Warum hast du so geschrien?«

»Hast du vielleicht ein O kaputt gemacht und es fällt gleich um?« Unwillkürlich schaute Bob zu den riesigen Buchstaben hoch. Es war keine erfreuliche Vorstellung, dass einer von ihnen schwanken und umfallen könnte. Und noch viel schlimmer war der Gedanke an den Artikel ›Wie drei Jungdetektive das berühmteste nationale Denkmal von Kalifornien zerstörten‹, den ihr Erzfeind, der Journalist Wilbur Graham, in der ›Los Angeles Tribune‹ veröffentlichen würde.

Aber Peter riss sich los. »Lass mich doch mit den blöden Buchstaben in Ruhe! Und lasst uns endlich abhauen! Ich habe ein Gespenst gesehen!«

Einen Augenblick lang blieb alles still. Dann brachen Justus und Bob in Gelächter aus.

Peter schaute erst sprachlos vom einen zum anderen. Dann wurde er wütend. »Sagt mal, geht's euch noch gut? Das ist nicht zum Lachen! Ich habe es *gesehen*! Das war echt!«

»Glaube ich dir aufs Wort«, japste Bob. »Lass mich raten – es war eine Frau in Weiß, die sich vom H gestürzt hat, stimmt's?«

Peter starrte ihn entgeistert an. »Woher weißt du das?«

»Tja, ich habe mich eben im Vorfeld über die Buchstaben informiert. In den 30er-Jahren ist eine Frau auf das H geklettert und hat sich hinuntergestürzt. Angeblich spukt sie seitdem hier herum. Ich hatte es Justus gerade eben erzählt.«

»Na toll, und mich schickst du dem Gespenst geradewegs in die Arme!«

»Nun mach mal einen Punkt. Von ›schicken‹ kann doch wirklich keine Rede sein – ich habe dich nicht gezwungen, mit Jeffrey zu wetten!«

»Kollegen«, sagte Justus, »wir haben Wichtigeres zu tun, als zu streiten. Kommt, ich will mir das aus der Nähe ansehen! Vielleicht finden wir ein paar Hinweise.«

Peter stöhnte. »Ich hätte mir denken können, dass ihr mich nicht ernst nehmt.«

»Im Gegenteil, ich nehme dich sehr ernst«, erklärte Justus. »Du weißt genau, dass ich schon immer daran interessiert war, ungewöhnliche Erscheinungen zu erforschen. Und ich finde es sehr interessant, dass du diese Frau in Weiß gesehen hast, ohne etwas über die Spukgeschichte zu wissen.«

Bob grinste. »Ach nee. Justus Jonas wittert einen Fall und hat plötzlich nicht mehr das geringste Problem damit, senkrecht einen Berg hinaufzurennen.«

»Ich habe nicht vor zu rennen«, gab Justus würdevoll zurück. »Und wie du ganz richtig sagst, ich wittere einen Fall für die drei ???. Kommt, Kollegen!«

»Wär ich doch bloß einfach weitergelaufen«, stöhnte Peter. Trotzdem führte er sie ein Stück den Berg hinauf, bis sie zu einer tief ausgewaschenen Rinne kamen. Hier gab es zwar keine stacheligen Büsche mehr, aber dafür jede Menge loses Geröll. Alle drei waren völlig durchgeschwitzt, als sie am oberen Ende der Rinne und am nächsten Stacheldrahtzaun ankamen. Sie robbten darunter hindurch und krabbelten dann auf Händen und Knien noch ein Stück weiter durchs Gestrüpp, bis Peter vor einer kleinen Böschung anhielt und sich platt auf den Bauch warf. »Runter!«

Sehr vorsichtig schoben sie sich die Böschung hinauf, spähten über den Rand – und kniffen geblendet die Augen zu.

Die Hollywood-Buchstaben waren nicht nur groß, sie waren riesig. Wie Wolkenkratzer ragten sie gegen den schwarzen Nachthimmel, angestrahlt von mindestens zwanzig Scheinwerfern. Nach der langen Zeit im Dunkeln dauerte es eine ganze Weile, bis die drei ??? sich an die Helligkeit gewöhnt hatten. Die Buchstaben standen nicht auf einem freien Feld, wie die Jungen gedacht hatten, sondern waren mitten in den Hang hinein auf Metallgerüste montiert. Nur ein schmaler Fußweg führte an ihnen vorbei.

Justus dachte daran, wie oft er den berühmten Schriftzug schon aus der Ferne gesehen hatte. Immer hatte darin etwas Großartiges gelegen: die Verheißung von Ruhm, die Erfüllung grandioser Träume. Aber jetzt aus der Nähe waren die Buchstaben plötzlich nur noch eine Sammlung großer Metallplatten, auf ein Gitter montiert, gesichert wie eine Kaserne und ungefähr so romantisch wie ein Busbahnhof.

»Und wo war nun dein Gespenst?«, fragte er Peter leise.

Mit einer Kopfbewegung wies Peter zu dem H hinüber. »Da drüben. Ich habe sie erst gesehen, als sie stürzte. Und dieser schreckliche Schrei ...« Er erschauerte.

»Ich möchte da ganz sicher sein – du hast ganz genau gesehen, dass es eine weiß gekleidete Frau war?«

»Natürlich!«, rief Peter. Dann zögerte er. »Das heißt – nein. Ich habe etwas Weißes gesehen, das herunterfiel. Es blähte sich weit auf. So etwas tragen Männer normalerweise nicht. Also kann es ja nur eine Frau gewesen sein!«

»Es gibt nichts Täuschenderes als eine offensichtliche Tatsache«, sagte Justus. »Es ist durchaus möglich, dass sich der erste Schreck, der akustische Eindruck des Schreis und der optische Anschein des weißen Kleids in deinem Kopf zu einem in sich logischen, aber vielleicht trotzdem falschen Schluss verdichtet haben. Es könnte zum Beispiel auch ein Araber gewesen sein.«

»Aha«, sagte Bob, »du hast wieder Sherlock Holmes gelesen.«

»Das war sehr offensichtlich, mein lieber Watson«, sagte Justus. »Gehen wir mal hinüber.« Schon war er auf den Beinen und kletterte das letzte steile Stück zu den Buchstaben hinauf. Peter stöhnte wieder. »Hätte ich doch bloß die Klappe gehalten.« Aber er folgte Bob, als dieser ebenfalls unter den Büschen hervorkroch und aufstand.

»Eins muss man unserem Ersten lassen«, sagte Bob. »Er hat vor nichts Angst.«

»Und genau das wird ihm eines Tages das Genick brechen«, prophezeite Peter düster.

»Dann retten wir ihn eben. Und überhaupt hast du noch eine Wette zu gewinnen. Komm!«

»Wahrscheinlich wusste Jeffrey, dass es hier von Geistern und Gespenstern nur so wimmelt. Das sähe ihm ähnlich.«

Bob antwortete nicht. Tatsächlich war er nicht ganz so selbstsicher, wie er sich gab. Die riesigen Buchstaben wirkten wie Monumente aus einer anderen Zeit – gigantisch und stumm sandten sie der Welt eine Botschaft, deren wahre Bedeutung verloren gegangen war. Wer erinnerte sich noch an die großen Glanzzeiten, die

Träume und die Menschen der Filmgeschichte Amerikas? Bobs Oma schwärmte noch immer von Erroll Flynn oder James Stewart, und Bob wusste nicht einmal, wer diese Leute gewesen waren. *Sein* Hollywood war anders – schneller, lauter und vor allem bunt, und es verschickte seine Botschaften über das Internet, nicht in einem weißen Wort auf einem Berg.

Justus schien sich für solche Gedankengänge nicht zu interessieren. Er war bereits im Schatten des H verschwunden. Als Peter und Bob bei ihm ankamen, stand er hinter dem Gerüst aus Metallplatten und Stahlrahmen, das gar nicht mehr wie ein Buchstabe aussah, und spähte nach oben. »Sieh mal, Peter – ich glaube, da ist dein Gespenst.«

Peter zuckte zusammen und schaute hoch. Tatsächlich! Mindestens zehn Meter über ihm bewegte sich etwas Weißes! Es schwankte hin und her, schien springen zu wollen, konnte sich aber nicht recht entschließen – dann bauschte es sich in einer Windböe auf und Peter schlug sich vor die Stirn. »Ein Bettlaken! Der älteste Trick der Welt und ich bin darauf reingefallen!«

»Nicht nur du«, sagte Justus. Er zeigte auf eine Stelle ganz in der Nähe, wo das Gras platt gedrückt war und sich gerade erst wieder aufrichtete. »Du hast etwas fallen sehen – und jemand ist tatsächlich gefallen. Die Frage ist nur: wer? Und wo ist er jetzt?«

Nervös schauten Peter und Bob sich um. Plötzlich wurde ihnen bewusst, wie verlassen diese Stelle hoch auf dem Berg war. Der brausende Lärm von Los Angeles vertiefte nur das Gefühl, völlig allein zu sein ... oder eben nicht ganz allein.

Sie selbst konnten nicht weit sehen, da die Scheinwerfer sie blendeten, aber vielleicht stand jemand dahinter im Dunkeln und beobachtete sie ...

Peter wusste plötzlich, dass es eine unglaublich dumme Idee gewesen war, mitten in der Nacht hier heraufzukommen. »Wir sollten verschwinden«, sagte er mit belegter Stimme. Bob nickte.

Zu ihrer Überraschung nickte auch Justus. »Das tun wir auch – aber zuerst sehen wir nach, ob unser abgestürzter Kletterer vielleicht unterhalb der Böschung herumliegt.«

Sie suchten ein Stück des Hanges ab, fanden aber weder zerknickte Zweige noch abgerissene Stofffetzen und auch sonst keine Hinweise, dass jemand dort abgerutscht oder hinabgerollt war.

»Morgen kommen wir wieder und bringen unsere Ausrüstung mit«, entschied Justus. »Ich möchte mir das bei Tageslicht ansehen. Wer spielt hier nachts Gespenst, um Leute zu erschrecken? Und vor allem: Wer klettert tatsächlich mitten in der Nacht auf das Gerüst, um sich erschrecken zu lassen, abzustürzen und zu verschwinden?«

Erste Ermittlungen

Am nächsten Nachmittag trafen sie sich in der Zentrale, dem umgebauten uralten Wohnanhänger, der auf dem Gelände des ›Gebrauchtwaren-Center T. Jonas‹ stand, verborgen hinter einem Berg von Schrott. In den vergangenen Wochen hatten Justus, Peter und Bob mühevoll Alteisen, Wellbleche, alte Motoren und Bettgestelle umgeschichtet und zwei neue Geheimgänge angelegt, die durch den Schrottberg hindurch zur Zentrale führten. Es gab auch eine neue zweite Tür, durch die die drei Jungen in Justus' Freiluftwerkstatt zwischen der Zentrale und dem Zaun gelangen konnten. Dort waren sie meist ungestört, denn vom Hof aus konnte die Werkstatt nicht eingesehen werden und der Zaun war mehr als zwei Meter hoch. Als Peter und Bob durch das Grüne Tor im Zaun in die Werkstatt schlüpften, wartete Justus schon ungeduldig auf sie. »Na, Peter? Was hat Jeffrey gesagt?«

»Zuerst hat er sich totgelacht«, sagte Peter. »Er sagte, es sähe uns ähnlich, bei unserem ersten Ausflug zu den Hollywood-Buchstaben gleich auf ein Gespenst zu stoßen. Aber als ich ihm erzählt habe, dass tatsächlich jemand da oben abgestürzt ist, war er entsetzt.«

»Interessant«, sagte Justus. »Ich glaube auch nicht, dass Jeffrey jemanden so leichtsinnig in Gefahr bringen würde. Aber ich schließe ihn noch nicht aus dem Kreis unserer Verdächtigen aus.« Er griff nach seinem Rucksack, in dem er alle notwendigen Gerätschaften zur Spurensuche verstaut hatte. »Kommt, Kollegen – machen wir uns auf den Weg!«

Diesmal kletterten sie nicht mühsam durch das Gestrüpp den Berg hinauf, sondern fuhren in Bobs Käfer so weit wie möglich den Mulholland Drive zum Mount Lee hinauf und wanderten dann einen Fußweg entlang auf die Buchstaben zu. Im hellen Tageslicht wirkten sie eher langweilig – weiße Blechplatten auf Metallstangen. Auf dem Berg hinter ihnen erhob sich der rotweiß gestreifte Sendeturm einer aufgegebenen Radiostation. Schon bald stießen die drei Detektive auf den ersten Stacheldrahtzaun und kletterten darunter hindurch.

»Ich habe mich heute mal schlau gemacht und über die Buchstaben recherchiert«, sagte Bob. »Ursprünglich hieß das Wort ›Hollywood Land‹ und war nur ein Reklametrick eines Grundstückmaklers vom Anfang des 20. Jahrhunderts. Später gingen die vier Buchstaben von ›Land‹ kaputt. 1949 kaufte die Handelskammer die restlichen Buchstaben und reparierte sie. Seit 1973 sind sie ein nationales Wahrzeichen der Stadt Los Angeles, 1978 und 1991 wurden sie komplett restauriert. Da waren sie schon längst Reliquien für die Filmfans aus aller Welt, die für einzelne Splitter enorme Summen bezahlten.«

»Und das Gespenst?«, fragte Peter.

»Das war eine erfolglose Filmschauspielerin, die 1932 nur durch ihren spektakulären Selbstmord berühmt wurde. Danach wurde das Gelände abgesichert, damit nicht noch mehr Leute auf die gleiche Idee kamen. Aber angeblich wurde das Gespenst immer wieder in der Nähe gesehen. Nur ist es nie wieder heruntergesprungen, sondern nur spazieren gegangen und dann verschwunden.«

»Dann war das heute Nacht wohl eine Extravorstellung für uns«, sagte Peter.

»Ich weiß nicht«, sagte Justus. »Je länger ich darüber nachdenke, desto mehr glaube ich, dass die Vorstellung der Person galt, die dann auch tatsächlich abgestürzt ist.«

Sie überwanden auch den nächsten Zaun und kamen schließlich bei den Buchstaben an. Das Gras hinter dem H war nicht mehr platt gedrückt, aber Justus nickte trotzdem zufrieden. »Wie ich es mir gedacht hatte – hier ist ein Schuhabdruck. Kein allzu großer Schuh Größe 39, würde ich sagen.« Er holte eine Wasserflasche, eine kleine Tüte Gips und eine Plastikschüssel aus dem Rucksack und fing an, den Gips anzurühren. »Nun müssen wir noch nach dem Bettlaken Ausschau halten. Es ist nämlich weg.« Peter und Bob schauten nach oben. Dort war keine Spur des weißen Gebildes mehr zu sehen.

»Vielleicht gibt es noch einen Haken oder etwas Ähnliches.« Justus zeigte auf eine Leiter, die an dem Trägergerüst nach oben führte. »Peter, am besten kletterst du mal hoch und siehst nach.«

Peter starrte ihn entgeistert an. »Ich?«

»Ja, natürlich! Du bist schließlich der Sportlichste von uns.« Justus goss den Fußabdruck mit der Gipsmasse aus – und ließ vor Schreck die ganze Schüssel fallen, als plötzlich jemand in einiger Entfernung brüllte: »He! Ihr drei da, weg von den Gerüsten!«

Sie fuhren herum. Ein Mann marschierte auf sie zu. Er trug die Uniform eines Parkwächters und hatte einen großen Hund bei sich. Das Tier zog kräftig an der Leine und knurrte böse. Als der Wächter bei den drei Detektiven war, fuhr er sie an: »Was habt ihr hier zu suchen? Was habt ihr da für eine Schweinerei auf den Boden gegossen?«

Peter und Bob brachten kein Wort heraus.

Justus fing sich als Erster und stand so würdevoll auf, wie es einem auf frischer Tat ertappten Verbrecher möglich war.

»Das ist Gips, Sir«, erläuterte Justus höflich. »Wir sind Detektive und ermitteln in einem ungewöhnlichen Fall. Darf ich Ihnen unsere Karte zeigen?« Er klaubte die Visitenkarte der drei ??? aus der Tasche und hielt sie dem verdutzten Parkwächter vor die Nase.

»Detektive?«, fragte der Wächter stirnrunzelnd. »Was bedeuten die Fragezeichen – dass ihr keine Ahnung habt, was ihr tut?«

»Mitnichten«, sagte Justus. »Das Fragezeichen ist ein Symbol für das Unbekannte, für unbeantwortete Fragen und ungelöste Rätsel. Unsere Aufgabe ist es, Fragen zu beantworten, Rätsel zu lösen und Geheimnisse jeglicher Art zu lüften. Daher sind die drei Fragezeichen das Markenzeichen unserer Detektivfirma.«

»Rätsel zu lösen, aha. Was gibt's denn hier oben herumzurätseln? Das ist abgesperrtes Gelände und ihr habt hier nichts zu suchen – wie seid ihr überhaupt hierhergekommen?«

»Ein Stück den Berg hinunter ist der Stacheldrahtzaun lose«, sagte Justus. »Wir haben gestern Nacht etwas Ungewöhnliches beobachtet und wollten heute nach Indizien suchen.«

»Gestern Nacht? Was ist denn da passiert?«

»Jemand scheint versucht zu haben, auf das H zu klettern, wurde aber erschreckt und stürzte ab. Sehen Sie dort den tiefen Abdruck? Da ist er hingefallen. Und mit dem Gips habe ich den Fußabdruck ausgegossen, um ihn in unserer Zentrale analysieren zu können.«

Der Wächter starrte Justus an. »Ich bin nicht ganz sicher, ob du nicht der dreisteste Lügner bist, der mir je eine verrückte Geschichte aufgetischt hat. Aber wenn sich jemand hier nachts herumgetrieben hat, muss das auf den Überwachungskameras zu sehen sein.«

Kameras? Peter und Bob schluckten. Aber Justus fragte sofort: »Wo sind denn diese Kameras?«

»Eine ist da oben.« Der Parkwächter zeigte auf das O. »Und die filmt alles, was um das H herum passiert.«

»Dürfen wir es uns ansehen?«

»Auf jeden Fall dürft ihr mitkommen. Wenn eure Geschichte nämlich nicht stimmt, gibt es Ärger. Und nimm deinen Gipsabdruck da mit.«

Es sah ein bisschen komisch aus, als Justus mit der erstarrten Riesenpfütze aus Gips im Arm hinter dem Parkwächter herging, aber er trug es mit Fassung. Der Mann führte die drei ??? zu einem abseits stehenden kleinen Flachbau. »Das ist unsere Überwachungszentrale. Schließlich sind diese Buchstaben ein nationales Denkmal und gehören zu den meistfotografierten Stars der Welt – da müssen wir schon aufpassen, dass sich kein Unbefugter an ihnen zu schaffen macht, Graffiti draufschmiert oder sie sonst wie beschädigt.«

Peter wurde blass und murmelte: »Ich bin so froh, dass ich meine Wette verloren habe.« Zum Glück beachtete ihn der Parkwächter nicht weiter. Er ließ den Hund frei laufen, öffnete die Tür und winkte die drei ??? hinein.

Das Innere des Gebäudes sah aus wie eine Fernsehstation. Dutzende von Monitoren, Schaltpulten und Computern ließen nur wenig Raum für zwei Stühle, eine Kaffeemaschine und einen großen stählernen Schrank. Auf allen Bildschirmen waren die neun riesigen Buchstaben und das umgebende Gelände entweder ganz oder in Ausschnitten zu sehen.

Der Parkwächter öffnete den Schrank. »Dann wollen wir doch mal sehen. Hier drin liegen die Aufzeichnungen der letzten Woche ... ah, hier.« Er holte eine CD heraus, setzte sich an den Computer und startete ein Programm, das die Aufnahme im Zeitraffer wiedergab. Gespannt sahen die drei ??? zu. Vier Tage und Nächte glitten vorbei und es geschah nichts Aufregenderes, als dass tagsüber der Schatten des H über den Boden wanderte und nachts das gleißende Licht anging. Am fünften Tag sahen sie kurz eine Gestalt in Uniform vorbeigehen.

»Das ist mein Kollege«, sagte der Parkwächter. »Er hatte auch heute Nacht Dienst.«

Er verlangsamte die Wiedergabe. Gespannt drängten sich die drei ??? hinter ihm zusammen und starrten auf den Bildschirm. Es wurde wieder Nacht. Die Scheinwerfer gingen an. Eine Weile tat sich nichts. Dann rief Peter: »Da!«

Eine schwarz gekleidete Gestalt trat ins Blickfeld der Kamera und begann, rasch und zielstrebig am Gerüst hochzuklettern. In der Dunkelheit war nicht zu erkennen, ob es ein Mann oder eine Frau war, denn das Bild war nicht ganz scharf. Aber plötzlich schoss etwas Großes, Weißes quer durchs Bild – und alle vier Beobachter zuckten zurück. Die Gestalt warf die Arme hoch und stürzte. Einen Moment lang blieb sie liegen. Dann rappelte sie sich mühsam auf, betastete ihr linkes Bein und hinkte davon.

Justus beugte sich noch ein wenig mehr nach vorne. »Können wir das bitte noch einmal sehen?«

Der Mann ließ die Aufnahme noch einmal ablaufen, dann drehte er sich zu den drei ??? um. »Kennt ihr diese Person?« Sie schüttelten die Köpfe.

»Woher wusstet ihr denn, dass sie heute Nacht hier war?«

»Wussten wir gar nicht«, sagte Peter. »Wir, äh –« Er brach ab, als ihm klar wurde, was er gerade sagen wollte.

»Ermittlungen«, sagte Justus bestimmt. »Und nun, da Sie wissen, dass wir die Wahrheit gesagt haben, hätte ich auch ein paar Fragen an Sie. Wie heißt Ihr Kollege, der heute Nacht Dienst hatte?«

»Oliver Taper«, sagte der Wachmann und runzelte die Stirn. »Warum willst du das wissen?«

Justus wollte es eigentlich nicht unbedingt wissen. Aber er wusste etwas anderes. In wenigen Sekunden würde die Aufnahme der Überwachungskameras der vergangenen Nacht ein neues Bild zeigen: drei Detektive, die sich höchst illegal ebenfalls auf dem Berg herumtrieben. Also redete er hastig weiter und hoffte, den Parkwächter damit vom Bildschirm abzulenken. »Hat er keinen Dienstbericht geschrieben? Wenn er heute Nacht etwas Ungewöhnliches gesehen hätte, müsste er es doch sicher notiert haben …«

»Das ist richtig. Eigentlich müsste er …« Der Parkwächter drehte sich wieder um und fing an, in einer Schublade zu graben. Aber da streifte sein Blick den Bildschirm, auf dem gerade ein etwas übergewichtiger

Jugendlicher ins Licht des Scheinwerfers geriet. Er stutzte, schaute noch einmal hin. »Augenblick mal. Das ist –«

»Wir müssen gehen«, sagte Justus eilig. »Danke für die Hilfe! Kommt, Kollegen!«

Sie stürmten aus der Zentrale und rannten zu den Buchstaben hinunter. Der Mann rief etwas hinter ihnen her, aber sie blieben nicht stehen, um zu hören, was es war. Justus drückte Bob den unförmigen Gipsabdruck in die Hände und keuchte: »Lauft vor! Ich muss mir noch etwas ansehen!«

Bob wollte widersprechen, aber dann hörte er den Hund bellen und überlegte es sich anders. Hastig stolperte und rutschte er den Berg hinunter. Peter drückte den Stacheldraht herunter, damit Bob hindurchklettern konnte, und dann drehten sie sich um und warteten auf Justus.

Es dauerte nicht lange, bis er zu ihnen herabschlidderte. »Nichts wie weg, Kollegen! Ich glaube zwar nicht, dass er uns den Hund nachhetzt, aber darauf möchte ich mich nicht festlegen – er sah doch ziemlich wütend aus.«

»Was hat er denn noch gerufen?«, fragte Peter.

»Etwas wie ›Lasst euch nie wieder hier blicken!‹ oder so ähnlich.« Justus seufzte. »Eigentlich hatte ich gehofft, die Stelle genauer untersuchen zu können. Und ich wollte ihn noch fragen, was er über das Gespenst weiß. Aber ich hatte nicht mit all diesen Kameras gerechnet.«

Sie kletterten den Berg hinunter zum Mulholland Drive, wo sie das Auto abgestellt hatten. Als sie im Käfer saßen und sich wieder auf den Heimweg nach Rocky Beach machten, fragte Bob: »Was musstest du dir denn da oben noch ansehen, Erster?«

»Mir war beim Anschauen des Films etwas aufgefallen«, sagte Justus. »Als der Kletterer die Arme hochwarf und abstürzte, flog etwas Kleines, Dunkles in hohem Bogen von ihm weg. Ich habe kurz die Flugbahn und den Aufprallwinkel berechnet und mich an der entsprechenden Stelle umgesehen.«

»Und was hast du gefunden?«, fragte Peter. »Es wird wohl eine Taschenlampe oder so etwas gewesen sein.«

»Nein, war es nicht. Es war das hier.« Justus zog etwas aus der Tasche und hielt es über Peters Schulter nach vorne. Es sah aus wie eine sehr kleine, leicht gekrümmte Hand mit dunklem Fell und Krallen. Am hinteren Ende befand sich ein dichter Pinsel aus schwarzen Haaren. Peter zuckte zurück und verzog angewidert das Gesicht. »Pfui Spinne, was ist *das* denn?«

Auch Bob rümpfte die Nase. »Das ist ja eklig. Wieso sammelst du Leichenteile ein, Erster?«

»Es ist kein Leichenteil«, sagte Justus. »Jedenfalls nicht richtig. Es ist eine Tierpfote. Leider entzieht es sich meiner Kenntnis, um was für ein Tier es sich handelt. Der Pinsel ist meiner Meinung nach entweder ein Rasierpinsel oder eine Puderquaste. Ziemlich geschmacklos, da gebe ich euch recht. Aber da unser

Kletterer es bei seinem Sturz verloren hat, vermute ich, dass es ein wichtiges Indiz in unserem Fall sein dürfte.«

»Und was bedeutet es?«, fragte Peter.

Justus zuckte die Achseln. »Ich habe nicht die geringste Ahnung.«

KCY

In der Zentrale angekommen, setzte Bob sich an den Computer und suchte nach Informationen über das Gespenst von Hollywood. Peter klopfte vorsichtig den verschütteten und erstarrten Gips rings um den Fußabdruck weg, kippte die Gipsreste in einen Eimer und zeichnete das Sohlenprofil in ein Notizbuch, während Justus die seltsame Pfotenquaste untersuchte.

»Hier ist etwas«, sagte er. »Ein Relief – dort, wo die Pfote aufhört und der Pinsel anfängt. Man kann es kaum sehen, aber fühlen.« Er holte das Fingerabdruckset heraus und stäubte die Seite des Pinsels mit Grafitpulver ein, dann legte er einen Klebestreifen darüber und zog ihn wieder ab. Bob und Peter schauten zu, als er den Streifen auf ein weißes Kärtchen klebte. Drei ineinander verschlungene Buchstaben waren zu erkennen.

»KCY«, sagte Justus. »Das sind wohl die Initialen des Besitzers oder des Herstellers. Bob, schau doch mal, ob du etwas über KCY herausfinden kannst.«

»Gerne«, sagte Bob. »Über das Gespenst finde ich hier nämlich nichts weiter.« Er fing wieder an zu tippen, hörte aber gleich wieder auf. »Ich glaube, ich habe es schon! KCY ist nicht nur eine Abkürzung, es ist der ganze Name!«

»Lies vor!«

»Casey Wye (KCY), amerikanische Schauspielerin. Kam in den frühen 50er-Jahren nach Hollywood. Kleinere Rollen in ›Fluss der Träume‹, ›Tiefsee‹, ›Das Wunder vom Mississippi‹, ›Jagd‹ und anderen. Verheiratet mit Harold Packleham, Regisseur. Zwei Kinder. Nach zehn Jahren Ehe beschuldigte sie ihn eines Tages, ein von ihr verfasstes Drehbuch unter seinem eigenen Namen verkauft zu haben, und verließ ihn. Da sie aber nicht beweisen konnte, dass das Drehbuch wirklich von ihr stammte, fielen alle Einkünfte an Packleham. Der auf dem Drehbuch ›Das Gespenst von Hollywood‹ basierende Film ›Schatten über Hollywood‹ wurde mit zwei Goldenen Raben ausgezeichnet und brachte Harold Packleham vier Millionen Dollar ein. Als Verliererin des Prozesses musste Casey Wye die Gerichtskosten zahlen und entging nur knapp einer Verleumdungsklage ihres Ehemannes. Ihr Auftreten während des Prozesses brachte ihr den Ruf ein, hysterisch, missgünstig und unkontrollierbar zu sein. Sie drehte noch ein paar Filme, erhielt aber dann keine Angebote der Filmindustrie mehr und zog sich aus dem Geschäft zurück.« Bob blickte auf. »Tja, und vor sieben Jahren ist sie dann unter ungeklärten Umständen gestorben.«

»Sie ist nicht zufällig selbst von einem dieser sechsundzwanzig Meter hohen Buchstaben gesprungen, die um Los Angeles herumstehen?«, fragte Peter. »Nur, um die Geschichte abzurunden?«

»Stell dir vor, nein«, antwortete Bob, während er weiterlas. »Sie unternahm eine Spritztour mit dem Auto in die Wüste von Nevada. Der Wagen wurde später verlassen aufgefunden. Von Casey Wye hat man nie wieder etwas gehört. Dieser Artikel erschien vor zwei Monaten, als sie offiziell für tot erklärt wurde.«

»Hysterisch, missgünstig und unkontrollierbar«, sagte Peter. »Klingt nach einer reizenden Dame.«

»Ach was!«, meinte Justus. »Tante Mathilda sagt, dass früher jede Frau als hysterisch und unkontrollierbar bezeichnet wurde, sobald sie mal ihrem Ehemann widersprach. Das heißt überhaupt nichts. Aber ich frage mich, was diese alte Geschichte mit unserem nächtlichen Kletterer, dem Gespenst und dieser Quaste zu tun hat. Dass da ein Zusammenhang besteht, ist klar – Casey Wye behauptete, dass sie ein Drehbuch mit dem Titel ›Das Gespenst von Hollywood‹ geschrieben hatte, und diese Quaste gehörte mit großer Wahrscheinlichkeit ihr. Jetzt müssen wir nur noch herausfinden, was da vor sich geht.«

»Und wie?«, fragte Bob.

»Am besten fährst du gleich mal ins Archiv der ›Los Angeles Post‹ und suchst alle Artikel heraus, die sich mit Casey Wye und Harold Packleham befassen. Es wäre interessant, herauszufinden, ob Mrs Wye irgendjemandem etwas vererbt hat. Peter und ich basteln währenddessen ein paar technische Kleinigkeiten. Wir treffen uns morgen nach der Schule hier.«

Am Abend verabschiedete sich Peter und verließ die Werkstatt durch das Grüne Tor im Zaun. Justus löschte alle Lichter, schaltete den Computer in der Zentrale aus und ging durch den neuen Geheimgang zum Kalten Tor, einem riesigen Kühlschrank, dessen Rückwand abgesägt worden war und verschoben werden konnte und der als neuer Ein- und Ausgang diente. Ein Blick in einen geschickt angebrachten Spiegel verriet ihm, dass der Hof leer war und niemand ihn beobachten konnte. Rasch schob er die Rückwand wieder zu, öffnete die Kühlschranktür und schlüpfte hinaus. Wer jetzt in den Kühlschrank schaute, sah nichts, das auf einen Geheimgang schließen ließ. Justus ließ die Tür zufallen und ging zum Abendessen ins Haus. Da er in der vergangenen Nacht höchstens vier Stunden geschlafen und die restliche Zeit mit Nachdenken verbracht hatte, verabschiedete er sich recht früh von seinem Onkel und seiner Tante und ging ins Bett.

Mitten in der Nacht wachte er auf. Was ihn geweckt hatte, wusste er nicht, er war todmüde und konnte nicht denken. Er drehte sich im Bett um und zog die Decke bis zum Kinn ... und dann spürte er, dass er nicht allein war. Jemand war bei ihm im Zimmer. Tante Mathilda? Er blinzelte und sah, dass die Tür offen stand. Ein dunkler Schatten bewegte sich auf ihn zu. Das war nicht seine Tante! Der Schreck machte Justus hellwach. Er fuhr hoch, aber der Schatten war mit zwei schnellen Schritten bei ihm, zwang ihn zurück aufs Bett und drückte ihm etwas Nasses, scharf Riechendes auf Mund und Nase. Justus kämpfte und schlug um sich. Dann verlor er das Bewusstsein.

Als er aufwachte, war es noch immer genauso dunkel, aber das lag daran, dass man ihm die Augen verbunden hatte. Er saß auf etwas Hartem ... einem Stuhl. Festgebunden. Unter seinen nackten Füßen war fester, glatter Boden. Die Luft roch heiß, ein wenig feucht und muffig. Justus kannte diesen Geruch – er war mit ihm aufgewachsen. Wann immer Onkel Titus eine Fuhre alter Möbel aus einem modrigen Kellerraum geholt hatte, war ein Schwall dieses Geruchs mit ihm auf den Schrottplatz gekommen. Aber Justus war ziemlich sicher, dass er sich jetzt nicht auf dem heimischen Schrottplatz befand. Also befand er sich vielleicht eher in einem modrigen Keller.

Außerdem roch es nach Zigaretten. Nicht nach dem stechenden Rauch einer gerade angezündeten Zigarette, sondern nach Kleidern, in denen sich der Qualm so festgesetzt hatte, dass er auch durch Waschen nicht mehr zu entfernen war.

Es war recht still. In einiger Entfernung zwitscherten ein paar Vögel, aber er hörte keinen Autolärm. In Los Angeles war er also nicht. Vielleicht nicht einmal in Rocky Beach.

Er räusperte sich. Seine Kehle schmerzte und er hatte Durst. »Hallo? Ist hier jemand?«

Alles blieb still, aber er spürte, dass er nicht allein war.

»Hören Sie«, sagte er, »wer immer Sie sind, Sie machen einen Fehler. Für die Entführung eines Jugendlichen gehen Sie mindestens zwanzig Jahre ins Gefängnis. Ich rate Ihnen, mich schleunigst freizulassen.«

Noch immer kam keine Antwort. Er versuchte, unter der Augenbinde hervorzublinzeln, aber sie war bis auf seine Wangen heruntergezogen. Er zerrte an den Fesseln. Es schienen solide Stricke zu sein, die er auf keinen Fall zerreißen konnte. Er versuchte es erneut. »Geben Sie mir wenigstens etwas zu trinken!«

Da hörte er zum ersten Mal ein Geräusch. Es klang wie ein rasselndes Schnarren. Er konnte es überhaupt nicht zuordnen, bis sich aus dem Schnarren Worte lösten – grässlich verzerrt und monoton.

»Was ist die Botschaft des Talismans?«

Justus' Gedanken rasten. Er wusste sofort, was der Unbekannte mit ›Talisman‹ meinte, aber nun gab es eine zweite wichtige Information. Die Puderquaste war also ein Glücksbringer und eine Botschaft zugleich. Er ärgerte sich maßlos, dass er das geschmacklose Ding nicht genauer untersucht hatte. Oder war da nicht mehr zu entdecken gewesen als das, was er entdeckt hatte? Er beschloss, sich vorerst dumm zu stellen. Vielleicht gab der Fremde noch mehr Informationen preis. »Was denn für ein Talisman? Was für eine Botschaft?«

Aber diesmal hatte er sich verrechnet. Der Fremde antwortete nicht. Stattdessen hörte Justus, wie eine Tür ins Schloss fiel und etwas klickte. Das Gefühl, beobachtet zu werden, verschwand, ebenso der muffige Geruch verqualmter Kleidung. Er war allein.

Sofort prüfte er seine Fesseln. Er war schon häufiger gefesselt gewesen und immer hatte er es geschafft, sich zu befreien – oder von Peter und Bob befreit zu werden. Aber sein Entführer verstand etwas vom Fesseln. Sosehr Justus auch zog und zerrte und die Hände verdrehte, das Seil lockerte sich keinen Millimeter. Und da er noch immer in seinem Schlafanzug steckte, hatte er auch kein Taschenmesser dabei, das ihm hätte helfen können. Schließlich gab er auf. Offenbar musste er warten, bis der Unbekannte zurückkam. Also verlegte er sich am besten aufs Denken.

Wer war dieser Unbekannte? Er war kräftig genug, Justus unbemerkt aus dem Haus seiner Tante und seines Onkels zu entführen. Und er war auf jeden Fall ein starker Raucher. Nach dem ersten Schreck hatte Justus auch erkannt, warum die Stimme so schrecklich verzerrt war: Sein Entführer benutzte ein Kehlkopfmikrofon.

Wenn der Mann wusste, dass die drei ??? die Puderquaste gefunden hatten, war er entweder in der Nähe gewesen oder hatte die Aufzeichnungen der Kamera gesehen. Und er wusste mehr über den Fund als alle anderen – aber nicht alles. Er wusste, dass es eine Botschaft gab – aber er kannte ihren Inhalt nicht. Und warum hatte er Justus entführt?

Das war einfach. Er wusste nichts von der Zentrale. Also hatte er vermutet, dass Justus die Puderquaste in seinem Zimmer aufbewahrte. Und als er sie nicht gefunden hatte, hatte er Justus eben betäubt und mitgenommen ... aber nein, das konnte nicht stimmen. Er hatte Chloroform mitgebracht. Das bedeutete, dass er von vornherein geplant hatte, Justus zu betäuben. Dieser

Gedanke gefiel Justus überhaupt nicht. Aber seine Angst hielt sich in Grenzen. Der Fremde wollte etwas von ihm. Er würde ihm nichts antun. Und da er so großen Wert darauf legte, weder gesehen noch erkannt zu werden, hatte er auch vor, Justus wieder freizulassen, sobald er hatte, was er wollte.

Pech nur, dass Justus keine Ahnung hatte, wie die Lösung des Rätsels lautete. KCY? Aber das erschien ihm zu einfach. Er konnte nur darauf hoffen, dass Peter und Bob die Puderquaste noch einmal genauer unter die Lupe nahmen.

Und er hatte noch immer Durst.

Er seufzte, machte es sich so bequem wie möglich und wartete.

Die Botschaft des Talismans

Peter und Bob waren nicht allzu beunruhigt, als Justus nicht in der Schule auftauchte. So etwas kam schon einmal vor – allerdings war es ungewöhnlich, dass er auf seine Lieblingsfächer Mathematik, Chemie, Physik und Staatsbürgerkunde verzichtete, die für alle anderen eher eine gnadenlose Qual bedeuteten. Peter und Bob litten tapfer den ganzen Vormittag lang und flüchteten, sobald die Glocke klingelte.

Sie lehnten ihre Fahrräder an den Zaun zum Schrottplatz und krochen durch das Grüne Tor. Die Werkstatt sah noch genauso aus, wie Peter sie am Abend verlassen hatte. Munter stieß Bob die Tür zur Zentrale auf. »Na, Just, hoffentlich hast du dich amüsiert, während wir Todesqualen ausgestanden ...« Er stockte. »Justus?«

Die Zentrale war leer. Der Computer ausgeschaltet und kalt. In der Dunkelkammer war niemand. Im Kühlschrank stand noch ein Stracciatellajoghurt, der nie überlebt hätte, wenn Justus innerhalb der letzten zwölf Stunden auch nur einen Fuß in die Zentrale gesetzt hätte. Ratlos sahen Peter und Bob sich um. »Das gibt's doch nicht«, sagte Peter. »Ist er vielleicht krank?«

Sie verließen die Zentrale durch das Kalte Tor. Titus Jonas war nirgends zu sehen und der alte Pick-up war weg. Nur Justus' Tante Mathilda stand im Büro und telefonierte. Als sie Bob und Peter sah, winkte sie ihnen zu und beendete das Gespräch, dann kam sie nach draußen. »Hallo, ihr beiden! Gut, dass ihr kommt. Da hinten ist ein ganzer Haufen alter Absperrgitter, die entrostet und neu lackiert werden müssen. Und sagt Justus, es hat keinen Sinn, sich vor mir zu verstecken! Ich finde ihn schon, das kann er mir glauben – und wenn ich ihn an den Ohren aus der Zentrale zerren muss!«

Peter und Bob wechselten einen bestürzten Blick, aber sie sagten nichts. Hastig zogen sie sich zu den Absperrgittern zurück. »Was machen wir jetzt?«, fragte Peter. »Er ist nicht krank, er ist nicht zu Hause – wir können ihr doch nicht sagen, dass er nicht mal in der Schule war!«

»Am besten sagen wir vorerst gar nichts«, schlug Bob vor. »Er ist wahrscheinlich wieder auf einem Alleingang. Da sollten wir ihn nicht noch zusätzlich in Schwierigkeiten bringen.«

»Er hat aber nichts mitgenommen, nicht einmal das Handy. Vielleicht ist ihm was passiert?«

»Ach was«, sagte Bob, aber es klang nicht ganz überzeugt. »Justus passiert doch nichts!«

»Na schön«, sagte Peter. »Lass uns mal logisch vorgehen. Was würden zwei Detektive tun, deren Partner plötzlich verschwunden ist? Absperrgitter entrosten und hoffen, dass Justus plötzlich vom Himmel fällt wie Manna in der Wüste?«

»Ganz bestimmt nicht«, sagte Bob. »Stattdessen würden sie sich den Ort vornehmen, an dem er zuletzt gesehen wurde.«

Peter nickte zufrieden. »Das klingt viel besser.«

Sie warteten, bis das Telefon im Büro des Schrottplatzes klingelte und Tante Mathilda beschäftigt war und sie nicht sofort wieder zurück an die Arbeit schicken konnte, dann rannten sie zum Kalten Tor und kletterten hindurch.

Die Zentrale wirkte geradezu unheimlich verlassen. Bob setzte sich an den Tisch und schaltete den Computer ein, um die E-Mails abzurufen. »Hier hat er gestern nichts mehr gemacht«, sagte er. »Was habt ihr in der Werkstatt gebastelt?«

»Justus hat einen neuen Peilsender ins Handy eingebaut und anschließend haben wir ein Empfangsgerät dafür zusammengeschraubt.« Düster betrachtete Peter das Handy, das auf dem Tisch lag. »Viel genützt hat es bisher nicht. Jedenfalls bin ich so gegen zehn nach Hause gefahren. Was hast du eigentlich im Archiv der ›Los Angeles Post‹ herausgefunden? Du wolltest es mir den ganzen Tag nicht sagen.«

»Ach ja. Vor zwei Monaten wurde Casey Wye nach sieben Jahren offiziell für tot erklärt. Außer ihrem Sohn Stephen Packleham und den Anwälten war niemand bei der Testamentseröffnung anwesend. Und Stephen lehnte für sich und seine Schwester das Erbe ab – kein Interesse.«

»Was wäre es denn gewesen?«

»Ein Haus irgendwo östlich von hier in den Bergen. Aber er wollte es nicht haben.«

»Was für einer Spur geht Justus denn nun nach? Und warum kommt er nicht zurück?« Ruhelos marschierte

Peter durch die Zentrale, dann ließ er sich in den Sessel fallen. Gleich darauf fuhr er wieder hoch. »Au! Da hat mich was gestochen!«

Bob lachte, als Peter die Puderquaste aus dem Sessel klaubte. »Also da hat er es hingeworfen. Ich habe mich schon gefragt, wo es ist.«

»Lach du nur – das Ding hat elend scharfe Krallen.« Peter setzte sich wieder hin und drehte seinen Fund in den Händen. »Jetzt fällt es mir wieder ein. Meine Oma hatte einen Flaschenöffner mit einer Hasenpfote. Ich fand ihn immer ziemlich eklig. Er war uralt und wackelig und man musste ihn ständig wieder zusammenschrauben. Der hier sieht auch recht alt aus, aber er ist viel stabi-«

Die Quaste brach ihm in den Händen auseinander.

»Peter, der Held«, spottete Bob. »Du hast es kaputt gemacht!«

»Habe ich nicht! Das war nicht richtig festgeschraubt!« Peter schaute sich den Schraubverschluss aus der Nähe an und stutzte. »Da steckt etwas drin! Ein Blatt Papier!«

»Was?« Im Nu hockte Bob neben ihm. »Zeig her!«

Peter zog den Zettel heraus und faltete ihn auseinander. Es war einfaches weißes Papier, exakt an den Kanten abgeschnitten. Darauf standen in einer sauberen Handschrift ein paar Zeilen.

ist, aber es fällt mir nicht leicht. Jahrelang habe ich auf eine Geste von dir gewartet und nichts ist gekommen. Ohne Audys einzigen Brief an ihre Tante hätte ich nie erfahren, dass du bereust, was du mir angetan hast. Ich hätte dir gerne die Hand zur Versöhnung gereicht. Jetzt ist es dafür zu spät. Ich habe mir ein letztes Spiel ausgedacht. Erinnerst du dich an die

»Komisch«, sagte Bob. »Das klingt wie ein Ausschnitt aus einem Brief. Warum sollte jemand so etwas in einer Puderquaste verstecken? Steht etwas auf der Rückseite?«

Peter drehte das Papier um. »Nein. Verflixt – da finden wir mal etwas Interessantes und Justus ist nicht da!«

»Also, die Schrift scheint die Handschrift einer Frau zu sein«, sagte Bob. »Und der Satz ›dass du bereust, was du mir angetan hast‹ deutet auf Casey Wye hin. Dann wäre es ein Brief an ihren Ehemann Harold Packleham. Was meint sie wohl mit dem ›letzten Spiel‹?«

Sie grübelten darüber nach, kamen aber zu keinem Ergebnis. »Warte mal!«, sagte Peter plötzlich. »Vielleicht steht noch etwas in Geheimschrift drauf!« Er holte das Chemieset aus dem Schrank und sie experimentierten eine Weile mit dem Papier herum. Aber nichts änderte sich, außer dass der Brief einige hässliche braune Flecken bekam, als sie ihn über eine Kerzenflamme hielten.

Trübselig starrten sie den Brief an, der auf dem Tisch lag und sein Geheimnis nicht preisgab. »Justus hätte bestimmt schon fünf verschiedene Lösungen gefunden«, sagte Bob.

In diesem Moment klingelte das Telefon.

Sie zuckten beide zusammen und Bob nahm rasch den Hörer ab. »Bob Andrews von den drei Detektiven?«

»Hallo, Robby«, sagte eine vertraute Stimme. »Ich bin's, Justus.«

»Justus!« Sofort schaltete Bob den Verstärker an. »Wo bist du? Wieso hast du uns nicht Bescheid gesagt?«

»Unwichtig, Robby«, antwortete Justus. »Hör zu. Ist Peter bei dir?«

»Ja, natürlich. Wir haben –«

»Was ist die Botschaft des Talismans?«

Bob stutzte. »Was für ein – du meinst die Puderquaste? Hör mal, du hättest uns aber auch Bescheid sagen können, dass du den Brief gefunden hast! Wir dachten schon, dir wäre etwas passiert!«

Es gab eine kurze Pause. Dann sagte Justus: »Lies mir den Brief vor, Robby.«

»Ja, schon gut. Wenn du unbedingt geheimnisvoll sein willst, bitte. Und nenn mich nicht dauernd –«

»Nun lies schon!«

Verärgert las Bob den Brief vor. »Und?«, fragte er am Schluss. »Fällt dir etwas dazu –«

Es klickte. Die Verbindung war unterbrochen.

Beklommen schauten Peter und Bob einander an. Endlich sagte Peter: *»Robby?«*

»Wenn es nicht Justus wäre, würde ich sagen, er spinnt«, antwortete Bob. »Aber Justus tut nie etwas ohne Grund. Und normalerweise führt er sich am Telefon auch nicht so auf.« Er schluckte. »Da ist etwas ganz und gar nicht in Ordnung.«

Audys Brief

»So«, sagte die schreckliche knarrende Stimme. »Du wusstest also nichts von einer Botschaft.«

»Stimmt«, sagte Justus. »Meine Freunde müssen den Brief eben erst entdeckt haben.« Es gefiel ihm überhaupt nicht, dass der Besitzer der Stimme um ihn herumzugehen schien. Noch immer konnte er nichts sehen. Die Augenbinde saß so fest wie zuvor und allmählich hatte er das Gefühl, dass es ihm auch nichts bringen würde, wenn er sie endlich abnahm. Vielleicht gab es in diesem Raum gar kein Tageslicht. Mittlerweile war ihm sehr elend zumute. Er war so hungrig und durstig wie noch nie in seinem Leben und alle Knochen taten ihm weh. Er wusste nicht, seit wie vielen Stunden er jetzt auf diesem Stuhl saß, aber es kam ihm wie Jahre vor.

Eine Weile herrschte Schweigen. Dann sagte die Stimme: »Und wie lautet die Botschaft?«

»Wie bitte?«, fragte Justus verdutzt. »Sie haben doch gehört, was – äh – Robby vorgelesen hat.«

Er hörte das hässliche Schnarren, das er nun für ein Lachen hielt. »Das war der Brief. Aber es war nicht die Botschaft.«

»Nicht? Was –«

Weiter kam er nicht. Völlig überraschend packten zwei harte Hände seine Schultern und drückten ihn nach hinten. Justus roch stechenden Schweiß und Zigarettenrauch.

»Löse das Rätsel«, sagte die knarrende Stimme. »Dann lasse ich dich gehen.«

»Und wenn nicht?«

Die Hände ließen ihn los. »Dann verrottest du hier«, sagte sein unsichtbarer Entführer. »Und mach dir keine Hoffnungen – hierher kommt schon lange niemand mehr.«

»Das ist doch verrückt!«, rief Justus. »Woher soll ich denn wissen, was das für eine Botschaft ist? Geben Sie mir wenigstens einen Anhaltspunkt! Sind Sie derjenige, der auf den Buchstaben geklettert ist? Wozu? Und was war das für ein Trick mit dem Bettlaken?«

»Ein Zettel in einem Buch«, sagte der Fremde, ohne auf die Fragen einzugehen. »Ein Abschnitt eines Briefs, der mitten im Satz beginnt und endet.« Er ging um Justus herum und dann spürte Justus ein Stück Papier in den Händen. »Hier.«

»Mit gefesselten Händen und verbundenen Augen kann ich es wohl kaum lesen«, sagte Justus wütend.

»Das ist dein Problem. Du bist Detektiv – denk dir etwas aus.«

»Hören Sie, ich finde dieses Spiel reichlich albern! Binden Sie mich sofort los!«

Eine Tür klappte.

»Hallo? Hallo! He! Kommen Sie zurück!«

Er war wieder allein.

»Also«, sagte Bob, »wenn unser Erster sich am Telefon rätselhaft ausdrückt und uns nicht sagt, was los ist, ist das zwar völlig normal. Es ist aber nicht normal, dass er mich Robby nennt. Wenn er mich also Robby nennt UND nicht sagt, was los ist, bedeutet das … was?«

»Er konnte es nicht sagen«, folgerte Peter. »Und das heißt …«

»… dass jemand zuhörte, der es ihm entweder verboten hat oder dem er keine Auskunft geben wollte. Und das wiederum heißt …«

»… dass er doch in Schwierigkeiten ist«, sagte Peter. »Vielleicht ist er auch nicht freiwillig aus der Schule weggeblieben. Überleg mal. Wann hätte Justus je eine Gelegenheit ausgelassen, alle anderen in Chemie, Physik und Mathematik so richtig dumm dastehen zu lassen?«

»Stimmt«, sagte Bob. »Lass uns mal in seinem Zimmer nachsehen.«

»Aber nur, wenn die Luft rein ist. Ich möchte Justs Tante nicht in die Arme laufen. Die fängt bloß wieder mit den Absperrgittern an.«

Sie spähten durch das selbst gebaute Periskop, das zwar seit Kurzem schielte, aber trotzdem verriet, dass der Hof leer war. Dann flitzten sie zum Haus hinüber. Wie üblich war die Fliegengittertür nur angelehnt und die Haustür stand offen. Peter und Bob liefen die Treppe hinauf und standen gleich darauf in Justus' Zimmer. Dort sah alles aus wie sonst. Tante Mathilda hatte die Bettwäsche zum Lüften ans Fenster gehängt und Justus' übliches Bastel- und Elektronikchaos unberührt gelassen. Es gab keinerlei Hinweise auf etwas Ungewöhnliches.

Ratlos kehrten sie in die Zentrale zurück. »Was machen wir jetzt?«, fragte Peter. »Rufen wir Inspektor Cotta an und melden Justus als vermisst?«

»Dann steht hier im Nu die Polizei im Hof. Lass uns lieber erst einmal selbst ermitteln.«

»Also schön.« Peter seufzte und nahm sich den Brieffetzen vor. »Die Botschaft des Talismans. Hör mal, Justus wusste doch gar nicht, dass die Quaste ein Talisman ist. Und von der Botschaft wusste er wahrscheinlich auch nichts. Also muss es ihm jemand gesagt haben. Jemand, der diese Botschaft sehr dringend erfahren will.«

»Wir haben sie ihm doch vorgelesen. Dann muss er jetzt eigentlich sehr glücklich sein.«

»Na ja, du hast ihm ein paar Sätze vorgelesen. Aber was ist das für eine Botschaft, die mitten im Satz anfängt und auch mitten im Satz aufhört?« Missmutig starrte Peter den Zettel an. »An diesem Text ist überhaupt nichts, was nach einer Botschaft aussieht. Höchstens das mit dem Spiel, aber das ist viel zu –«

»Vielleicht der Hinweis, dass sie wusste, dass er seine Tat bereut.«

»Vielleicht. Oder Audys Brief an ihre Tante. Wer ist Audy? Und wer ist diese Tante? Casey Wye?«

»Audy könnte eine Form von Audrey sein«, überlegte Bob. »Vielleicht die Schauspielerin Audrey Hepburn?«

»Glaube ich nicht. Hatte Casey denn überhaupt Geschwister?«

»Das steht in den Zeitungsartikeln nicht drin.« Bob warf einen Blick auf die Uhr. »Die Bücherei müsste noch auf sein. Miss Bennett hat im letzten Monat Dutzende von Büchern über Hollywood und seine Stars angeschafft. Und wie ich sie kenne, hat sie sie auch schon alle gelesen.« Er griff nach dem Telefonhörer. »Also frage ich mal nach.«

Miss Bennett, die Leiterin der Stadtbücherei von Rocky Beach, meldete sich schon beim zweiten Klingeln.

»Hallo, Miss Bennett«, sagte Bob. »Ich brauche eine Auskunft über Casey Wye. Ja, genau, die Schauspielerin. Sagen Sie, wissen Sie zufällig, ob Mrs Wye eine Nichte namens Audy hatte? Audy oder Audrey? Nicht? Schade. Dann –« Er brach wieder ab. »Tatsächlich? Nicht zu glauben! Haben Sie es zufällig da? Und gibt es darin einen Brief? Könnten wir – ja, genau! Vielen Dank!«

Er legte auf und drehte sich zu Peter um. »Tja, Mrs Wye hat keine Nichte namens Audy. Aber sie hat einmal eine Frau namens Audrey in einem Theaterstück gespielt. Und in dem Stück schreibt sie tatsächlich einen Brief an ihre Tante. Miss Bennett schickt ihn uns per E-Mail.« Er drehte sich zum Computer um und öffnete das E-Mail-Programm.

Schon kurze Zeit später kam die Nachricht an. Bob öffnete sie und sie lasen Audys Brief.

Liebe Tante! Ich komme übermorgen um 16.15 Uhr an.
Deine Audy

»Nee, oder?«, sagte Peter. »Das kann doch nicht alles sein! Das hat ja überhaupt nichts mit dem zu tun, was auf dem Zettel steht! Gibt es nicht noch einen anderen Brief?«

Ratlos schüttelte Bob den Kopf. »Auf dem Zettel steht, dass es der einzige Brief ist.«

»Vielleicht ist 16.15 Uhr eine Nachricht?«

»Und 16.15 Uhr beweist, dass Harold seine Schandtat bereut? Nie im Leben.«

»Dann stecken wir in einer Sackgasse«, sagte Peter niedergeschlagen.

»Vielleicht nicht.« Bob holte sich einen Eistee aus dem Kühlschrank und setzte sich wieder hin. »Mir fällt gerade etwas auf. Wir haben nach Audy und dem Brief gefragt – aber was, wenn das nur ein Hinweis war, sich das Theaterstück anzusehen? Ich habe gar nicht gefragt, wie es hieß!«

»Mensch, stimmt ja! Los, ruf noch mal an!«

Bob griff sofort nach dem Telefon. Aber in der Bücherei meldete sich niemand mehr. Also fingen die beiden an, im Internet zu suchen. Und schon bald wurden sie fündig.

»Na also!«, rief Bob triumphierend. »Das Stück hieß ›Hotel Pacific Pearl‹! Dieses Hotel gibt es wirklich – in den Bergen von Hollywood! Ich bin sicher, dass da ein Hinweis auf uns wartet!«

»Wollen wir jetzt sofort los?«, fragte Peter. »Ich meine, es wird schon dunkel und ich fahre ungern mitten in der Nacht in den Bergen herum.«

»Willst du Justus retten oder nicht? Wir sollen die Botschaft entschlüsseln und das haben wir getan. Aber er würde nie wollen, dass wir unsere erste Idee einfach ungeprüft übernehmen. Also – ruf deine Eltern an und erzähl ihnen, dass du und Justus heute bei mir übernachtet. Ich sage Justus' Onkel und Tante dasselbe, damit sie keinen Verdacht schöpfen. Meinen Eltern sage ich, dass ich bei Justus bin. Und dann fahren wir los!«

Die Geisterstadt

Justus' Magen knurrte. Seine Kehle war trocken und das Schlucken tat weh. Außerdem musste er dringend auf die Toilette und er war wütend. Es waren nicht die besten Voraussetzungen, um logisch zu denken, aber er versuchte es trotzdem.

»Löse das Rätsel und ich lasse dich frei«, hatte der Entführer gesagt. Justus hatte durchaus vor, das Rätsel zu lösen – aber zu seinen eigenen Bedingungen. Und das bedeutete, dass er versuchen musste, sich selbst zu befreien.

Inzwischen hatte er eine ganz gute Vorstellung von dem Raum, in dem er sich befand. Er war nicht sehr groß und lag vermutlich unter der Erde, sodass er wenig oder gar kein Tageslicht erhielt. Eine Höhle war es nicht, dafür war der Boden zu glatt und es war auch nicht kalt genug, eher stickig und trocken. Also befand er sich vermutlich im Keller eines alten Hauses in den Bergen, so weit vom Meer entfernt, dass man weder das Brausen des Pazifiks hören noch den salzigen Wind riechen konnte. Es roch eher nach Wüste. Justus beschloss, sich erst zu befreien und dann darüber nachzudenken, wie er im Schlafanzug, ohne Schuhe und ohne Geld nach Rocky Beach zurückkommen sollte.

Sollte er so lange kippeln, bis der Stuhl nach hinten

umfiel? Lieber nicht – erstens würde er mit seinem gesamten Gewicht und dem Stuhl auf seinen Händen landen und zweitens sich den Schädel einschlagen, wenn er auf den harten Steinboden fiel. Aber vielleicht lockerten sich die Fesseln, wenn er einfach aufstand und mitsamt dem Stuhl auf dem Rücken durch den Raum hüpfte.

Er beschloss, es zu versuchen, ließ den Zettel fallen und stemmte sich hoch. Der Stuhl war schwerer als erwartet und die Fesseln schnitten schmerzhaft in Justus' Bauch und seine Handgelenke ein. Blind hüpfte Justus vorwärts – aber plötzlich verlor er das Gleichgewicht, konnte sich nicht abstützen und fiel nach vorne. Ein stechender Schmerz zuckte durch sein linkes Knie und er kippte mit dem Stuhl zur Seite. Hilflos blieb er liegen – aber dann merkte er, dass sich die Augenbinde ein wenig verschoben hatte. Er blinzelte und sah einen Schimmer von blauem Licht unter der Binde. Also gab es doch ein Fenster! Es musste Nacht sein. Und dann sah er noch etwas – eine Bewegung. Ein Schatten schob sich vor das Fenster und blieb dort. Eine Wolke? Aber dann hörte er leises Atmen, ganz anders als das schreckliche Röcheln des Kehlkopfmikrofons. Justus holte tief Luft und schrie: »Hilfe! Gehen Sie nicht weg! Helfen Sie mir! Hallo!«

Etwas scharrte und kratzte und dann schlug plötzlich ein kleiner Gegenstand klirrend dicht neben Justus auf. Der Schatten verschwand.

Der kleine Gegenstand war ein Taschenmesser. Justus

war verblüfft. Offenbar wollte ihm jemand helfen, war aber nicht bereit, einfach hereinzukommen und ihn loszubinden. Oder war es vielleicht der Entführer, der ihn antreiben wollte, das Rätsel des seltsamen Zettels schneller zu lösen? Er beschloss, später darüber nachzudenken, und robbte auf dem Boden herum, bis er das Messer mit den gefesselten Händen fassen konnte, während die Kante der Stuhllehne ihm schmerzhaft den Arm abdrückte. Dann begann er, die Fesseln loszuschneiden. Und endlich konnte er die Hände bewegen! Er stieß den Stuhl von sich weg, setzte sich auf und riss zuerst einmal die Augenbinde herunter, dann löste er seine Fußfesseln, massierte seinen schmerzenden Arm und sah sich in seinem Gefängnis um.

Es war tatsächlich ein Kellerraum, vielleicht eine ehemalige Vorratskammer. Die Wände waren verputzt und ebenso kahl wie der Zementfußboden. Die einzige Tür war verschlossen, endete aber ein paar Zentimeter über dem Boden. Mondlicht fiel durch eine schmale Fensteröffnung knapp unter der Decke und das Fenster war engmaschig vergittert. Der Besitzer des Messers war verschwunden.

Justus sah sich nach dem Zettel um, den er fallen gelassen hatte, und fand ihn auf dem Boden. Rasch hob er ihn auf, aber es war zu dunkel zum Lesen und so steckte er ihn in die Tasche seiner Schlafanzughose.

Es wurde Zeit, dass er verschwand, bevor der Entführer zurückkam. Justus ging zur Tür und untersuchte sie. Zu seiner Überraschung hatte sie nur ein einfaches

Schloss, durch das er nicht hindurchsehen konnte. Der Schlüssel steckte!

»Das ist dein zweiter Fehler«, murmelte Justus zufrieden. »Der erste war, mich auf ein Rätsel anzusetzen.«

Er zog sein Pyjamaoberteil aus und schob den Ärmel durch den Spalt unter der Tür. Dann stocherte er mit dem Messer im Schlüsselloch, bis der Schlüssel herausfiel und auf dem Ärmel landete. Vorsichtig zog Justus ihn zu sich heran, stand schnell auf und schloss die Tür auf.

Rasch zog er das Hemd wieder an und warf einen Blick zurück auf sein Gefängnis. Vielleicht sollte er das Seil mitnehmen, so etwas konnte man immer gebrauchen. Er rollte das Seil auf und hängte es sich über die Schulter. Dann öffnete er die Tür und spähte vorsichtig hinaus.

Falls sein Entführer in der Nähe war, musste er den Krach des umfallenden Stuhls und das Öffnen der Tür gehört haben. Justus lauschte, doch alles blieb still.

Der angrenzende Raum war völlig fensterlos, aber durch eine große Öffnung in der Decke fiel mattes Licht. Eine Treppe führte nach oben. Es roch hier stärker nach Staub und Verfall, aber darüber lag ein leichter Duft nach Lavendel, der Justus irritierte. Sein Entführer hatte nach allem Möglichen gerochen, aber nicht nach Blumen.

Er schlich zur Treppe und hielt wieder an. Oben rührte sich nichts. Hatte sein Entführer ihn wirklich allein gelassen? So einen Fehler konnte er sich eigentlich nicht leisten – er musste doch wissen, dass Justus dieses

Versteck sofort der Polizei melden würde, wenn er entkam. Und Justus glaubte eigentlich nicht, dass sein Entführer dumm war. Aber falls dies alles zu einem Plan gehörte, wusste Justus dennoch nicht genug, um ihn zu durchschauen. Ihm war nur klar, dass er schleunigst von hier verschwinden wollte.

Lautlos schlich er die Treppe hinauf. Sie endete in einem großen, verlassenen Raum voller Dreck und Unrat. Früher war dieser Raum wahrscheinlich ein Wohnzimmer gewesen, das in eine offene Küche überging. Zwei Stufen führten von der Küche wie von einer Empore herab. Ein langer, gezackter Riss verlief quer über den Fußboden und zog sich bis in die Mauern hinauf. Von den großen, zweifellos teuren dunklen Fliesen auf dem Boden waren nur ein paar staubige Bruchstücke übrig geblieben. Große Bereiche Putz hatten sich von den Wänden gelöst und waren heruntergefallen und in einer Ecke lagen Glassplitter, zerfetzte Bücher, ein paar Lumpen und leere Bierdosen. Durch die großen, zerbrochenen Glastüren und Fenster zum Garten fiel kaltes Mondlicht in den Raum und jemand hatte in riesigen Buchstaben DEAD quer über eine Wand gesprüht. Das Haus wirkte tatsächlich tot – so trostlos, wie es nur Häuser sein können, die eigentlich bewohnt sein sollen. Justus stand reglos da und lauschte, aber von draußen kam kein Laut.

Es wurde Zeit zu verschwinden, aber barfuß konnte er nicht über die Glasscherben laufen. Kurz entschlossen zog Justus das Oberteil seines Schlafanzugs wieder aus, stach mit dem Messer hinein und zerriss es der Länge nach in zwei Teile, die er sich um die Füße wickelte. Dann klappte er das Messer zusammen, steckte es in die Hosentasche und machte sich über Scherben und Unrat hinweg auf den Weg zu den großen Gartentüren. Vorsichtig tappte er hinaus.

Der Garten war ebenso ein Trümmerfeld wie das Haus. Ein großer, nierenförmiger Swimmingpool war zur Hälfte mit Schutt und Erde gefüllt. Das Gras war zum Teil verdorrt, zum Teil wild über alle Grenzen hinausgewuchert und hatte die ehemaligen Blumenbeete völlig erstickt. Ein paar Palmen ragten aus riesigen Hibiskussträuchern, deren rosa Blüten einen starken Geruch verströmten. Falls es hier draußen noch nach Lavendel roch, ging der Duft völlig unter.

Da Justus noch immer dringend auf die Toilette musste, tappte er auf seinen lumpenumwickelten Füßen zu den Sträuchern hin. Verrückt eigentlich, dachte er und duckte sich außer Sicht. Hier ist doch niemand.

Aber trotzdem hatte er das deutliche Gefühl, dass er hier ganz und gar nicht sicher war. Sein Entführer konnte jederzeit zurückkommen und sich leicht ausrechnen, dass sein ehemaliger Gefangener noch nicht weit gekommen sein konnte. Und da war ja noch der Unbekannte, der ihm das Messer zugeworfen hatte. Wo versteckte er sich? Beobachtete er ihn?

Justus spähte nach allen Seiten und schlüpfte wieder hinaus. Er schlug einen weiten Bogen um das Haus, stieß jedoch bald auf einen hohen, verrosteten Stacheldrahtzaun. Er lief daran entlang und sah ein Hausdach zwischen den Palmen des Nachbargartens. Sein Herz schlug schneller. Vielleicht konnte er die Bewohner um Hilfe bitten und die Polizei anrufen! Tante Mathilda, Onkel Titus und natürlich Peter und Bob machten sich wahrscheinlich schon die größten Sorgen. Doch als er die Straße erreichte und sich dem Haus zuwandte, sah er, dass ihm in diesem Haus niemand helfen würde. Auch hier waren alle Fenster zerbrochen und dunkel und das Dach war halb eingestürzt. Justus blieb auf der Straße stehen und schaute sich um. »Hierher kommt schon lange niemand mehr«, hatte der Entführer gesagt und nun verstand Justus auch, warum.

Er war in einer Geisterstadt.

Natürlich gab es unzählige Geisterstädte in Kalifornien. Zur Zeit des Goldrauschs waren Dutzende kleiner Orte gegründet und ebenso schnell wieder verlassen worden. Einige waren abgebrannt, andere versanken im Sumpf, wieder andere verrotteten still vor sich hin oder wurden zu kitschigen Touristenfallen umgebaut. Aber diese Stadt stammte nicht aus der Goldgräberzeit. Justus drehte sich zu dem Haus um, in dem er gefangen gewesen war. Es war einmal eine sehr teure Villa gewesen, vielleicht aus den 50er-Jahren, als Schauspieler und Produzenten die glänzenden Partys feierten, für die Hollywood berühmt gewesen war. Jetzt war es eine zerfallende Erinnerung an eine große Zeit, die nur noch in alten Schwarz-Weiß-Filmen lebte. Auch eine Art Goldrausch, dachte Justus und fröstelte unwillkürlich. Es kam ihm zu Bewusstsein, dass er höchst unvorsichtig mitten auf der Straße im Mondlicht stand, deutlich sichtbar für jeden böswilligen Beobachter. Doch er war jetzt sicher, dass sein Entführer nicht in der Nähe war. Aber was war mit dem anderen?

»Hallo!«, rief er. »Kommen Sie heraus! Ich weiß, dass Sie hier sind!«

Seine Stimme klang erschreckend laut in der Stille der toten Stadt, und als er schwieg, war das Schweigen noch bedrückender geworden.

Dann regte sich einer der Schatten am Nachbarhaus. Eine Gestalt löste sich aus der Dunkelheit und trat ins Mondlicht hinaus. Sie hatte sich in mehrere Schichten Kleidung gehüllt und ein Tuch wie eine Kapuze über den Kopf geworfen, sodass das Gesicht im Schatten blieb. Ein Hauch von Lavendelduft ging von ihr aus.

»So, mein Junge«, sagte eine heisere, tonlose Stimme, »du kommst mir also in die Quere.«

Jezabel

Justus schluckte schwer. Es war nicht die Stimme seines Entführers, aber sie klang unheimlich genug. »Was meinen Sie damit?«, fragte er und versuchte, nicht darüber nachzudenken, dass er hier mitten in einer Geisterstadt ziemlich wehrlos in der Schlafanzughose stand. »Wer sind Sie?«

Die Gestalt blieb in zehn Metern Entfernung stehen. »Ich lebe hier. Und du hast hier nichts zu suchen. Ich will, dass du verschwindest und nie wieder zurückkommst. Geh!«

Er war jetzt recht sicher, dass er einer alten Frau gegenüberstand, aber wenn sie allein in einer Geisterstadt lebte, war sie möglicherweise nicht ganz richtig im Kopf. »Ich weiß ja nicht einmal, wo ich bin. Was ist das für ein Ort? Wie weit bin ich von Rocky Beach entfernt? Und wo kann ich hier telefonieren?«

»Dieser Ort ist tot«, sagte die heisere Stimme. »Tot wie seine Bewohner. Und ebenso wie sie hat er keinen Namen mehr.« Dann schüttelte die Gestalt den Kopf und klang plötzlich menschlicher. »Und es gibt keine Telefone. Rocky Beach liegt fünfzehn Meilen entfernt von hier; mach dich auf den Weg.«

»Hören Sie doch«, sagte Justus. »Ich bin entführt worden. Ich habe keine Schuhe und laufe im Schlafanzug herum! Ich bin halb verhungert und verdurstet, und da soll ich fünfzehn Meilen zu Fuß gehen? Dann hätten Sie Ihr Messer auch behalten können!«

»Mein Messer.« Die Gestalt streckte eine knochige Hand aus. »Gib es mir.«

Justus zögerte. Es passte ihm gar nicht, sein einziges Werkzeug und seine einzige Waffe wieder herzugeben. Aber dann zog er es doch aus der Tasche und warf es der Fremden zu. Die knochige Hand fing es mit einer raschen, sicheren Bewegung auf und ließ es in den Schichten der Kleidung verschwinden.

»Haben Sie den Mann gesehen, der mich entführt hat?«, fragte er. »Kennen Sie ihn?«

»Du stellst zu viele Fragen«, gab die Alte barsch zurück.

»Das kann schon sein«, sagte Justus unerschrocken, »aber wenn Sie mir nicht helfen, machen Sie sich der Beihilfe zu einer Straftat schuldig, Paragraf –«

Weiter kam er nicht, denn die alte Frau begann heiser und krächzend zu lachen. »Ich werde dir helfen«, sagte sie dann und kicherte noch immer in sich hinein, »aber nicht wegen irgendwelcher alberner Paragrafen. Wie ist dein Name?«

»Justus Jonas von den drei Detektiven.«

Ein heiseres Lachen. »Ah, du bist also Justus.«

»Kennen Sie mich denn?«, fragte Justus verdutzt.

»Ich habe eine Karte von euch gefunden.« Die knochige Hand wies auf das Haus, in dem Justus gefangen gewesen war. »Komm mit.«

Justus verschränkte die Arme und blieb stehen. »Nur, wenn Sie mir sagen, wer Sie sind.«

»Nenn mich Jezabel«, sagte die krächzende alte Stimme. »Ich sammle Träume.« Die verhüllte Gestalt wandte sich um und schlurfte davon.

»Sie tun was?«, fragte Justus, aber sie gab keine Antwort, sondern winkte nur ungeduldig. Also folgte er ihr.

Sie führte ihn zu einer weiteren verfallenen Villa, betrat aber nicht das Haus, sondern ging an der Garage vorbei und öffnete die Tür zu einem alten Schuppen. »Komm herein.«

Er wusste noch immer nicht, was er von ihr halten sollte. »Sie zuerst.«

Jezabel lachte tonlos. »Das ist mein Zuhause. Glaubst du, ich sperre dich darin ein?«

»Das weiß ich nicht. Mir fehlen die Informationen, die ich benötige, um Ihre Handlungsweise einschätzen zu können. Schließlich wollten Sie mich eben noch aus der Stadt jagen.«

»Keine Sorge, das will ich immer noch. Aber wenn ich dich loswerden wollte, wäre es kontraproduktiv, dich einzusperren, meinst du nicht?«

»Das stimmt wohl«, gab Justus zu und trat ein.

Er war nicht ganz sicher, was er erwartet hatte. Irgendeine armselige Behausung vermutlich, aus Sperrmüll karg eingerichtet. Stattdessen kam er in ein Museum.

Der Schuppen war nicht größer als die Zentrale, aber jeder Zentimeter der Wände war mit Fotos bedeckt. Es mussten Tausende sein, viele von ihnen angesengt oder eingerissen, als hätten sie jahrelang vergessen im Dreck gelegen, bis Jezabel sie gefunden und mitgenommen hatte. Die Fotos selbst zeigten nichts Besonderes, es waren typische Aufnahmen wie aus Fotoalben: spielende Kinder, Porträts, Haustiere, Häuser oder Landschaftsausschnitte. Dazwischen hingen vergessene Kleinigkeiten aus dem Alltag: ein gehäkelter Kinderschuh, Haarschleifen, abgegriffene Bilderbücher, Dutzende von zerschlissenen Stofftieren und zerbrochenen Puppen.

An der Wand stand ein altes Feldbett mit einer Matratze, über die eine bunt gewebte Decke ausgebreitet war. Ansonsten gab es nur noch zwei alte Holzkisten. In der einen lagen ein paar Vorräte, in der anderen Teller und schäbiges Besteck. Mehr schien die alte Frau nicht zu besitzen. Aber der ganze Raum roch nach dem Strauß frischer Lavendelzweige, den sie neben dem Bett in einer alten Dose aufgestellt hatte.

Er drehte sich zu der alten Frau um. »Sind das die Träume, die Sie sammeln?«

Sie warf ihm einen raschen Blick zu. »Ja.« Auch ihre Stimme war jetzt scharf. »Was dagegen?«

»Nein, überhaupt nicht. Ich –«

»Du denkst wohl, ich bin verrückt? Eine senile alte Schachtel, die hier draußen mitten im Nichts hockt und Müll um sich auftürmt, ha?«

»Nein, gar nicht! Ich finde es nur ungewöhnlich.«

»Junge, sei froh, wenn du in deinem Leben nichts Ungewöhnlicheres triffst als mich.«

Justus wollte schon antworten, dass er in seinem Leben schon einen ganzen Haufen Leute getroffen hatte, gegen die Jezabel wie ein Musterbeispiel an Vernunft wirkte, aber er schluckte es hinunter. Stattdessen fragte er: »Was für Träume sind es denn? Kennen Sie die Menschen auf den Fotos?«

»Nein. Wie sollte ich? Die waren weg, ehe ich kam. Und überhaupt – wann kennt man schon einen Menschen? Du kannst jahrelang mit einem leben und trotzdem eines Tages merken, dass er dir fremder ist als einer vom anderen Ende der Welt. Von denen da weiß ich gar nichts und sie interessieren mich auch nicht. Mich interessiert nur, dass jemand sie wichtig genug fand, um sie zu fotografieren. Für irgendwen hatten sie eine Bedeutung. Klar?«

»Äh, ja. Aber –«

»Das da auf den Bildern sind Geschichten. Ausschnitte von Geschichten. Erinnerungen. Fetzen. Das Zeug selbst ist Müll. Aber wenn du hinter die Dinge schaust, ist da viel mehr. Jeder Fetzen erzählt mir ein paar Worte einer Geschichte. Aber das verstehst du nicht.«

»Doch, durchaus«, sagte Justus. »Wie lange sind Sie schon hier? Ist es nicht sehr einsam?«

»Ein paar Jahre. Und nein, es ist nicht einsam. Ich hatte genug von den Menschen. Nur zum Einkaufen fahre ich in die Stadt. Ich lebe nicht davon, dass ich hier draußen mit der Schrotflinte auf Kaninchen schieße, falls du das gedacht hast.«

Justus lachte. »Nein, Madam. Hören Sie, wäre es

nicht vielleicht möglich, dass Sie mich nach Rocky Beach bringen? Ich bezahle auch das Benzin.«

»Bah«, knurrte Jezabel verächtlich. »Ich habe nicht gesagt, dass ich ein Auto habe. Und dir kann ein Fußmarsch nur guttun. Ist gut für die Kondition.«

»Fünfzehn Meilen? Barfuß? Das können Sie mir nicht antun!«

»Du hast keine Ahnung, was ich dir antun kann und was nicht«, sagte Jezabel mit plötzlich ganz kalter und flacher Stimme. »Ich will nur meine Ruhe haben. Warum sollte es mich kümmern, was aus dir wird?«

Justus biss sich auf die Zunge. »Warum haben Sie mir dann geholfen?«

Sie zuckte nur mit den Achseln.

Justus seufzte. Gerade eben hatte er sie richtig nett gefunden, aber jetzt kam sie ihm nur noch wie eine böse alte Hexe vor. »Also gut«, sagte er niedergeschlagen. »Dann sagen Sie mir wenigstens, in welche Richtung ich gehen muss.«

»Nach Westen«, sagte die Alte kurz. Dann fragte sie plötzlich: »Warum hat er dich entführt?«

»Weil er wollte, dass ich etwas für ihn herausfinde. Genauer gesagt, meine Freunde. Da Sie unsere Karte gefunden haben, wissen Sie ja, dass wir Detektive sind. Wir arbeiten gerade an einem Fall.« Jetzt fiel ihm der Zettel wieder ein, den der Entführer ihm gegeben hatte, und er zog ihn aus der Hosentasche und faltete ihn auseinander. Jezabel rührte sich nicht und beobachtete ihn nur schweigend, während er den Zettel las.

lustigen Spiele unserer Kindheit? Ich schon. Obwohl ich mich über manchen deiner Streiche sehr geärgert habe, zum Beispiel den mit der Biberpfote. Aber ich habe mich ja gebührend gerächt. wie HOch bist du gestiegen, und wie Laut habe ich geLacht! Aber das ist nun alles lange vorbei, verflogen wie Herbst-

»Biberpfote«, murmelte er. »Natürlich – die Puderquaste. Und der Rest –«

Eine Hand fuhr nach vorne und entriss ihm den Zettel.

»He!«

»Lass mich das sehen.« Sie las die wenigen Zeilen. Ihr Gesicht war unter dem Tuch verborgen und plötzlich hatte Justus das Gefühl, dass er sehr gerne sehen wollte, wie sie auf den Text reagierte. Aber als er einen Schritt auf sie zutrat, drehte sie sich weg, faltete den Zettel zusammen und gab ihn Justus zurück. »Was ist das für ein Unsinn?«

»Es ist kein Unsinn. Es ist eine Spur, der wir folgen. Wir haben noch einen zweiten Zettel. Es ist eine Geheimbotschaft.«

»Von wem?«

»Das wissen wir nicht«, log er, weil es ihm nicht gefiel, wie sie ihn ausfragte.

»Und wozu wollt ihr es herausfinden? Was gehen euch diese Zettel an?«

Justus zuckte die Achseln. »Wir sind Detektive. Wir lösen Rätsel.«

»Und was ist, wenn ihr in Gefahr geratet?« Noch

immer schaute sie ihn nicht an, sondern starrte auf die verblassten Fotos an der Wand. »So wie jetzt – du bist schon entführt worden. Was ist, wenn noch etwas Schlimmeres passiert?«

»Damit werden wir schon fertig. Wir haben schon sehr viele mysteriöse Fälle aufgeklärt.«

»Diesen Fall solltet ihr aufgeben«, sagte sie in bestimmtem Ton. »Das ist nichts für euch.«

»Warum?«, fragte Justus sofort. »Wissen Sie etwas darüber?«

»Nein.« Plötzlich drehte sie sich zu ihm um. »Du sagtest, deine Freunde sollten etwas herausfinden. Was war es?«

»Wie gesagt, wir hatten noch einen zweiten Zettel ... sie haben ihn in der Biberpfote gefunden. Das ist eine Puderquaste, die –«

»Ruf sie an«, sagte Jezabel. »Ruf sie jetzt sofort an. Frag, was sie herausgefunden haben.«

War sie jetzt doch verrückt geworden? »Ich habe kein Telefon!«

Sie stieß ein Schnauben aus – und fischte ein Handy aus der Tasche ihres Rockes. »Hier!« Sie drückte es Justus in die Hand. »Mach schon! Willst du es nicht selbst wissen?«

Völlig verrückt, dachte Justus. Aber er tippte schon die Nummer der Zentrale ein und wartete ungeduldig, bis es klickte.

»Guten Tag, hier spricht Bob Andrews von den drei Detektiven. Wir –«

»Bob!«, rief Justus. »Bob, hör zu, ich bin –«

»– sind im Moment nicht zu erreichen. Bitte hinterlassen Sie eine Nachricht nach dem Signalton. Hallo Justus, du hattest nach dem Hotel ›Pacific Pearl‹ gefragt. Wir untersuchen es jetzt.« Piep.

Justus zögerte, dann sagte er rasch: »Hotel ›Pacific Pearl‹. Verstanden. Ich werde so schnell wie möglich –« Weiter kam er nicht. Völlig unvermutet entriss ihm die alte Frau das Telefon und sprach jetzt selbst. »Geht nicht dorthin! Was immer ihr vorhabt, bleibt weg vom ›Pacific Pearl‹!« Sie schob das Handy wieder in die Tasche und drehte sich zu Justus um. Ihre frühere Ruhe war wie weggeblasen. »Du musst sie aufhalten, Junge. Sie sind in großer Gefahr. Sie dürfen das Hotel nicht betreten!«

Hotel Pacific Pearl

»Wie weit ist es noch?«, fragte Peter.

Bob knipste die Taschenlampe an und leuchtete auf die Karte, die auf seinen Knien lag. »Nicht mehr weit. An der nächsten Abzweigung rechts.«

»Komische Gegend für ein Hotel«, sagte Peter und lenkte den MG um ein großes Schlagloch herum. »Weit und breit kein anderes Haus, keine Golfplätze, auch keine Andenkenläden, nichts . . .«

»Es wird schon etwas anderes Exklusives geben. Geführte Wanderungen zu den Hollywood-Buchstaben zum Beispiel.« Bob wies nach rechts aus dem Fenster. Dort erhob sich der Mount Lee über dem gleißenden Lichtermeer der Stadt. Die Buchstaben waren von hier aus nicht zu sehen.

»Na, ich jedenfalls hab genug von den Dingern.«

»Ich auch – pass auf! Die Abzweigung!«

Peter stieg auf die Bremse und der MG kam schlitternd zum Stehen. »Was? Wo denn?«

»Es war eine ziemlich schmale Straße«, sagte Bob, »aber ich glaube, ich habe ein Schild gesehen.«

Peter setzte vorsichtig ein paar Meter zurück, und jetzt sah er die Abzweigung auch. Sie führte auf eine Straße, die früher einmal gleichmäßig geteert gewesen sein mochte, doch jetzt nur noch aus grasüberwucherten, zersprungenen Asphaltplatten bestand. Aber am Straßenrand stand tatsächlich ein Schild, eine verwitterte Platte aus rissigem Holz. Die Hälfte der Metallbuchstaben fehlte. Der Rest besagte: H TE P F C PE L.

»Sieht ja sagenhaft modern aus«, sagte Peter und bog ab. »Irgendwie glaube ich nicht so recht an deine geführten Wanderungen. Sag mir noch mal, warum wir das alles auf uns nehmen, während unser Erster in irgendeinem Kerker gemütlich vor sich hinschmachtet.«

»Damit er uns nachher sagen kann, was wir alles falsch gemacht haben.« Aber Bob klang nicht sehr belustigt. »Hoffentlich geht es ihm gut.«

Peter nickte. Eigentlich war ihm auch nicht nach Scherzen zumute. Und die verlassene, schon vor langer Zeit durch Bergrutsche und Dauerregen zerstörte Straße machte ihn auch nicht fröhlicher.

Dann erblickte er das Hotel und seine Laune fiel schlagartig unter den Nullpunkt. Er bremste, und dann saßen sie eine Weile nur da und schauten es sich an.

Vor fünfzig Jahren war dieses Gebäude sicher einmal ein Hotel gewesen. Es war im Stil einer alten europäischen Villa erbaut, mit unzähligen Türmchen, Vorsprüngen, Erkern und verzierten, schmiedeeisernen Gittern an den Balkonen. Aber dann hatten seine Besitzer es der sengenden kalifornischen Sonne, regnerischen Stürmen, Erdbeben, Feuer, Bergrutschen und nicht zuletzt achtlosen oder gewalttätigen Leuten preisgegeben und jeder dieser Faktoren hatte seine Spuren hinterlassen. Jetzt war von dem Haus nur noch eine baufällige, halb ausgebrannte Hülle übrig geblieben, deren Dach in einem Sturm davongeflogen war und sich über die angrenzenden Berge verteilt hatte. Im bleichen Licht des Mondes waren die Fenster klaffende schwarze Höhlen.

»Willkommen in der Touristenmetropole Los Angeles«, sagte Bob.

»Vergessen wir's!«, sagte Peter. »Unsere Schlussfolgerung war eben falsch! In dem Ding finden wir niemals einen Hinweis – und ich bin auch gar nicht so wild darauf, reinzugehen! Da drin hausen wahrscheinlich Dutzende Gespenster!«

»Na toll! Wir gehen nach Hause – und was wird aus Justus?«

Es gab eine Pause. Dann stieg Peter aus, knallte die Autotür zu und marschierte auf die Ruine zu. Bob folgte ihm. »Warte! Ohne Taschenlampe brichst du dir nur den Hals!«

Peter blieb stehen und wartete, bis Bob ihn eingeholt hatte. Dann setzten sie ihren Weg fort und Bob beleuchtete die zerklüfteten Überreste der Straße. Es war sehr still. In den Sträuchern abseits der Straße zirpten Grillen. Sie stiegen die knackenden Holzstufen zur Eingangstür hoch, die schief in den Angeln hing. Das Licht der Taschenlampe huschte über zerbrochene Schindeln, einen kaputten Stuhl und einen alten Kühlschrank, den jemand offenbar aus einem Fenster geworfen hatte und der zur Hälfte in den zerbrochenen Brettern der Veranda steckte.

Bei jedem Knacken zuckten Peter und Bob zusammen, aber dann schlüpften sie doch durch die finstere Türöffnung ins Innere des Gebäudes.

Sie standen in einer großen Halle – die nur deshalb so groß war, weil die gesamte Zwischendecke zum oberen Stockwerk eingestürzt war. Der Boden war ein Durcheinander aus Trümmern, geschwärzten Holzbalken, zersplitterten Brettern, Schutt und Staub. Schwarz ragten die Mauern gegen den Sternenhimmel.

»Hier finden wir doch nie etwas!«, zischte Peter und zuckte zusammen, als seine Stimme als geisterhaft verzerrtes Echo zurückkam.

Auch Bob war ratlos. Er ließ das Licht der Lampe durch die ganze Halle wandern, entdeckte aber nichts, das ihnen weiterhalf. »Ich glaube dennoch, dass wir hier richtig sind.« Das Licht wanderte nach rechts und fiel auf eine Türöffnung. »Lass es uns mal da drin versuchen.«

Sie kletterten über Trümmer und Schutt und erreichten die Türöffnung. Aber schon eine kurze Untersuchung zeigte, dass der Raum völlig leer war. Außer einer in Fetzen herunterhängenden Tapete gab es nichts zu sehen.

»Es muss in der Halle sein«, sagte Bob und drehte sich um. Er leuchtete die finstere Halle noch einmal ab – und stockte. »Da oben!«

»Was? Wo?« Peter folgte seinem Blick. Am gegenüberliegenden Treppenaufgang hing etwas, das aussah wie eine bleiche Scheibe. Es dauerte einen Moment, bis er es erkannte. »Eine Uhr!«

»Und sie zeigt 16.15 Uhr an«, ergänzte Bob triumphierend. »Das ist es! Bestimmt verbirgt sich der Beweis, Hinweis oder was auch immer in der Uhr!«

»Jetzt müssen wir nur noch hinkommen.« Peter schaute sich kritisch um. »Am besten bleibst du hier und leuchtest mir den Weg. Ich klettere da rechts hinüber.«

»Aber sei vorsichtig.«

Peter lachte, hörte jedoch gleich wieder damit auf, als er das Echo bemerkte. »Ich bin immer vorsichtig.«

»In Ordnung. Wenn ich ein Gespenst sehe, bewerfe ich es mit Schutt, damit es dich in Ruhe lässt.«

»Musstest du damit anfangen? Jetzt würde ich am liebsten sofort nach Hause fahren. Wenn wir diese Sache hinter uns haben, schuldet Justus mir ein riesiges Eis. Ach was – eine komplette Eisdiele!«

Langsam und sorgfältig suchte er sich einen Weg über den Schuttberg. Er testete jedes Brett und jede Platte, bevor er sein Gewicht verlagerte. Bob beobachtete ihn, machte sich aber keine allzu großen Sorgen. Als guter Sportler kannte Peter seinen Körper genau, konnte das Gleichgewicht halten und genau einschätzen, was er tat. Tatsächlich erreichte er die Treppe ohne Probleme, stieg ein paar Stufen hinauf, hockte sich hin und griff durch das Geländer nach der Uhr, die jetzt unterhalb von ihm hing. Mit einem raschen Griff zog er sie zu sich hoch.

Im nächsten Augenblick gaben die Treppenstufen unter ihm nach und mit einem Aufschrei stürzte Peter in die Tiefe.

»Peter!«, schrie Bob. Ohne nachzudenken, kletterte er auf den Schuttberg – nicht halb so vorsichtig, wie Peter es gewesen war. Weil er beide Hände brauchte, um sich festzuhalten, klemmte er die Taschenlampe zwischen die Zähne, sodass der Lichtstrahl wild über die Wände zuckte und Bob nicht sehen konnte, wohin er trat. Er rutschte ab, stolperte, griff in scharfe, gesplitterte Kanten und schürfte sich den Arm auf, doch er beachtete es gar nicht. Als er den Schuttberg überquert hatte, leuchtete er die übrig gebliebenen Treppenstufen ab. Sie sahen gar nicht morsch aus, aber er wagte trotzdem nicht, sie zu betreten. »Peter!«

»Ich bin noch da«, kam Peters Stimme aus dem klaffenden Loch, in das er gefallen war.

Bob wurde es fast schlecht vor Erleichterung. »Wie tief ist es?«

»Keine Ahnung«, war die Antwort. »Ich falle noch – Quatsch, ich hänge noch!«

»Was?« Bob trat einen Schritt vor und leuchtete mit der Taschenlampe nach oben. Und da sah er tatsächlich Peters Hände, die das Geländer umklammerten. »Mensch, hast du mich erschreckt! Soll ich dich hochziehen?«

»Lass mal, das schaffe ich allein ... falls die restlichen Stufen nicht auch wegbrechen. Leuchte mal hierher.«

Bob hielt die Taschenlampe hoch. Langsam zog Peter sich an den Geländerstangen hoch und schwang endlich ein Bein auf die letzte noch vorhandene Treppenstufe. Sie knarrte und beide Jungen erstarrten. Aber sie hielt. Zentimeterweise verlagerte Peter sein Gewicht. Dann löste er eine Hand vom Geländer und streckte sie Bob hin. Bob ergriff sie und zog Peter langsam zu sich hin.

Endlich stand Peter wieder sicher auf den Beinen. »Siehst du«, sagte er mit etwas zittriger Stimme, »ist doch gut, wenn man sportlich ist. Das ging mindestens drei Meter nach unten.«

»Allerdings«, sagte Bob, der genauso zitterte. »Wenn ich mir vorstelle, ich oder Justus hätten das versucht ... wir wären todsicher abgestürzt. Das ist das spannendste Rätsel nicht wert.«

»Du weißt ja noch nicht alles«, sagte Peter. »Guck dir mal die Treppenstufen an, die da weggebrochen sind.«

»Wieso?« Bob hob die Taschenlampe. »Mir fällt nichts auf. Das ist einfach nur ein Loch –« Er stockte und schaute noch einmal genauer hin. Und schluckte.

Es war nicht einfach nur ein Loch. Statt der zersplitterten Holzbretter, die er erwartet hatte, sah er eine sauber geschnittene Öffnung, wo die Stufen schlicht nach unten weggeklappt waren.

»Das ist doch absolut teuflisch!«

»Genau«, sagte Peter grimmig und hob die Uhr auf, die er bei seinem Absturz fallen gelassen hatte. »Und jetzt möchte ich doch mal wissen ...« Er drehte sie um und untersuchte die Rückseite. »Das habe ich mir gedacht. Sieh dir mal da oben an der Wand die Stelle an, wo sie gehangen hat.«

Bob nickte. »Ein Hebel. Das heißt, in dem Moment, als du die Uhr abgenommen hast, wurde der Mechanismus ausgelöst.«

»Stimmt. Und jetzt lass uns – he, warte mal. Die Rückseite lässt sich öffnen!« Er klappte die Uhr auseinander, stieß einen Pfiff aus und zog einen zusammengefalteten Zettel aus dem Gehäuse. »Das ist ja die reinste Schnitzeljagd! *Jetzt* lass uns abhauen.«

In diesem Moment klingelte das Handy in Bobs Hosentasche. Vor Schreck fuhren sie beide zusammen und Bob ließ beinahe die Taschenlampe fallen. Er drückte sie Peter in die Hand und zog das Handy heraus. »Bob Andrews von den drei –«

»Bob!«, schrie Justus' Stimme. »Peter! Geht nicht in das Hotel! Es ist eine Falle!«

Bob holte tief Luft. »Danke für den Tipp, Erster. Das haben wir auch gerade herausgefunden.«

Ein teuflischer Plan

Eine Viertelstunde später wurden Peter und Bob mit dem Anblick des Ersten Detektivs belohnt, der, mit einer abscheulichen alten Jacke und einer Schlafanzughose bekleidet, schnaufend über die Bergkuppe joggte.

»Ausgezeichnete Arbeit, Kollegen«, japste er, als er bei ihnen ankam und sich die Seiten hielt. »Was habt ihr herausgefunden?«

»Wir freuen uns auch sehr, dich wohlbehalten wiederzusehen, lieber Justus«, sagte Peter. »Hör mal, ich bin gerade beinahe in dieser Bruchbude ums Leben gekommen! Willst du nicht wenigstens fragen, wie es mir geht?«

»Nun, da du ebenso wohlbehalten vor mir stehst, muss ich das nicht fragen«, erwiderte Justus. »In diesem Fall vertraue ich dem optischen Anschein.«

Halb lachend, halb verzweifelt schüttelte Peter den Kopf. »Du änderst dich nie! Also, wo in aller Welt bist du gewesen? Und was in aller Welt hast du da an?«

Justus ignorierte die letzte Frage. »Ich habe Ermittlungen angestellt.«

»Ohne uns etwas zu sagen? Wir dachten schon, dir sei wer weiß was passiert! Wir dachten, du wärst entführt worden oder so etwas!«

»Gut kombiniert, Zweiter. Es stimmt auch.«

»Und das sagst du so einfach?« Peter schüttelte den Kopf. »Deine Nerven möchte ich haben! Wie hast du dich befreit? Oder haben sie dich freigelassen? Was wollten sie?«

»Das erzähle ich euch alles später. Zuerst will ich mir diese Falle ansehen, die ihr entdeckt habt.«

»›Entdeckt‹ ist ein wirklich gutes Wort«, sagte Bob. »Und ich gehe nicht noch mal in dieses Haus. Aber ich habe einen Tipp für dich. Wenn du wissen willst, wie die Falle ausgelöst wird, häng die Uhr an den Hebel in der Wand, stell dich auf die fünfte Treppenstufe, greif durch das Geländer und nimm die Uhr wieder ab. Ich bin gespannt, ob du auch so schnell reagierst wie Peter.«

»Wahrscheinlich nicht«, sagte Justus unbeeindruckt. »Was passiert, wenn man die Uhr wegnimmt?«

»Die vierte, fünfte und sechste Treppenstufe klappen weg, und wenn du dich nicht schnell genug am Gitter festhalten kannst, stürzt du mehrere Meter tief in den Keller und brichst dir alle Gräten.«

»Das ist außerordentlich interessant«, sagte Justus. »Kann es nicht sein, dass die Treppe morsch war und einfach zerbrochen ist?«

Peter schüttelte den Kopf. »Das habe ich zuerst auch gedacht. Aber die Stufen sind nicht zerbrochen. Die sind sauber unter mir weggeklappt – wie eine Falltür.«

»Ausgezeichnet, Kollegen! Das bestätigt meine These, dass wir es hier nicht mit einem Verbrecher zu tun haben, sondern mit zweien.«

»Wieso das denn?«

»Das erkläre ich euch in der Zentrale, wo ich meine geistigen Fähigkeiten mithilfe eines hoffentlich noch vorhandenen Stracciatellajoghurts optimieren werde.«

»Deine sozialen Fähigkeiten hoffentlich auch«, sagte Peter. »Interessiert dich übrigens der Zettel, den wir in der Uhr gefunden haben?«

»Selbstverständlich. Es wird Zeit, dass wir uns eingehend mit diesen Zetteln befassen. Ich habe nämlich auch einen.«

In der Zentrale ließ Justus den Kühlschrank jedoch zunächst in Ruhe, fiel stöhnend in den Sessel und fing an, sich die dreckigen, zerfetzten Lumpen von den Füßen zu wickeln. »Ich glaube, ich kann nie mehr aufstehen. Ich bin die ganze Zeit auf einem Knopf gelaufen!«

»Einem Knopf?«, fragte Bob. »Was war das denn früher für ein Kleidungsstück?«

»Meine Schlafanzugjacke. Ich werde Tante Mathilda bitten, von allen meinen Schlafanzugoberteilen die Knöpfe abzuschneiden, damit ich beim nächsten Mal gewappnet bin.«

»Nächstes Mal nimmst du eben die Schlafanzughose«, sagte Peter trocken und erntete einen vernichtenden Blick des ersten Detektivs. Er grinste und fuhr fort: »Also, erzählst du uns jetzt, wer dich entführt hat und warum?«

»Später. Lasst uns zuerst sehen, was auf den Zetteln steht.« Er holte ein gefaltetes Stück Papier aus der Tasche, faltete es umständlich auseinander und las vor:

lustigen Spiele unserer Kindheit? Ich schon. Obwohl ich mich über manchen deiner Streiche sehr geärgert habe, zum Beispiel den mit der Biberpfote. Aber ich habe mich ja gebührend gerächt. Wie HOch bist du gestiegen, und wie Laut habe ich geLacht! Aber das ist nun alles lange vorbei, verflogen wie Herbst-

»Biberpfote?«, sagte Bob.

»Die Puderquaste.«

»Ach ja, klar. Und das Stück passt genau zu dem Zettel, den ich habe!«

»Zu meinem auch«, sagte Peter nach einem raschen Blick auf seinen Fund. »Hört mal zu.«

laub. Hoch gestiegen, tief gefallen. Aber das alte Haus war unsere Zuflucht. Und wie viele Erinnerungen sind im Schatten der wilden Kirschbäume verborgen! Vielleicht erinnerst du dich an meine kleinen Marotten, vielleicht auch nicht. So, wie du in den Spiegel

»Und jetzt meiner«, sagte Bob. »Der kommt vermutlich an den Anfang.«

Er legte den Zettel, den sie in der Puderquaste gefunden hatten, auf den Tisch. Justus stand auf, humpelte zum Tisch und legte seinen Zettel darunter, dann holte er den Joghurt aus dem Kühlschrank und kam zurück. Zusammen mit Peters Zettel stand da nun:

ist, aber es fällt mir nicht leicht. Jahrelang habe ich auf eine Geste von dir gewartet und nichts ist gekommen. Ohne Audys einzigen Brief an ihre Tante hätte ich nie erfahren, dass du bereust, was du mir angetan hast. Ich hätte dir gerne die Hand zur Versöhnung gereicht. Jetzt ist es dafür zu spät. Ich habe mir ein letztes Spiel ausgedacht. Erinnerst du dich an die

lustigen Spiele unserer Kindheit? Ich schon. Obwohl ich mich über manchen deiner Streiche sehr geärgert habe, zum Beispiel den mit der Biberpfote. Aber ich habe mich ja gebührend gerächt. Wie HOch bist du gestiegen, und wie Laut habe ich geLacht! Aber das ist nun alles lange vorbei, verflogen wie Herbst-
laub. Hoch gestiegen, tief gefallen. Aber das alte Haus war unsere Zuflucht. Und wie viele Erinnerungen sind im Schatten der wilden Kirschbäume verborgen! Vielleicht erinnerst du dich an meine kleinen Marotten, vielleicht auch nicht. So, wie du in den Spiegel

»Komischer Brief«, sagte Peter.

»Und da fehlen noch immer mindestens zwei Teile.« Bob runzelte die Stirn. »Ich verstehe den Sinn dieses Briefs nicht. Was hat das Hotel ›Pacific Pearl‹ mit den Hollywood-Buchstaben zu tun? Und warum hat jemand diese Schnipsel an so verrückten Orten versteckt? Da konnte sie doch kein Mensch finden, ohne sich das Genick zu brechen!«

»Richtig, Bob«, sagte Justus und löffelte seinen Joghurt. »Und damit hast du das zentrale Motiv dieses Rätsels erfasst.«

»Ach ja? Und was soll das bitte sein?«

»Es gibt mehrere Unbekannte in dieser Geschichte«, sagte Justus. »Erstens derjenige, der ein Gespenst imitierte, um irgendwelche Leute, die mal eben so mitten in der Nacht auf das Hollywood-H klettern, so zu erschrecken, dass sie herunterfallen und sich alle Knochen brechen. Zweitens derjenige, der tatsächlich hinaufkletterte, herunterfiel und sich zwar nichts brach, aber eine Puderquaste verlor.

Der nächste Unbekannte ist mein Entführer, der vermutlich in meinem Zimmer nach der Puderquaste suchte, weil er von unserer Zentrale nichts wusste. Als er die Quaste nicht fand, betäubte er mich und nahm mich mit, in der Hoffnung, von mir zu erfahren, was die Botschaft besagte. Leider wusste ich zu diesem Zeitpunkt noch nichts von einer Botschaft – ihr habt sie ja erst später entdeckt. Ich muss euch übrigens noch einmal zu eurer außerordentlich guten Detektivarbeit beglückwünschen. Selbst ich hätte eine Weile gebraucht, um herauszufinden, was es mit ›Audys Brief‹ auf sich hatte.«

»›Selbst ich‹ ... sag mal«, wandte Bob sich an Peter, »wie schafft er es eigentlich immer wieder, lobend und gleichzeitig herablassend zu klingen?«

Peter zuckte die Achseln. »Just ist eben ein Naturtalent.«

»So war es aber nicht gemeint«, sagte Justus. »Jedenfalls ist mein Entführer identisch mit dem Unbekannten, der auf das H geklettert ist.«

»Woher weißt du das?«

»Er hatte die Botschaft des ersten Zettels enträtselt. Fällt euch nicht die komische Schreibweise auf?

Wie HOch bist du gestiegen, und wie Laut habe ich geLacht!

Die vier Buchstaben ergeben HOLL – das kann hier in der Gegend nichts anderes heißen als Hollywood. Und der Brief gibt auch eine klare Anweisung – man muss hoch steigen. Also ist unser Unbekannter nach einigem Knobeln auf die Idee gekommen, den Buchstaben einen Besuch abzustatten. Und da wartete dann auch gleich das Gespenst.«

Peter runzelte die Stirn. »Aber das kann doch auch Zufall sein. Ich hätte aus diesen dürren Andeutungen nie erraten, dass es um die Buchstaben gehen sollte.«

»Stimmt«, sagte Justus. »Deshalb denke ich, dass der Unbekannte über diesen seltsamen Brief erheblich mehr weiß. Vielleicht hat er vorher schon einmal einen Teil gefunden. Oder er kannte Casey Wye und hat von ihr einen Tipp bekommen. Wir müssen mehr über die Dame herausfinden.«

»Einiges wissen wir ja schon«, sagte Bob. »Sie war Schauspielerin, schrieb angeblich ein Drehbuch namens ›Das Gespenst von Hollywood‹, aber ihr Ehemann Harold Packleham verkaufte das Drehbuch unter seinem eigenen Namen und strich die Gewinne ein, als der Film ›Schatten über Hollywood‹ erschien. Wye trennte sich von ihm, verklagte ihn und verlor den Prozess.

Danach ging es mit ihr abwärts, bis sie eines Tages in die Wüste fuhr und verschwand. Vor zwei Monaten wurde sie für tot erklärt und das Testament wurde eröffnet.«

»Und zwei Monate danach gibt es ein Rätsel.« Justus nickte. »Wir müssen herausfinden, was in dem Testament stand. Bob, am besten gehst du morgen –«

»Nicht so schnell, Erster!«, rief Peter. »Du hast uns noch nicht verraten, wie du dem Entführer entkommen bist! Wo bist du gewesen? Und wie konntest du das ›Pacific Pearl‹ so schnell finden?«

»Ja, das ist eine seltsame Geschichte«, sagte Justus und erzählte ihnen nun alles über die alte Frau, die sich Jezabel nannte, in einer Geisterstadt hauste und Überreste von Träumen sammelte. »Das Tollste war, dass diese Stadt ganz in der Nähe der Ruine liegt. Ich brauchte bloß einen Berg hochzuklettern und war schon da!«

»Und diese Verrückte hat dich zum ›Pacific Pearl‹ geschickt, um uns aufzuhalten?«, fragte Peter ungläubig. »Aber woher wusste sie denn, dass das eine Falle war?«

»Ich habe da so eine Vermutung«, sagte Justus.

»Ich auch«, sagte Bob. »Du glaubst, dass die Alte in Wirklichkeit Casey Wye ist, stimmt's? Nicht tot, sondern untergetaucht. Es wäre ja nicht das erste Mal, dass wir mit so etwas zu tun haben.«

Justus nickte. »Es ergäbe einen Sinn. Als ich sie traf, sagte sie: ›Du kommst mir also in die Quere.‹ Das habe ich erst verstanden, als ich begriff, dass die Botschaft euch in eine Falle locken würde. Es passt nämlich hervorragend zu dem Motiv, das sich hier allmählich erschließt.«

»Ach ja, das Motiv«, sagte Peter. »Und das wäre?«

»Rache.«

»Wie bitte? Was haben wir ihr denn getan?«

»Wir doch nicht, Peter! Aber ihr Ex-Ehemann Harold Packleham, der sie ausgenutzt, betrogen und ruiniert hat!«

»Und du meinst, sie hat das alles für ihn inszeniert? Den Brief, die Schnitzeljagd – und die Falle?«

»Zwei Fallen. An den Hollywood-Buchstaben wartete das Gespenst, um Packleham beim Klettern so zu erschrecken, dass er abstürzt. Und für den Fall, dass er den Sturz überlebt, wartete im Hotel ›Pacific Pearl‹ die wegklappbare Treppe.« Justus nickte. »Sie hat nicht nur riskiert, dass er sich verletzt – sie will ihn umbringen!«

»Aber nur ihn«, sagte Peter. »Sonst hätte sie dich nicht gerettet und losgeschickt, um uns zu warnen. Also sind wir ihrem teuflischen Mordplan in die Quere gekommen. Das ist ja eine ganz reizende alte Dame.«

»Das klingt logisch«, sagte Bob. »Ihr überseht nur zwei Kleinigkeiten.«

»Und die wären?«, fragte Justus.

»Erstens kann ich mir nicht vorstellen, wie selbst die mordlustigste alte Dame auf dem Hollywood-H herumturnt und Bettlaken anbringt oder tödliche Treppenfallen konstruiert. Und zweitens nützt ihr auch der genialste Racheplan nichts, weil Harold Packleham nämlich schon tot ist. Vor zwei Jahren ist er an Kehlkopfkrebs gestorben.«

Crowle & McSnail

Die drei ??? waren sich einig, dass nur das Testament ihnen jetzt weiterhelfen konnte. Bob wühlte sich durch alte Zeitungsartikel und fand schließlich heraus, dass der Prozess Wye gegen Packleham von der Anwaltskanzlei Crowle & McSnail geführt worden war. Also machten sie sich am nächsten Tag auf den Weg, um die Anwälte zu besuchen. Die Kanzlei war schnell gefunden. Sie lag in Santa Monica, auf halbem Weg zwischen Rocky Beach und Los Angeles. Es war ein recht altes Gebäude, von dem der Putz abblätterte. Bob parkte seinen gelben VW Käfer hinter einem schäbigen alten Auto, auf dessen Sitzen haufenweise zerknülltes Papier, Zigarettenstummel und anderer Müll lag. Die drei ??? stiegen aus und überquerten die Straße. ›Anwälte Crowle & McSnail, 1. Stock‹ stand auf einem dunkel angelaufenen Messingschild, das vermutlich zum letzten Mal vor zehn Jahren poliert worden war. Justus drückte auf die Klingel und nach kurzer Zeit hörten sie das Summen des Türöffners. Sie traten ein und fanden sich in einem Gang wieder, auf dem ein abgetretener, brauner Teppich zu einer dunklen Holztreppe führte. Zwei Türen rechts und links des Flurs waren geschlossen. Das Haus roch modrig, verqualmt und muffig, als hätte die Sonne Kaliforniens es vergessen. Justus schnupperte ausgiebig, sagte aber nichts.

Die drei ??? stiegen die Treppe hinauf und gelangten in einen weiteren Flur. Auch hier waren alle Türen geschlossen, aber sie fanden das Schild der Anwaltskanzlei schnell. Justus klopfte. Es dauerte einen Moment, bis sich die Tür öffnete und der durchdringende Geruch von Zigarettenrauch die drei ??? fast erstickte.

Ein alter Mann stand vor ihnen – eine kleine, verkrümmte, faltige Gestalt mit dünnen, schlohweißen Haaren. Auf der langen Nase saß ein ebenso uralter Kneifer, der ständig herunterzufallen drohte. Der Mann steckte in einem grauen Anzug, der so aussah, als wäre er kurz nach dem Ersten Weltkrieg aus alten Säcken um seinen Träger herumgenäht und seither nie wieder abgenommen worden. Seine Hände waren schrumpelig und endeten in hässlichen gelben Fingernägeln. Er machte einen verwahrlosten und ungepflegten Eindruck, aber seine Augen waren scharf und klar. Misstrauisch musterte er die drei Detektive. »Ja?« Auch seine Stimme verriet nichts über sein Alter.

»Guten Tag, Sir«, sagte Justus höflich. »Wir möchten gerne Mr Crowle oder Mr McSnail sprechen. Sind Sie Mr McSnail?«

»Ja. Um was geht es?«

»Das möchten wir nicht auf dem Flur besprechen, Sir. Dürfen wir hereinkommen?«

»Von mir aus«, knurrte Mr McSnail und ließ sie herein. »Aber lasst euch nicht einfallen, mich ausrauben zu wollen. Erstens habe ich kein Geld hier. Und zweitens werden alle Räume überwacht ... sehr gut überwacht.«

Besser hätte Justus es auch nicht ausdrücken können. Die Kanzlei schien über fünf große Räume zu verfügen und in allen Ecken und Winkeln waren Kameras befestigt, die jede Bewegung auf jedem Zentimeter registrierten. Drei der Kameras waren auf die Eingangstür gerichtet und schwenkten herum, um die drei ??? auf Schritt und Tritt zu filmen.

Der alte Mann führte sie in ein großes Arbeitszimmer, das hauptsächlich aus verschlossenen Aktenschränken, alten Schreibtischen voller loser Unterlagen, vollen Aschenbechern und Tonnen von Papier bestand. Er setzte sich auf einen Plastikstuhl hinter einem der Tische und zündete sich eine Zigarette an.

Es gab keinen Platz, wo sich die drei ??? hätten hinsetzen können, und McSnail bot ihnen nicht an, sich Stühle aus dem Nachbarraum zu holen. Also blieben sie stehen.

»Also? Wer seid ihr?«

»Mein Name ist Justus Jonas und das sind meine Kollegen Peter Shaw und Bob Andrews. Wir sind Detektive. Darf ich Ihnen unsere Karte geben, Sir?«

Der alte Mann zog eine Augenbraue hoch. »Detektive, so. Dann gib mal her.« Er streckte eine knochige Hand aus und Justus legte die Visitenkarte hinein.

»Die Fragezeichen sind unser Markenzeichen«, erläuterte er. »Wir beschäftigen uns mit Rätseln, mit dem Unbekannten, mit –«

»Kinderkram«, unterbrach der Anwalt ihn barsch. »Das interessiert mich nicht. Was wollt ihr von mir?«

»Nun«, sagte Justus, während Peter und Bob noch empört nach Luft schnappten, »wir interessieren uns für das Testament von Casey Wye, das Sie vor zwei Monaten eröffnet haben.«

»So. Und wieso interessiert ihr euch dafür?«

»Das gehört zu einem Fall, an dem wir gerade arbeiten.«

»So. Gehört ihr zum Kreis autorisierter Personen, die Einsicht in das Testament nehmen dürfen?«

»Wie bitte?«, fragte Peter.

McSnail streifte ihn mit einem kalten Blick. »Habt ihr eine schriftliche Erlaubnis, dass ihr das Testament ansehen dürft?«

»Nein. Wer könnte uns die geben?«, fragte Justus zurück.

Der alte Mann schnaubte. »Casey Wye, Harold Packleham oder einer ihrer rechtmäßigen Erben. Keine Genehmigung, keine Einsicht in das Testament.«

»Gibt es denn rechtmäßige Erben?«

»Darüber gebe ich euch keine Auskunft.«

»Es geht uns nicht so sehr um das Testament«, sagte Justus, »sondern mehr um einen seltsamen Brief, den Mrs Wye hinterlassen hat.« Er beobachtete den Anwalt genau. »Sie hat ihn in mehrere Teile zerschnitten.«

Da wurden die scharfen Augen ganz schmal. Der Anwalt veränderte weder seine Haltung noch seine Stimme, aber Justus hatte plötzlich das unangenehme Gefühl, einer zum Zustoßen bereiten Schlange gegenüberzustehen. »Woher wisst ihr das?«

»Wir haben einen der Zettel gefunden.« Justus nickte Bob zu, der die Puderquaste aus der Tasche zog und auf den überquellenden Schreibtisch legte. Eine gelbe Klaue griff danach und mit einer raschen Bewegung schraubte McSnail die Quaste auseinander, zog den Zettel heraus und las ihn. Die drei ??? beobachteten ihn, aber er ließ sich nichts mehr anmerken. Er legte den Zettel auf den Tisch. »Damit kann ich nichts anfangen.«

»Erkennen Sie wenigstens die Handschrift?«, fragte Peter. »Ist es die von Casey Wye?«

»Ja, das ist ihre Schrift.« Der Anwalt sog heftig an der Zigarette und stieß eine Wolke von blauem Qualm aus. »Und die Puderquaste war ihr Talisman, ihr Glücksbringer. Sie hatte ihn immer bei sich. Schauspieler sind ein bisschen verrückt. Wo habt ihr sie gefunden?«

»Das können wir Ihnen leider nicht sagen.« Justus steckte die Puderquaste und den Brief wieder ein und log kaltblütig weiter: »Und der Brief interessiert uns auch nicht so – es steht ja nichts Wichtiges darin. Aber wir haben herausgefunden, dass Mrs Wye behauptete, ein Drehbuch geschrieben zu haben, das dann von ihrem Ehemann verfilmt wurde. Es hieß ›Schrecken über Hollywood‹ oder so ähnlich. Wissen Sie etwas darüber?«

»›Schatten über Hollywood‹«, sagte McSnail. »Das ist kein Geheimnis. Der Film hat Harold Packleham reich und Casey Wye arm gemacht.«

»Kann man ihn noch irgendwo ansehen?«, fragte Bob. »Ich habe in unserer Videothek nachgefragt, aber da kannte ihn niemand.«

»Nein, er ist nicht mehr im Umlauf.« Der Anwalt bleckte gelbe Zähne zu einem Lächeln. »Und er kommt auch nicht im Fernsehen.«

»Um was ging es denn in dem Film?«, fragte Justus harmlos.

»Um eine Nachwuchsschauspielerin namens Rosamund, die es trotz großer Begabung und böser Tricks nicht schaffte, zum Star zu werden. Am Ende beging sie Selbstmord. Harold bekam eine Menge Ärger durch diesen Film ... nicht nur von Casey, sondern auch von Produzenten, die ihn beschimpften, den Ruf Hollywoods zu beschädigen.«

Er zündete eine neue Zigarette an. »Aber das Publikum liebte den Film und er bekam immerhin zwei Goldene Raben. Eine Reihe erstklassiger Stars spielte darin mit ... ironisch genug, dass sie alle eine ›Was wäre, wenn‹-Version ihrer eigenen Erfolgsgeschichte spielten. Von fünftausend hoffnungsvollen Talenten schaffen es vielleicht zehn, entdeckt zu werden. Und nur einer von ihnen erlebt jemals den Durchbruch zum Star. Das war damals noch schlimmer als heute. Sie tanzten alle auf einem dünnen Seil zwischen Aufstieg und Absturz. Und wer einmal abstürzte, kam nie wieder hoch. Hollywood kennt kein Mitleid mit den Verlierern.«

Justus dachte wieder an Jezabel. »Und Casey Wye?«

»Stürzte ab«, war die knappe Antwort.

»Hat sie wirklich das Originaldrehbuch geschrieben?«

»Das wurde nie bewiesen.«

»Und was glauben Sie?«

»Das ist unwichtig.«

»Kannten Sie Mrs Wye denn? Warum hat sie das Testament bei Ihnen deponiert?«

»Sie engagierte mich, um ihre Verträge zu prüfen. Später war ich einer der Kläger im Prozess gegen ihren Mann. Als sie ihn verlor, brach sie den Kontakt zu mir ab. Jahre später stand sie dann plötzlich vor meiner Tür und übergab mir das Testament. Zwei Wochen danach verschwand sie. Ich habe sie nie wiedergesehen.«

Einer der Bildschirme auf den Tischen flackerte plötzlich und ging an. McSnail warf einen Blick darauf und stand auf. »Ihr solltet jetzt gehen. Mein Partner kommt zurück und wir haben viel zu tun.«

Neugierig drehten sich die drei Detektive um. Auf dem Bildschirm was das Bild einer Überwachungskamera zu sehen, die von schräg oben die Haustür zeigte. Dort kramte ein sehr groß und massig aussehender Mann in seiner Tasche, holte einen Schlüssel heraus und schloss die Tür auf.

»Vielen Dank, Sir«, sagte Justus, drehte sich zur Tür, stutzte und drehte sich noch einmal um. Etwas auf dem Schreibtisch hatte seinen Blick auf sich gezogen. Aber er hatte keine Zeit, es sich genauer anzusehen. Schwere, ungleichmäßige Schritte stampften die Treppe hinauf. Justus drängte Peter und Bob zur Tür. »Kommt, Kollegen! Auf Wiedersehen, Sir!«

Der Schlüssel drehte sich im Schloss. Der große Mann trat ein. Flink schlüpften die drei ??? an ihm vorbei und liefen die Treppe hinunter.

»Warum hast du es denn plötzlich so eilig?«, rief Peter. Justus antwortete nicht. Er lief über die Straße und wartete ungeduldig, bis Bob den Käfer aufschloss. »Mach schnell, Bob! Weg hier!«

»Was ist denn los?«

»Nicht hier!« Justus kletterte ins Auto. »Fahr!«

Erst ein paar Straßen entfernt entspannte er sich. »Das war knapp. Halt mal an, Bob, ich brauche eine Pause.«

»Wovon? Wir haben doch nichts herausgefunden.«

»Doch, haben wir. Habt ihr das Ding auf dem Schreibtisch gesehen, das aussah wie ein Kopfhörer mit einem langen Kabel?«

»Ja und?«, fragte Peter. »Was war daran so Besonderes?«

»Es war kein Kopfhörer, sondern ein Kehlkopfmikrofon.«

»Und?«

»Ich habe euch doch von dem Entführer erzählt. Er trug so ein Kehlkopfmikrofon. Und von der Statur her würde es auch passen – nur ein großer, kräftiger Mann könnte mich so mühelos wegtragen. Und auch der muffige Zigarettengeruch kam mir gleich bekannt vor. Ich vermute, dass McSnails Partner Crowle der Mann ist, der mich entführt hat!«

Ein Mann stürzt ab

In der Zentrale blinkte das rote Lämpchen des Anrufbeantworters, aber der Anrufer hatte nur das Ende der Ansage abgewartet und dann sofort aufgelegt. Justus warf einen Blick auf die Zeitanzeige. »Der Anruf kam etwa eine Viertelstunde nachdem wir die Kanzlei verlassen hatten. Genug Zeit für McSnail, seinem Partner alles über den Brief zu erzählen. Und wenn Crowle schlau ist, bringt er ›Hotel Pacific Pearl‹ sofort mit ›Audys Brief‹ in Verbindung. Als McSnails Partner muss er ja das Testament und die Lebensgeschichte von Casey Wye kennen. Und weil er nicht weiß, dass wir den Brief aus der Uhr schon haben, fährt er bestimmt dorthin. Habt ihr die Uhr eigentlich wieder aufgehängt?«

»Und die Falle neu aufgebaut, damit der nächste hineinfällt und sich den Hals bricht?«, fragte Peter empört. »Natürlich nicht! Wir haben alles gelassen, wie es war.«

»Bist du denn sicher, dass es wirklich Crowle ist?«, fragte Bob. »Was für ein Motiv sollte er denn haben, anstelle der rechtmäßigen Erben nach den Briefschnipseln zu suchen? Was verspricht er sich davon?«

Justus überlegte. »Vielleicht gibt es etwas Wichtiges zu finden. Caseys Juwelen oder etwas dergleichen. Sie muss einen Hinweis darauf in ihrem Testament hinterlassen haben. Wenn wir es doch nur ansehen könnten!«

»Und warum suchen die rechtmäßigen Erben nicht danach?«, fragte Peter. »Wer sind die überhaupt?«

»Ein Sohn namens Stephen und eine Tochter, Janet«, erwiderte Bob. »Und es wäre ganz schön ärgerlich, wenn Caseys eigene Kinder in die Fallen tappen würden, die sie aufgebaut hat. Was ich ja noch immer bezweifle.«

»Am besten hängst du dich ans Telefon und versuchst herauszufinden, was diese beiden ›Kinder‹ tun«, sagte Justus.

Bob nickte. »Ich weiß auch, wen ich dafür anrufe.« Er setzte sich ans Telefon.

»Und was machen wir?«, fragte Peter.

Justus zog drei Zettel aus der Hosentasche. »Wir rätseln.«

laub. Hoch gestiegen, tief gefallen. Aber das alte Haus war unsere Zuflucht. Und wie viele Erinnerungen sind im Schatten der wilden Kirschbäume verborgen! Vielleicht erinnerst du dich an meine kleinen Marotten, vielleicht auch nicht. So, wie du in den Spiegel

»Ich geb's auf«, sagte Peter, nachdem er den Zettel zum fünften Mal gelesen hatte. »Es gibt Millionen von alten Häusern und Kirschbäumen in Kalifornien. Das ist jedenfalls kein brauchbarer Hinweis – nur ein blöder Scherz!«

»Es muss ein Hinweis sein!«, widersprach Justus eigensinnig. »Casey hat den Brief so verschlüsselt, dass man die Rätsel nur lösen kann, wenn man ihre Geschichte kennt. Wir müssen es einfach herausfinden!«

»So, müssen wir? Damit wir schnurstracks in die nächste tödliche Falle hineinlaufen können? Hast du schon vergessen, dass ich gestern Nacht fast ums Leben gekommen wäre?«

»Nein, habe ich nicht.« Justus stützte die Arme auf und las den Brief noch einmal durch. Und noch einmal, und noch einmal, bis seine Augen brannten. »Das Einzige, was ich so ungefähr erraten kann, ist ›Hoch gestiegen, tief gefallen‹. Das ist ein ziemlich gehässiger Kommentar zu dem, was dir gestern Nacht beinahe zugestoßen ist.«

»Ich finde diese alte Dame immer sympathischer.« Peter gähnte. »Müssen wir uns wirklich heute Nacht bei der Ruine auf die Lauer legen?«

»Ja«, sagte Justus. »Ich will ganz sicher sein, dass Crowle der Mann ist, der mich entführt hat. Wir tun nicht viel – wir beobachten ihn und suchen dann einen seiner Fußabdrücke, um ihn mit unserem Gipsabdruck zu vergleichen. In all dem Staub da oben finden wir bestimmt etwas!!«

»Und morgen in der Schule schlafen wir alle ein. Was willst du eigentlich deiner Tante und deinem Onkel erzählen, wenn sie herausfinden, dass du zwei Tage gefehlt hast?«

»Darüber denke ich nach, wenn es so weit ist. Bob,

hör auf, mit Miss Bennett zu flirten! Hast du etwas herausgefunden?«

Bob, den Hörer am Ohr, winkte nur ungeduldig ab. »Klar, Miss Bennett. Wir kommen am Nachmittag vorbei. Vielen Dank! Bis morgen!« Er legte den Hörer auf und drehte sich um. »Kollegen, haltet euch fest. Miss Bennett kennt den Film ›Schatten über Hollywood‹ und hat ihn als Video! Ausleihen will sie ihn nicht, weil es die einzige ihr bekannte Kopie ist, aber sie ist bereit, uns morgen Nachmittag eine Gratisvorstellung zu geben. Was sagt ihr dazu?«

»Ausgezeichnet, Bob!«, rief Justus begeistert. »Bestimmt finden wir einen weiteren Hinweis! Und was ist nun mit Stephen und Janet Wye-Packleham?«

»Da konnte sie mir auch weiterhelfen. Janet ist vor zehn Jahren zu einem Radiosender nach New York gegangen. Stephen ist noch hier und arbeitet als Ingenieur. Bei der Testamentseröffnung war nur Stephen anwesend. Was ist, fahren wir jetzt zum ›Pacific Pearl‹?«

»Wir hätten McSnail einfach eine Überwachungskamera klauen sollen«, sagte Peter und gähnte erneut herzhaft. »Dann könnten wir sie an der Ruine anbringen und uns in aller Ruhe ins Bett hauen. Bei diesem Fall wimmelt es sowieso von komischen Mikrofonen und Kameras, da fällt eine mehr oder weniger gar nicht auf.« Er stand auf. »Also los.«

Justus nickte stirnrunzelnd, packte die Zettel ein und folgte seinen Freunden nach draußen.

Auch in dieser Nacht schien der Vollmond auf Los Angeles herab. In der Stadt bemerkte man ihn wahrscheinlich gar nicht, aber außerhalb überflutete er die Berge und das Meer mit silbernem Licht. Die drei ??? parkten den Käfer in einer Seitenstraße und pirschten sich an die Ruine heran.

»Da drüben steht ein Auto!«, wisperte Peter. »Er ist schon da!«

»Und er ist schon im Haus!«, flüsterte Bob. »Gerade habe ich das Licht einer Taschenlampe gesehen. Da, wieder!«

»Das ist die Gelegenheit!« Justus kramte in seiner Tasche. »Bleibt hier – ich bin gleich wieder da!«

Er stand auf und rannte zu dem Auto. Es war ein schwarzer Wagen mit offenem Verdeck. Justus beugte sich über den Beifahrersitz, dann umrundete er den Wagen, warf einen Blick auf das Nummernschild und hastete zu Peter und Bob zurück.

»Hast du dir die Nummer gemerkt?«, flüsterte Bob.

»Ja, der Wagen ist aus Kalifornien.«

»Und was hast du noch gemacht? Ich dachte, du wolltest nur seine Fußab ...«

In diesem Moment gab es im Inneren der Ruine ein lautes Krachen. Jemand schrie auf. Der Schrei hallte in der Stille der Berge wider. Gleich darauf hinkte eine große, massige Gestalt hastig aus der Ruine und zum Auto, stieg ein, startete und schoss in einer Staubwolke davon.

»Lieber Himmel!«, rief Peter. »Was hat der denn gemacht? Die Falle kann er doch nicht ausgelöst haben, oder?«

»Dann wäre er nicht so schnell draußen gewesen.« Justus sprang auf. »Kommt – vielleicht können wir ihn verfolgen!«

»Ich dachte, du wolltest nur seinen Fußabdruck!«

»Ja, schon. Aber Peters Bemerkung mit den Mikrofonen hat mich auf eine Idee gebracht und ich habe einen unserer Peilsender im Handschuhfach versteckt. Schnell!«

Sie liefen los, aber nach drei Schritten packte Bob Justus am Arm. »Warte!«

»Was ist denn? Komm schon, er entwischt uns!«

»Ich habe aber etwas gehört. Jemand hat gerufen.«

»Wie bitte? Ich habe nichts gehört. Hier ist doch keiner.«

»Bist du sicher?«

»Natürlich. Es war nur der Wind. Los jetzt!«

»Ich habe aber auch etwas gehört«, sagte Peter plötzlich und lauschte. »Da! Jetzt wieder!«

Sie standen alle drei still. Nach ein paar Augenblicken, in denen nur der Wind raschelnd durch das Gras strich, hörten sie es alle drei. Es war ein Ruf: heiser und verzweifelt, und er kam aus der Ruine.

»Hilfe!«

Sie rannten los.

Die Tür stand weit offen. Im Inneren der Ruine herrschte Dunkelheit. Bob knipste die Taschenlampe an. »Hallo? Wer ist da?«

»Gott sei Dank«, rief eine Männerstimme. »Helft mir! Ich habe mir den Arm gebrochen und komme nicht allein heraus!«

»Wo sind Sie denn?«

»Unter der verflixten Treppe!«

Jetzt sahen sie es selbst. Die Uhr lag noch immer auf dem Boden. In der Treppe klaffte das Loch, das die drei weggeklappten Stufen hinterlassen hatten. Aber zwei Stufen davon waren nun zerbrochen und hatten das Loch vergrößert. Vorsichtig kletterten die drei ??? über den Schuttberg und Bob leuchtete in die Dunkelheit unter der Treppe.

Das Licht fiel auf das schmerzverzerrte Gesicht eines jungen Mannes, den sie noch nie gesehen hatten. Er trug Jeans und ein kariertes Hemd, saß etwa drei Meter tiefer auf einem Boden, der modrig und feucht aussah, und hielt sich den Arm.

»Das ist zu tief«, sagte Peter. »Ohne Seil kriegen wir ihn da nie heraus. Und vielleicht hat er sich noch mehr gebrochen als nur den Arm. Ein paar Rippen oder so.«

»Kann sein«, sagte der junge Mann mühsam und blinzelte ins Licht. »Es knirscht, wenn ich mich bewege. Wer seid ihr?«

»Wir kamen hier zufällig vorbei«, antwortete Justus. »Wer sind Sie? Und was ist passiert? Wir haben ein Krachen und einen Schrei gehört und dann ist jemand weggelaufen.«

»Oliver Taper heiße ich. Und der Kerl kam urplötzlich hier herein und fing an, auf mich einzuprügeln. Ich hatte keine Chance – er war mindestens siebzig Kilo schwerer als ich! Er hat mich auf die Treppenstufen geworfen und sie sind zerbrochen. Könnt ihr einen Krankenwagen für mich rufen?«

»Ja, natürlich«, sagte Bob und holte das Handy heraus. Aber Justus beugte sich plötzlich interessiert vor. »Sagten Sie, Sie heißen Oliver Taper?«

»Ja, wieso?«

»Sind Sie zufällig Nachtwächter bei den Hollywood-Buchstaben?«

Es gab eine Pause. »Ja«, antwortete der Mann schließlich. »Woher weißt du das?« Er klang plötzlich sehr misstrauisch.

»Wir haben vor ein paar Tagen mit Ihrem Kollegen gesprochen«, sagte Justus. »Es ging um eine Aufnahme Ihrer Kameras aus der Nacht davor.«

»Seid ihr etwa die drei Jungs, die nachts um das Denkmal geschlichen sind? Die mit dem Gipsabdruck?«

»Wir sind die drei Detektive, ja. Darf ich fragen, was Sie mitten in der Nacht hier in der Ruine gemacht haben?«

»Das geht euch überhaupt nichts an.«

»Wie Sie meinen. Bob, du brauchst den Krankenwagen nicht anzurufen. Mr Taper benötigt unsere Hilfe nicht. Kommt, Kollegen!«

»Nein!«, schrie Mr Taper von unten. »Halt! Geht nicht weg! Ich komme hier nie alleine raus!«

»Und hier kommt auch nie jemand hin, stimmt's?« Justus beugte sich über das Loch. »Also, was wollten Sie hier?«

»Ich wollte mich nur umsehen.«

»Mitten in der Nacht? In einer baufälligen Ruine?«

»Ist doch nicht verboten.«

»Ich glaube Ihnen nicht«, sagte Justus. »Wissen Sie was, Mr Taper? Ich glaube, Sie sind hergekommen, weil Sie die Falle wieder neu aufbauen wollten. Stimmt's?«

»Blödsinn! Ich habe die Uhr nicht angerührt ... was für eine Falle denn überhaupt?«

»Und schon haben Sie sich verraten. Ich habe nämlich nicht erwähnt, dass die Uhr etwas mit der Falle zu tun hat. Sie sind Techniker, richtig? Sie sind für all die Kameras an den Hollywood-Buchstaben zuständig?«

»Ich sage überhaupt nichts mehr«, sagte der junge Mann wütend. »Haut doch ab!«

»Erst will ich eine Antwort auf meine Fragen«, sagte Justus. »Sie haben die Fallen aufgebaut – das Bettlaken, das jemanden so erschrecken sollte, dass er abstürzt! Und die Uhr, die beim Herunternehmen eine Falle auslöst. Warum haben Sie das getan? Was haben Sie mit Casey Wye zu tun?«

»Ich rufe wohl außer dem Krankenwagen besser auch noch die Polizei an«, sagte Bob.

»Warte noch. Mr Taper wollte doch noch antworten.«

»Mr Taper wollte nichts dergleichen tun«, presste der junge Mann wütend hervor. »Liefert mich doch der Polizei aus! Ich wollte nur dafür sorgen, dass eine Bande von Verbrechern endlich ihre gerechte Strafe erhält! Und das schaffe ich auch!«

»Eine Bande von Verbrechern?«, fragte Peter verblüfft. »Wer soll das sein? Wir kennen bloß Harold Packleham, und der ist doch schon tot.«

»Packleham ist Geschichte«, sagte Oliver Taper. »Aber es gibt noch immer die üblen Burschen, die ihn damals zu dem Betrug angestiftet haben. Sie sind daran schuld, dass Casey alles verlor, selbst ihre Familie. Und dafür werden sie zahlen!«

»Und wer soll das sein?«

»Einen kennt ihr schon – den Kerl, der mich hier reingeworfen hat. Die ehrenwerten Herren der Anwaltskanzlei Crowle und McSnail!«

»Wie bitte?«, fragte Justus. »Das kann nicht sein. Mr Crowle ist viel zu jung. Und außerdem haben Crowle und McSnail Miss Wye doch geholfen!«

»Das haben sie euch erzählt?« Mr Taper lachte humorlos auf. »Ja, und wie sie ihr geholfen haben! Lest euch mal die Gerichtsprotokolle durch. Da stehen so schöne Dinge wie: ›Es ist ja allgemein bekannt, dass es Frauen an Kreativität und Geistesgaben mangelt, doch nehmen wir einmal an, es wäre in diesem Fall nicht so. Dann hätte diese junge Frau ihren Ehemann und ihre Kinder vernachlässigt, um, von Ehrgeiz besessen, ein Drehbuch zu schreiben. Sehr bedauerlich. Und letztlich wäre das Geld ja sowieso ihrem Ehemann zugeflossen, der ja der rechtmäßige Verwalter ihres Vermögens ist. Aber hatte er deswegen das Recht, das Drehbuch als seine eigene Schöpfung auszugeben? Hatte er dieses Recht durch seine Heirat mit Casey Wye erworben?‹

O ja, eine tolle Hilfe war das! Und am Schluss hatte sie überhaupt nichts mehr.«

»Woher wissen Sie das?«, fragte Bob. »Wer sind Sie?«

»Oliver Taper. Und jetzt sage ich gar nichts mehr. Ruft die Polizei oder den Krankenwagen oder überhaupt niemanden, mir ist es gleich. Warum eigentlich die Polizei? Ich habe nichts Böses getan. Nur ein paar technische Spielereien. Ich habe niemanden in Gefahr gebracht – nur diejenigen, die es verdienen. Wer nachts an den Hollywood-Buchstaben hinaufklettert oder sich in dieser Ruine herumtreibt, ist selber schuld, wenn ihm etwas zustößt.«

»So einfach ist das nicht«, sagte Justus. »Wir sind ja auch hier – und wenn Peter nicht so sportlich wäre, hätte er sich gestern durch Ihre technische Spielerei den Hals brechen können!«

»Dann schnüffelt eben nicht hier herum. Wie seid ihr überhaupt darauf gekommen, dass die Uhr etwas zu bedeuten hat?«

»Wir haben ein paar Rätsel gelöst, die wir in einem Brief gefunden haben. Hören Sie, um was geht es in dieser Geschichte? Diese Leute müssen doch glauben, dass sie etwas Wichtiges finden, wenn sie das Rätsel lösen.«

Oliver Taper lachte und sog gleich danach scharf den Atem ein. »Au! Ja, vermutlich denken sie das.«

»Und stimmt es?«

»Woher soll ich das wissen? Sehe ich aus wie Casey Wye? Außerdem geht es euch nichts an. Gute Nacht.«

»Bob, ruf die Polizei an«, sagte Justus. »Reden wir mal Klartext, Mr Taper. Sie planen einen Mord – oder mehrere – und nehmen dabei in Kauf, dass andere Leute ebenfalls in Gefahr geraten. Sie glauben doch nicht im Ernst, dass wir jetzt einfach nach Hause gehen! Wo sind die anderen Fallen versteckt? Was haben Sie sich noch für teuflische Spielereien ausgedacht?«

»Ach, macht doch, was ihr wollt. Schönen Abend noch.«

»Moment noch!«, rief Peter. »Mr Taper – was ist mit diesen Brieffetzen? Wenn der Brief von Ihnen stammt, wie konnte Mr McSnail sagen, es sei die Handschrift von Casey Wye?«

»Wahrscheinlich, weil sie den Brief geschrieben hat.« Oliver Taper lachte wieder. »Rätselt noch ein bisschen, aber wagt es nicht, euch einzumischen – es könnte eurer Gesundheit schaden! Gute Nacht, ihr Detektive.«

»Mich interessiert noch etwas anderes«, sagte Bob. »Kennen Sie eine Frau namens Jezabel?«

Mr Taper zuckte zusammen und hörte auf zu lachen. Es dauerte sehr lange, bis er antwortete: »Nein. Wer soll das sein?«

»Raten Sie mal ein bisschen«, sagte Justus. »Der Krankenwagen wird sicher bald hier sein, und die Polizei auch. Gute Nacht!«

Die wilden Kirschen

»Ich habe Rosamund nie geliebt, Adeline. Aber nun ist es vorbei. Lass uns alles vergessen und ein neues Leben aufbauen – weit weg von hier, wo es keine dunklen Erinnerungen für uns gibt.«

»Ja, Francis. Ich liebe dich.«

»Ich liebe dich auch, Darling.«

Geigenmusik setzte ein. Adeline und Francis sanken einander in die Arme und verschwanden im Abspann. Miss Bennett knipste das Licht an und fragte spöttisch: »Na, Jungs? Völlig hingerissen?«

»Und wie«, sagte Bob angewidert. »Und diese süßliche Schnulze war ein Kinohit?«

»Ein Riesenhit sogar«, sagte Miss Bennett. »In den 50er-Jahren wollten die Leute nichts als Glanz, Liebe und Happy End. Was starrst du denn noch so auf den Bildschirm, Justus?«

»Ich lese den Abspann.«

Bob stieß Peter leicht mit dem Ellbogen an. »He, Peter! Der Film ist vorbei!«

Peter schrak hoch. »Was? Wie? Bin ich eingeschlafen?«

»Und wie. Gleich nachdem Francis Rosamund zum ersten Mal geküsst hat, hast du losgeschnarcht.«

»Wer ist Rosamund?«

»Das ist die erfolglose Schauspielerin, die später in den Tod gesprungen ist.« Bob drehte sich zu Justus um. »Abgesehen davon, dass Adeline blond und gütig war, Rosamund dagegen dunkelhaarig und intrigant, ist mir nichts weiter aufgefallen. Revolutionär fand ich die Geschichte nun gerade nicht.«

»Ich auch nicht.« Der Name der Filmgesellschaft flimmerte über den Bildschirm und dann wurde es dunkel. Justus lehnte sich zurück. »Tja, Kollegen. Was meint ihr?«

»Ähm«, sagte Peter. »Besonders spannend war es nicht ... oder habe ich die wilden Verfolgungsjagden und Explosionen nur verpasst?«

»Es gab keine.«

»Wie öde.«

Miss Bennett lachte. »In den 50er-Jahren waren die Sehgewohnheiten noch anders als heute. Also hat euch der Film nicht weitergeholfen?«

»Zumindest hat er uns einen interessanten Einblick in die Denkweise von Harold Packleham gegeben«, sagte Justus. »Oder war das die Fassung, die Casey geschrieben hat?«

»Auf keinen Fall«, sagte Miss Bennett. »Im Prozess sagte sie, er hätte es nicht nur gestohlen, sondern völlig entstellt. Ihr Drehbuch beschäftigte sich mit einer Frau – Rosamund –, die in die unbarmherzige Filmindustrie gerät und an ihr scheitert. Bei Packleham wurde Rosamund eine böse, von Ehrgeiz zerfressene Intrigantin auf Männerfang. Und Packleham verglich Casey später häufig mit der ›bösen‹ Rosamund, die er geschaffen hatte.«

»Gab es auch eine Adeline in Packlehams Leben?«, fragte Bob.

»Mehrere.«

»Das bringt uns nicht weiter«, sagte Justus. »Und selbst wenn wir zweifelsfrei wüssten, dass Casey das Originaldrehbuch geschrieben hätte, würde es uns nicht helfen. Das Motiv ist ja längst klar – ganz gleich, ob es realistisch begründet ist oder nicht. Aber wir müssen den Brief enträtseln, bevor noch mehr Leute in Tapers Fallen stolpern!«

»Taper?«, fragte Miss Bennett. »Was ist das denn? Und von welchem Brief redet ihr?«

»Es ist eine Art Schnitzeljagd«, sagte Bob. »Wir zerbrechen uns schon die ganze Zeit den Kopf darüber und kommen nicht weiter.«

»Darf ich den Brief einmal sehen?«

Bob warf einen fragenden Blick auf Justus, der nach kurzem Zögern nickte.

Die Büchereileiterin setzte ihre Brille auf und studierte die drei Fetzen. »Ah ... deshalb habt ihr nach Audys Brief gefragt. Und wo ist nun das Problem?«

»Hier.« Bob wies auf den dritten Schnipsel. »Wir finden einfach keinen Hinweis.«

»Nicht?«, sagte Miss Bennett. »Aber das ist doch ganz einfach – wenn man es weiß. *Das alte Haus war unsere Zuflucht.* Das alte Haus ist der Ort, den ihr suchen müsst.«

»Und wie sollen wir ein einzelnes altes Haus finden?«,

rief Peter. »Wissen Sie, wie viele *alte Häuser* es in Kalifornien gibt?«

»Nur eins, das Casey im Zusammenhang mit wilden Kirschen erwähnen würde, glaube ich.« Miss Bennett stand auf und holte eine Landkarte von Los Angeles und Umgebung. »Harold Packleham schenkte es ihr zur Hochzeit und ihre Kinder wurden dort geboren. Es liegt in der East Islay Street in Santa Barbara. Und ›Islay‹ ist das spanische Wort für eine bestimmte Kirschsorte, die hier in Kalifornien wächst.« Sie tippte auf den Küstenort nördlich von Los Angeles. »Da müsst ihr hin.«

»Lieber Himmel«, sagte Bob. »Darauf muss man erst mal kommen. Ich habe das Gefühl, dass man wirklich jedes Detail ihres Lebens kennen müsste, um dieses Rätsel zu lösen!«

»Stimmt, Bob«, sagte Justus. »Vielen Dank, Miss Bennett! Wir fahren sofort nach Santa Barbara!«

»Aber seid vorsichtig«, sagte Miss Bennett. »Ich brauche Bob noch in der Bücherei!«

Sie fuhren kurz in der Zentrale vorbei und holten ihre Detektivausrüstung. Dann knatterten sie in Bobs Käfer die Küstenstraße entlang nach Norden. Ab und zu warf Peter sehnsüchtige Blicke auf die schäumenden Wellen des Pazifiks, die gegen die Küste brandeten. »Jetzt würde ich gerne surfen gehen!«

»Ich begreife nicht, was daran so reizvoll ist.« Justus öffnete eine Cola-Dose. »Man paddelt auf einem dünnen Brett ins kalte Wasser, und wenn man nicht aufgrund der Form des Surfbrettes von einem Hai mit einer Seerobbe verwechselt und gefressen wird, stürzt man sich kopfüber in gigantische Wellen und wird am Strand zerschmettert.« Er trank einen Schluck und fuhr fort: »Das fördert weder das geistige Wachstum, noch bildet es den Charakter. Man kriegt höchstens ein paar Muskeln davon.«

»Du solltest es mal probieren«, sagte Peter. »Das geistige Wachstum kann auch mal für zwei Stunden Pause machen!«

»Das reizt mich nicht.«

»Du hast doch bloß Angst, dass der Hai nicht das Brett mit einer Robbe verwechselt, sondern dich«, sagte Bob. »Nun ja, von der Form her könnte es hinkommen. Wo muss ich abbiegen?«

»Dritte Ampel rechts. Und halt mal da an der Burgerbude an.« Niemand protestierte und wenig später fuhren sie weiter und bekleckerten sich mit Ketchup. Bob schaltete das Radio ein und sie sangen ziemlich schräg mit.

»Hört ihr das?«, fragte Bob plötzlich.

Justus und Peter hörten auf zu singen. »Was?«, fragte Peter. »Ich höre nichts.«

»Da piept's.«

»Das ist im Radio.« Justus fummelte an den Einstellungen herum. »Wahrscheinlich hast du die Antenne nicht weit genug rausgezogen.« Seine Worte ertranken in einer Flut schauerlicher Töne, die keiner der drei Detektive als Musik erkennen konnte.

»Mach das aus!«, schrien Peter und Bob gleichzeitig und Justus schaltete das Radio aus.

Di – di – di – di – di – di – di

»Das ist ja gar nicht im Radio«, sagte Bob. »Das ist hier irgendwo im Auto. Ist es vielleicht dein Wecker, Peter?«

Di – di – di – di – di – di – di

»Was? Nein, natürlich nicht! Ich habe keine Ahnung, wo das –«

Di – di – di – di – di – di – di

»Ich weiß es!«, rief Justus. »Es ist das Empfangsgerät für den Peilsender!« Hastig kramte er in seinem Rucksack und holte das Gerät heraus. Das Piepsen wurde lauter.

»Ist es kaputt?«, fragte Bob besorgt. »Das piepst doch sonst nicht von alleine los.«

»Nein, es ist in Ordnung.« Justus schwenkte das Gerät herum – und schluckte. »Wisst ihr, was das heißt? Ich hatte doch den Peilsender in Crowles Auto versteckt. Darauf springt das Gerät an! Crowle ist irgendwo hinter uns!«

Peter drehte sich sofort um. »Was hatte er für einen Wagen, Just?«

»Einen offenen Ford Mustang. Dunkelblau. Nicht das neueste Modell, aber unseren Käfer hier lässt der glatt stehen.«

»*Alle* amerikanischen Autos lassen meinen Käfer stehen«, sagte Bob. »Das macht seinen Charakter aus.«

»Trotzdem hätte ich bei einer Verfolgungsjagd lieber

ein bisschen weniger Charakter, aber dafür mehr PS. Peter, siehst du ihn?«

»Nein«, meldete Peter, der auf der Rückbank kniete und durch das Fenster spähte. »Vielleicht ist es ja nur ein Zufall und er weiß gar nichts von uns?«

»Ich glaube nicht an Zufälle«, sagte Justus entschieden. »Der Kerl folgt uns – oder er ist auf derselben Spur wie wir. Woher kann er wissen, was auf dem Zettel in der Uhr stand?«

»Von uns nicht«, meinte Bob.

»Dann weiß er es von Oliver Taper.«

»Ich hatte nicht den Eindruck, dass er und Taper zusammenarbeiten.«

»Das nicht – aber Taper hat uns angelogen. Er sagte, der Kerl sei hereingekommen und sofort auf ihn losgegangen. Aber selbst wenn man die Zeit berechnet, die Crowle brauchte, um den Schuttberg zu überqueren, hätten wir ihn sehen müssen, als wir ankamen. Aber wir haben ihn nicht gesehen. Wir haben das Haus beobachtet, ich bin zum Auto gelaufen und wieder zurück und erst dann haben wir Tapers Schrei gehört. Also war Crowle viel länger mit ihm in der Ruine. Lange genug, um ihn auszufragen und dann in das Loch zu werfen.«

»Klingt logisch«, sagte Bob. »Soll ich versuchen, ihn abzuhängen?«

»Ja, auf jeden Fall.«

An der nächsten Ecke bog Bob ab, fuhr noch etwa fünfzig Meter geradeaus und lenkte den gelben Käfer dann unvermittelt auf ein Firmengrundstück. Ohne sich um die Leute zu kümmern, die im Hof gerade einen großen Truck entluden, ließ er den Wagen ausrollen, bis er hinter einem Lagerschuppen zum Stehen kam. Justus kletterte heraus und spähte um die Ecke des Schuppens. Nach ein paar Sekunden sah er den blauen Wagen an der Toreinfahrt vorbeirollen. Er stieg wieder ein. »Alles klar. Wir warten noch zwei Minuten und dann –«

In diesem Augenblick bog einer der Lagerarbeiter um die Ecke. »Was habt ihr hier zu suchen? Das hier ist kein öffentlicher Parkplatz!«

»Das wissen wir«, sagte Bob. »Wir wollten nur –«

»Ist mir völlig egal. Macht, dass ihr vom Hof kommt!«

»Wir sind ja schon weg.« Bob startete den Wagen und lenkte ihn zur Ausfahrt. Dort spähten die drei ??? nach allen Seiten, aber der blaue Ford Mustang war nirgends zu sehen. »Ha, den haben wir abgehängt!«, rief Peter. »Der muss früher aufstehen, um die drei Detektive zu erwischen!«

Sie kehrten auf die Hauptstraße zurück und fuhren weiter nach Santa Barbara. Justus studierte die Karte auf seinen Knien. »Der Stadtteil, den wir suchen, ist wie ein Schachbrett aufgebaut – alle Straßen im rechten Winkel, alle Blocks gleich groß. Die Islay Street geht von Südwesten nach Nordosten – fahr erst mal eine Weile geradeaus.«

Bob nickte und ließ den Käfer durch die schnurgeraden Straßen rollen. Links und rechts lagen Häuser im spanischen Stil, viele prächtig verziert. »Nette Gegend«, sagte er. »Hier möchte ich auch ein Haus haben. Sind wir nicht bald da?«

»Doch.« Justus schaute auf die Karte. »Die übernächste Straße ist es. Fahr nach rechts.«

»Welche Hausnummer?«

»514, sagte Miss Bennett.«

»514. Sehr wohl, die Herrschaften.« Bob bog ab und sie befanden sich in einer ruhigen Seitenstraße, die einen Hang hinaufführte. Rechts und links lagen vornehme Häuser in bunten, freundlichen Farben.

»506, 510, 512.« Justus zeigte nach rechts. »514. Wir sind da.«

Mr Packleham

Das Haus 514 lag in einem großen Garten. Es war eher schlicht gebaut, ohne Erker, Winkel und Türmchen, viel nüchterner als das Hotel ›Pacific Pearl‹. Mit seinen weißen Fenstern und dem zartgelben Anstrich sah es gemütlich und großzügig aus. Der Garten, der schon eher ein gepflegter Park mit vielen alten Bäumen war, verlieh ihm fast das Aussehen eines edlen Herrenhauses.

Die drei ??? stiegen aus. »Ich weiß nicht, warum«, sagte Peter, »aber ich dachte, das Haus wäre genauso eine Ruine wie das Hotel. Aber es ist ja bewohnt! Da können wir doch nicht einfach in den Garten marschieren und Bäume untersuchen!«

»Wir können aber auch nicht klingeln und fragen, ob wir in ihren Bäumen nach Todesfallen suchen dürfen«, sagte Bob. »Die lassen uns ja sofort einweisen.«

»Kollegen«, sagte Justus, »denkt bitte logisch. Das Testament ist mindestens sieben Jahre alt. Die Zettel wurden also schon vor langer Zeit versteckt und die Fallen sind genauso alt. Glaubt ihr wirklich, die Besitzer laufen sieben Jahre lang ahnungslos durch ihren Garten, ohne die Falle versehentlich auszulösen? Es gibt also nur zwei Möglichkeiten. Entweder haben die Besitzer die Falle ausgelöst, den Zettel gefunden und behalten oder weggeworfen. Oder sie haben sich gehütet, dem entsprechenden Baum nahe zu kommen, was bedeutet, dass sie mit Casey unter einer Decke stecken und über den Brief Bescheid wissen. In jedem Fall könnte es sich lohnen, sie kennenzulernen.«

»Du vergisst noch zwei Möglichkeiten«, sagte Bob. »Erstens könnte es sein, dass das Haus in den letzten Jahren den Besitzer gewechselt hat und die jetzigen Bewohner gar keine Ahnung von einem Versteck in einem Baum haben. Und zweitens können wir uns auch irren. Vielleicht sind gar keine Bäume gemeint, sondern doch etwas im Haus.«

»Mit diesen Möglichkeiten befassen wir uns, wenn die ersten beiden ausgeschlossen werden können«, erklärte Justus, öffnete das Gartentor und marschierte geradewegs auf die Haustür los. »Kommt, Kollegen!«

Lange brauchten sie nicht zu rätseln, welche Leute in dem Haus wohnten. Breit und wuchtig prangte neben der Tür ein Namensschild.

Packleham.

Justus klingelte.

Nach kurzer Zeit öffnete ein Mann die Tür. Er war etwa Mitte fünfzig, recht groß und schlank, trug weiße Shorts und ein blaues Sweatshirt und sah mit seiner braun gebrannten Haut, dem silbrig grauen Haar und den strahlend blauen Augen aus wie eine jüngere Ausgabe von Robert Redford. Er musterte die drei Detektive und sagte lächelnd: »Für das Sportfest habe ich aber schon gespendet.«

»Wir kommen nicht wegen eines Sportfestes«, sagte

Justus. »Wir beteiligen uns an einer etwas ungewöhnlichen Schnitzeljagd und ich glaube, dass Sie uns helfen können, Sir. Gehe ich recht in der Annahme, dass Sie Mr Stephen Packleham sind?« Der Mann runzelte die Stirn und sein Lächeln verschwand. »Ja, der bin ich. Und wer seid ihr?«

Justus zog die Visitenkarte aus der Tasche und reichte sie ihm. »Justus Jonas«, sagte Mr Packleham. »Peter Shaw ... Bob Andrews. Die drei Detektive.« Jetzt sah er nicht mehr so freundlich aus. »Detektive? Soll das ein Scherz sein?«

»Durchaus nicht, Sir«, sagte Justus zum dritten Mal in diesem Fall. »Das Fragezeichen ist ein Symbol für das Unbekannte, für unbeantwortete Fragen und ungelöste Rätsel. Unsere Aufgabe ist es, Fragen zu beantworten, Rätsel zu lösen und Geheimnisse jeglicher Art zu lüften. Daher sind die drei Fragezeichen das Markenzeichen unserer Detektivfirma.«

»Interessant. Dann kommt mal herein.«

Das Innere des Hauses sah genauso aus, wie die drei ??? es erwartet hatten: sauber, ordentlich und so durchschnittlich wie aus einem Möbelhauskatalog. Es gab kaum Bücher, nur einige Zeitschriften und Zeitungen auf dem gläsernen Wohnzimmertisch in der Mitte des Raums. Drei weiße Ledersofas, bunte, aber nichtssagende Bilder an den Wänden, ein paar hohe Tonkrüge mit bunten Blumen machten es schwer vorstellbar, dass die Bewohner des Hauses tatsächlich mit der rachsüchtigen und rätselhaften Casey Wye verwandt sein sollten.

»Setzt euch doch«, sagte Mr Packleham. »Fruchtsaft?«

»Nein, danke, Sir«, antwortete Justus. »Wir haben nur ein paar Fragen.«

»Das klingt ja beängstigend. Was habe ich verbrochen?«

»Nichts, Sir. Ich möchte Sie bitten, sich diese Zettel anzusehen.« Justus holte die drei Zettel heraus und legte sie auf den Glastisch. Mr Packleham beugte sich vor, um sie zu entziffern. Dann nahm er sie alle drei rasch in die Hand und las sie noch einmal. Irritiert runzelte er die Stirn. »Das ist ja eigenartig. Woher habt ihr diese Zettel?«

»Wir haben sie bei einer Schnitzeljagd gefunden.«

»Wie bitte? Das kann gar nicht sein. Höchstens –« Er brach ab. Und plötzlich wurde er sehr blass. »Das ist nicht möglich.«

»Doch«, sagte Justus. »Es war eine recht ungewöhnliche Schnitzeljagd. Den einen Zettel haben wir in einer Puderquaste gefunden, die jemand beim Erklettern der Hollywood-Buchstaben verloren hat. Er wurde von einem Gespenst so erschreckt, dass er abstürzte. Es war eine sehr ungewöhnliche Puderquaste – sie hatte die Form einer Biberpfote.«

»Was sagst du da?«, flüsterte Mr Packleham. »Das ist doch eine Lüge!«

»Durchaus nicht. Ein Hinweis auf dem Zettel führte uns in die Ruine des Hotels ›Pacific Pearl‹. Dort steckte ein weiterer Zettel in einer Uhr. Mein Kollege Peter

Shaw hier löste beim Abnehmen der Uhr eine Falle in der Treppe aus und wäre beinahe abgestürzt. Zum Glück konnte er sich festhalten.«

»Mein Gott«, murmelte Mr Packleham und stand auf. »Ich brauche etwas zu trinken.«

Er verschwand in der Küche. Die drei ??? wechselten rasche Blicke.

»Was meint ihr?«, flüsterte Bob.

»Vielleicht ist er nur ein sehr guter Schauspieler«, wisperte Peter. Aber Justus schüttelte den Kopf. »Nicht einmal der beste Schauspieler kann seinen Blutkreislauf so beeinflussen, dass er weiß wie ein Laken wird. Kann sein, dass Packleham etwas weiß – aber von den Fallen wusste er bis gerade eben nichts.« Er verstummte, als Packleham mit einem Glas Wasser in der Hand zurückkam und sich wieder hinsetzte. Er schien sich rasch gefangen zu haben, war aber noch immer sehr blass. »Diese Person, die beim Klettern abstürzte – ist ihr etwas passiert?«

»Das wissen wir nicht«, sagte Justus. »Wir wissen nur, dass sie sich aus eigener Kraft entfernen konnte.«

»Und – wer war es? Wisst ihr das auch?«

»Wir haben eine Vermutung.«

»Und dann habt ihr den Zettel gelesen und erraten, dass es sich um ein Rätsel handelt? Und seid der Spur gefolgt?«

»Das stimmt.«

Packleham nahm sich noch einmal die drei Zettel vor. »Und der dritte Hinweis hat euch hierhergeführt ... ja, das alte Haus und die Kirschbäume sind ja eindeutig genug. Was wollt ihr jetzt von mir?«

»Wir möchten gerne ein paar Informationen von Ihnen. Sicher erkennen Sie die Handschrift auf den Zetteln.«

»Ja ... es ist die Handschrift meiner Mutter. Diese abscheuliche alte Puderquaste gehörte ihr auch. Und ›Hotel Pacific Pearl‹ war der Titel eines Theaterstücks, in dem sie einmal mitgespielt hat. Aber das wisst ihr sicher längst.«

»Ihre Mutter hat ein Rätsel hinterlassen, Mr Packleham. Wir vermuten, dass diejenigen, die außer uns danach suchen, erst bei der Testamentseröffnung vor zwei Monaten erfahren haben, dass es etwas zu suchen gibt. Ist das richtig?«

Mr Packleham zögerte. »Dazu kann ich nichts sagen. Hört mal, das ist alles sehr spannend, aber ich muss jetzt wirklich sehr dringend telefonieren. Es war nett, euch –«

»Falls Sie Ihren Komplizen Oliver Taper anrufen möchten, können Sie sich die Mühe sparen. Er ist nicht zu Hause.« Es war ein Schuss ins Blaue, aber er traf. Packleham erstarrte.

»Woher wisst – ich meine – ich habe nicht vor –«

»Sie kennen ihn also«, stellte Bob fest. »Würde es Sie überraschen, zu hören, dass er die Fallen eingerichtet hat?«

»Und dann hat er sich in seiner eigenen Falle den Arm gebrochen«, beendete Peter mit einiger Genugtuung. »Er dürfte jetzt im Krankenhaus liegen.«

Justus lehnte sich zurück. »Sehen Sie, Sie brauchen uns gar nichts vorzumachen. Wir wissen bereits eine ganze Menge über das kleine Rachespiel Ihrer Mutter.«

Der Mann sank auf eins der weißen Sofas. »Nein. Nein, ihr versteht das alles falsch. Und ihr solltet auch nicht ... ihr solltet diese Zettel nicht haben. Sie waren nicht für euch bestimmt.«

»Sondern für die Herren Crowle und McSnail«, sagte Bob.

»Das – das wisst ihr auch?« Mr Packleham starrte von Justus zu Peter zu Bob und wieder zurück. »Und was noch?«

»Wir möchten lieber hören, was *Sie* wissen«, sagte Justus. »Ihr Komplize Taper hat schon zugegeben, dass er die Fallen gebaut hat. Jetzt fehlt uns nur noch –«

»Jetzt hört doch auf, ständig von einem Komplizen zu reden! Oliver Taper ist mein Neffe!«

Justus schaltete sofort. »Aha. Der Sohn Ihrer Schwester Janet? Das ist ja interessant. Also steckt die gesamte Familie hinter dem Komplott!«

»Ich weiß nicht, wovon du redest«, sagte Packleham. »Und ich finde, ihr solltet jetzt gehen. Diese ganze Geschichte geht euch überhaupt nichts an.«

»Wir können auch direkt zur Polizei gehen, wenn Ihnen das lieber ist«, sagte Justus. »Schließlich planen Sie und Ihr sauberer Neffe, jemanden umzubringen.«

Packleham erstarrte. »Wer behauptet das?«

»Das braucht niemand zu behaupten«, mischte Peter sich ein. »Wir haben es am eigenen Leib erlebt! Ein

Gespenst an den Hollywood-Buchstaben, eine Falle in der Ruine, und der nächste Zettel führt uns direkt in Ihren Garten. Was haben Sie da aufgebaut, Mr Packleham? Eine Axt, die herunterfällt, sobald man gegen eine bestimmte Wurzel stößt? Oder vielleicht –«

»Jetzt hört schon auf damit!« Das Gesicht des Mannes war jetzt ganz rot. »Es gibt keine Falle in meinem Garten!«

»Und warum nicht?«, fragte Justus unerbittlich weiter. »Ich dachte, Sie und Ihr Neffe erfüllen den letzten Willen Ihrer Mutter Casey Wye?«

Stephen Packleham sagte nichts.

»Auch gut«, sagte Justus. »Dann will ich Ihnen sagen, was wir uns bisher zusammengereimt haben.

Ihre Mutter fühlte sich von den Anwälten Crowle und McSnail um ihr Recht betrogen. Sie hatte ihnen vertraut und musste erleben, wie sie ihr nicht nur vor Gericht in den Rücken fielen, sondern sie auch noch als nachlässige Ehefrau und Mutter darstellten. Sie verlor alles – Mann, Kinder, Geld und Zuhause – und wurde obendrein noch als zickig und hysterisch bezeichnet, was dann auch noch ihre Filmkarriere zerstörte. Sie zog sich von allem zurück.

Stimmt das so weit?«

Packleham nickte widerstrebend.

»Aber irgendwann nahm sie wieder Kontakt zu Ihnen und Ihrer Schwester auf. Oder war es umgekehrt?«

Abrupt stand der Mann auf und die drei ??? erwarten, hinausgeworfen zu werden. Aber er trat nur an die

Balkontür und starrte eine Weile hinaus, bevor er sich wieder zu ihnen umdrehte. »Also schön«, sagte er in bitterem Tonfall, »ich erzähle es euch. Janet und ich stöberten sie in Los Angeles auf. Damals war Janet zweiundzwanzig und ich zwanzig. Als wir unsere Mutter endlich wiedersahen, haben wir sie kaum erkannt. Und sie erkannte uns auch nicht mehr. Wir waren uns fremd geworden. Wir versuchten, die verlorene Zeit zurückzuholen, aber es gelang uns nicht. Wir versuchten auch, sie und unseren Vater wieder zu versöhnen, aber das einzige Treffen der beiden endete in einem fürchterlichen Streit. Casey hat ihm nie verziehen, was er ihr angetan hat, und er war der Meinung, sie solle sich nicht so anstellen – schließlich war es ja nur ein lausiges Drehbuch gewesen. Aber für sie war es ein Traum, den er zerstört hatte. Sie hatte nicht mehr Schauspielerin sein wollen, sie wollte schreiben. Und weil er sie nicht ernst genommen hatte, war ihr ganzes Leben verpfuscht. Auch bei diesem Treffen lachte er sie noch aus und schließlich warf sie ihm eine Vase an den Kopf und stürmte hinaus.« Stephen Packleham rieb sich die Stirn, als hätte die Vase ihn getroffen und nicht seinen Vater. »Danach haben wir sie viele Jahre nicht mehr gesehen. Unser Vater wurde krank und kam in ein privates Pflegeheim. Alle seine Geldangelegenheiten wurden jetzt von Crowle und McSnail abgewickelt. Crowle selbst war gestorben, aber sein Sohn hatte seinen Job in der Kanzlei übernommen.

Ich wollte mich um die Geschäfte meines Vaters

kümmern, aber die Anwälte beschuldigten mich, nur auf das Erbe aus zu sein, und hetzten ihn gegen mich und Janet auf. In dieser Zeit fanden wir auch heraus, dass sie es waren, die meinen Vater gegen Casey aufgestachelt hatten.«

»Und da beschlossen Sie, sich an Crowle und McSnail zu rächen?«, fragte Bob.

Packleham schüttelte den Kopf. »Nein. Aber dazu sage ich jetzt wirklich nichts mehr.«

»Also gut«, sagte Justus. »Sagen Sie, Sir, wer pflegt eigentlich Ihren Garten? Machen Sie das selbst? Das muss doch eine Menge Arbeit sein.«

»Ist es auch. Mein Neffe Oliver hilft mir. Und bevor du noch einmal fragst – nein, es gibt keine Fallen da draußen. Glaubt ihr, ich wäre so verrückt, etwas Gefährliches auf meinem Grundstück zu dulden? Wenn ein Nachbarskind die Falle versehentlich auslösen und sich dabei verletzen würde, käme ich für die nächsten Jahre und Jahrzehnte ins Gefängnis!«

»Da kommen Sie wahrscheinlich sowieso hin, wenn Crowle den nächsten Zettel findet und enträtselt. Was ist die nächste Falle, Mr Packleham? Wo ist sie?«

»Ich weiß es nicht!«, fuhr Packleham auf. »Ich wusste überhaupt nichts von diesen Fallen! Oliver und meine Mutter haben das vor Jahren ausgeheckt, aber es war mir zu verrückt – und zu riskant. Ich hätte Crowle und McSnail schon einigen Ärger gegönnt, aber diese Art, sie von einer Falle in die andere zu locken – das ist verrückt! Meine Mutter war ohnehin nicht mehr ganz richtig im Kopf, aber sie ist ja dann auch verschwunden. Ich hätte nie gedacht, dass Oliver diese Wahnsinnsidee durchzieht! In welchem Krankenhaus ist er? Ich werde ihn mir vorknöpfen!«

»Das wissen wir nicht«, sagte Justus. »Sie sind also ganz sicher, dass sich der vierte Zettel nicht auf Ihrem Grundstück befindet?«

»Lasst mich mit diesen verdammten Zetteln in Ruhe! Raus! Und lasst euch nie wieder hier blicken!«

»Wir gehen ja schon.« Die drei ??? standen auf und Justus steckte die drei Zettel wieder ein. Mr Packleham machte eine Bewegung, als wollte er sie ihm entreißen, ließ die Hand aber wieder sinken. Er drängte die Detektive zur Tür hinaus und knallte sie hinter ihnen zu.

»Der wurde ja noch richtig lebendig«, sagte Bob. »Hätte ich ihm gar nicht zugetraut – so ein stromlinienförmiger Langweiler.«

»Die werden immer lebendig, wenn etwas ihre Ruhe stört«, sagte Justus. »Tja, Kollegen, das war zwar sehr aufschlussreich, aber den vierten Zettel haben wir leider nicht gefunden. Hat jemand einen Vorschlag?«

»Ja, ich«, sagte eine tiefe, böse Männerstimme von der Hausecke her, und etwas klickte. »Ihr drei kommt jetzt mal ganz ruhig mit.«

Die letzte Falle

Langsam, ohne hastige Bewegungen, drehten die drei ??? sich um. Vor ihnen stand der große, massige Mann, an dem sie sich in der Tür der Anwaltskanzlei vorbeigedrängt hatten. Er trug Jeans und ein dunkelblaues Hemd und hatte, wie Justus nach einem kurzen Blick feststellte, auffällig kleine Füße. Wichtiger jedoch war die Pistole in seiner Hand, deren Mündung starr auf die drei Detektive zeigte.

»Mr Crowle«, sagte Justus.

»Ganz recht. Ihr solltet wirklich keinen gelben Käfer fahren, wenn ihr unauffällig bleiben wollt. Los, zum Auto.« Er hatte ein fleischiges, rotes Gesicht und seine linke Gesichtshälfte war aufgeschrammt und gelblich verfärbt. Offenbar hatte er sich vor nicht allzu langer Zeit bei einem Sturz verletzt, und die drei ??? konnten sich vorstellen, was für ein Sturz das gewesen war. »Was wollen Sie von uns?«, fragte Bob. »Falls Sie den Zettel –«

»Klappe halten! Bewegt euch!«

Sie gehorchten. Keiner von ihnen blickte zum Haus zurück und sie konnten nur hoffen, dass Mr Packleham ihnen nachschaute und bemerkte, dass da etwas nicht stimmte. Aber wahrscheinlich war er schon damit beschäftigt, den Aufenthaltsort seines Fallen stellenden Neffen herauszufinden. Auch auf der Straße war niemand, der ihnen helfen konnte.

Am Käfer blieben sie stehen. »Einsteigen«, befahl Crowle. »Erst einer hinten, dann ich, dann ihr beiden nach vorne.«

Während Peter einstieg, zielte Crowle auf Justus und Bob, dann zwängte er sich mit ungewöhnlicher Gelenkigkeit hinter den Fahrersitz und drückte Peter den Lauf in die Rippen. Die Rückbank des Käfers war schon für eine Person reichlich eng und durch die Größe und Breite des Mannes wurde es nicht besser. Peter machte sich so schmal wie möglich und versuchte, nicht zu atmen, während er verzweifelt darum betete, dass die Pistole nicht allein durch den Druck losging.

Zähneknirschend stiegen Justus und Bob ein. »Wohin?«, fragte Bob.

»Kleine Spritztour in die Berge.«

»Ich glaube nicht, dass der Wagen es mit dem Gewicht schafft.«

»Dann schiebt einer. Los jetzt!«

Bob fuhr los.

»Hören Sie«, sagte Justus, »wir haben den vierten Zettel nicht. Wir haben uns geirrt. Wir können Ihnen mit dem Rätsel nicht mehr helfen!«

»Ihr glaubt auch alles, was man euch erzählt, ha?«, sagte Crowle höhnisch. Er fasste in die Brusttasche seines Hemdes und holte einen Umschlag heraus, den er über Justus' Schulter nach vorne warf. Justus griff hastig danach. »Kann sein, dass es diesmal keine Falle gab. Aber den Zettel da habe ich gerade aus Mr Saubermanns Arbeitszimmer geholt. Lag in einer Schublade. Vielen Dank, dass ihr ihn so nett abgelenkt habt.«

Die drei ??? schwiegen. Nach einer Weile fragte Bob: »Und warum geben Sie ihn uns?«

»Ich bin eben ein Menschenfreund. Und zufällig hasse ich diesen Rätselkram wie die Pest. Euch macht so was doch Spaß, ha? Also löst ihr das jetzt – ebenso wie die anderen Rätsel. Ich zerbreche mir über diesen Mist nicht mehr den Kopf. Lies vor, Dicker! Dann könnt ihr in Ruhe nachdenken, während wir herumfahren.«

Justus biss sich auf die Lippen und nickte schließlich. »Also gut. Wir helfen Ihnen.«

Er öffnete den Umschlag und holte einen Zettel heraus. Papier, Form und Handschrift waren die gleichen wie bei den anderen Briefen. Er faltete ihn auseinander und las vor.

schaust, schaue ich hinauf.
Findest du, dass ich Unsinn schreibe?
Ich bin müde und habe Kopfschmerzen. Vielleicht ist
dieses Spiel nicht einmal lustig, ich weiß es nicht.
Ich möchte schlafen. Ich möchte am Pool in der Sonne
liegen und zuhören, wie das

Justus schluckte. Er warf einen Blick auf Bob, der ihn erwiderte. Peter brauchte er nicht anzusehen, um zu wissen, dass sie alle drei dasselbe dachten: Dieser Zettel enthielt keinen Hinweis. Absolut keinen.

Vielleicht konnte er Zeit gewinnen.

»Na?«, knurrte Crowle. »Wo bleiben die Geistesblitze? Das andere habt ihr doch auch herausgekriegt!«

»Da hatten wir aber auch Computer und Bücher für die Recherche«, sagte Justus. »Alle anderen Hinweise bezogen sich auf Casey Wyes Vergangenheit, also wird es dieser vermutlich auch tun. Es muss entweder der Pool oder das Spiel sein ... oder vielleicht die Kopfschmerzen.«

»Ich könnte besser nachdenken, wenn Sie die Pistole aus meinen Rippen nehmen würden«, wagte Peter zu sagen. Crowle knurrte wieder, zog die Pistole aber ein Stück zurück.

»Ich kann beim Fahren nicht denken«, sagte Bob.

»Also gut – fahr da rechts ran.«

Der Wagen hielt. Auf engstem Raum mit dem skrupellosen Entführer saßen die drei ??? und dachten fieberhaft nach – nicht nur über die Lösung des Rätsels, sondern auch darüber, wie sie sich aus dieser Lage befreien konnten.

»Was mir auffällt«, sagte Bob endlich, »ist, dass es noch immer nicht der letzte Zettel ist. Der Anfang und das Ende fehlen. Wie viele Stücke kommen denn da noch?«

»Nur noch die beiden«, sagte Justus bestimmt. »Das Papier ist gewöhnliches Briefpapier und unsere Schnipsel ergeben zusammengelegt schon mehr als zwei Drittel des Bogens. Noch mehr Zettel kann es nicht geben. Mr Crowle – was suchen Sie eigentlich? Was ist so viel wert, dass Sie dafür Verletzungen und Schlimmeres riskieren? Sie waren bei der Testamentseröffnung dabei, stimmt's? Und dort haben Sie erfahren, dass dieser zerschnittene Brief eine Spur aus Hinweisen legt, der man folgen sollte. Warum haben Sie diese Jagd nicht Stephen Packleham oder seiner Schwester überlassen?«

»Die Schwester war nicht da. Und Stephen ist ein fantasieloser Büromensch – der wollte ein sauberes Bündel Geldscheine, sonst gar nichts. Und als er das nicht kriegte, war er nicht mehr interessiert. Nicht zu fassen, dass das Caseys Sohn sein soll.«

»Was stand denn in dem Testament? Vielleicht gibt uns das einen Hinweis, wie –«

Crowle schnaubte. »Es gab kein Testament. Es gab nur den zerschnittenen Brief an Harold. Aber Harold war schon tot, die Familie hatte kein Interesse – da habe ich die Sache selbst in die Hände genommen.«

»Also haben Sie den ersten Teil des Briefs?«

»Ja. Hier.« Er zog einen zweiten Zettel aus der Tasche. »Dasselbe verrückte Gefasel wie in dem ganzen Rest.«

Harold,
es ist nun an der Zeit, dir diesen letzten Brief zu schreiben. Ich habe lang überlegt, was ich tun soll.
Ich bin noch immer sehr zornig und verbittert,
aber ich habe dich schließlich einmal geliebt. Und du wolltest doch immer wissen, was aus meinen Juwelen geworden ist, nicht wahr?
Du solltest es erfahren. Ich möchte Frieden haben.
Ich möchte vergessen, was gewesen

»Juwelen?«, fragte Bob.

»Richtig. Perlen, Diamanten, das ganze Zeug, mit dem sich Schauspielerinnen in den 50er-Jahren behängt haben. Eine schöne Summe Geld gibt das, wenn man's verkauft.«

»Und Sie brauchen Geld, stimmt's?«, fragte Peter. »Was war es – keine Aufträge mehr? Hausbau? Schulden?«

»Wetten«, knurrte Crowle. »McSnail hat jeden Cent seines Geldes für idiotische Wetten aus dem Fenster geworfen und ich sollte die Rechnungen bezahlen! Wovon? Ich konnte ja nicht mal neue Sessel kaufen, damit sich die Kunden hinsetzen konnten. Aber mit dem Geld, das ich für die Juwelen kriege, setze ich mich ab, und zwar sofort. Zum Teufel mit McSnail, soll er doch sehen, wie er zurechtkommt! Der Flieger ist schon gebucht.«

»Erst einmal müssen Sie die Juwelen haben«, sagte Justus.

»Stimmt. Hast du schon eine Idee?«

»Nein.«

»Aber ich«, sagte Bob plötzlich. »Der Pool hat mich darauf gebracht. Casey besaß ein Haus in Penny Springs. Das war früher einmal ein beliebter Wohnort für die Reichen und Schönen von Hollywood. Wer es sich leisten konnte, zog dorthin und baute sich für eine, zwei oder drei Millionen Dollar eine Villa. Und jede Villa hatte ihren Swimmingpool.«

»Hatte?«, fragte Peter.

»Hatte. Ein Erdbeben legte den halben Ort in Trümmer und die Wasserversorgung brach zusammen. Die Leute zogen weg und die wenigen noch stehenden Häuser verfielen. Penny Springs ist eine Geisterstadt.«

Einen Augenblick lang sagte niemand etwas. Justus blickte starr geradeaus auf die Straße. Dann lachte Crowle hässlich auf. »Wenn das keine Ironie ist. Ich glaube, den Ort kenne ich schon. Fahr los, Robby – so heißt du doch?«

Bei Tag war Penny Springs noch trostloser als in der Nacht. Die Spuren der Zerstörung waren viel deutlicher zu sehen: zerschlagene Fenster, eingestürzte Dächer, Schutt und Unrat überall. Die Gärten waren wieder zur Wildnis geworden und Dornengestrüpp hatte alle Blumen überwuchert und erstickt. Viele Bäume hatten kein Laub mehr, weil das Wasser fehlte. Nur die zähesten Pflanzen hatten hier überlebt.

Der Käfer zog eine Staubwolke hinter sich her, als er über die aufgerissene Straße holperte. Justus schaute sich so unauffällig wie möglich um, aber von Jezabel war nichts zu sehen.

»Aussteigen«, befahl Crowle.

Die drei ??? gehorchten zähneknirschend.

»Wie wollen Sie denn das Haus finden?«, fragte Peter.

»Ich glaube, ich kenne es sogar noch«, sagte Crowle. »Mein Vater nahm mich als Kind einmal mit hierher, als er Packleham besuchte. Casey konnte ihn schon damals nicht ausstehen, aber er hat es ihr heimgezahlt.« Er lachte böse und Justus, Peter und Bob wechselten unbehagliche Blicke. Sie waren hier draußen ganz allein mit einem Mann, der nicht den Eindruck machte, als ließe er sich von irgendwelchen moralischen Bedenken leiten. Wenn er das Haus kannte, brauchte er die drei nicht mehr, um das Rätsel für ihn zu lösen – die Juwelen mussten in der Nähe des Pools versteckt sein und bei der Suche brauchte er keine Hilfe. Zudem war er so wachsam, dass sie keine Chance hatten, ihn zu überrumpeln und ihm die Waffe wegzunehmen.

»Vorwärts!«, befahl er seinen Gefangenen. »Haltet Ausschau nach einem ockergelben Haus mit rotem Dach. Ich kann mich nicht mehr an die Straße erinnern, also müssen wir es suchen. Und lasst euch nicht einfallen, abhauen zu wollen, wenn euch euer Leben lieb ist.«

Sie machten sich auf den Weg. Die Sonne brannte auf ihre Köpfe und Schultern, und die Luft war heiß, trocken und staubig. Justus stolperte ein paarmal und hinterließ Fragezeichen im Staub, aber er zweifelte daran, dass es etwas nützen würde. Wer sollte sie hier schon suchen? Und es war kein beruhigender Gedanke, dass Jezabel vielleicht doch hier war und die kleine Gruppe beobachtete. Wenn sie wirklich Casey Wye war, dann würde sie ihre verrückte Rache nicht aufs Spiel setzen, um ein paar lästige Halbwüchsige zu retten. Nicht, wenn sie Crowle erkannte und nur noch abwarten musste, bis er in die letzte Falle lief. Trotz der Hitze überlief es Justus kalt. Die letzte Falle – was war sie?

»Da«, sagte Peter. »Das Haus da drüben. Ist es das?«

Mit einer Kopfbewegung wies er auf ein Gebäude, das

halb verfallen war. Es stand auf einem großen Grundstück im hochwuchernden gelben Gras. Die Mauern waren im Lauf der Jahre ausgebleicht, wiesen aber noch einen gelblichen Farbton auf. Die wenigen Dachziegel, die noch nicht heruntergefallen waren, leuchteten rot.

»Könnte sein«, sagte Crowle.

Sie stolperten durch das hohe Gras auf das Haus zu, gingen an den zerfallenen Mauern vorbei, bogen um eine Ecke und standen vor dem Pool.

Das war das Ende der Suche. Es gab keinen Zweifel. Hätte noch irgendjemand Zweifel gehabt, wären sie beim Anblick des Goldschatzes restlos verflogen.

Der Schatz befand sich an der hinteren Beckenwand. Das Becken selbst war eine nierenförmig in den Boden eingelassene Vertiefung von mindestens zwanzig Metern Länge. An der tiefsten Stelle ging es sicher drei Meter hinab. Dort, im Licht der Nachmittagssonne, glitzerten Hunderte von aufgemalten Goldmünzen auf den blauen Kacheln an der Wand.

»Tja«, meinte Crowle und grinste breit. »Das dürfte es sein. Vermutlich ein Geheimfach irgendwo in der Nähe des Bildes.«

»Dann brauchen Sie es ja nur noch zu holen«, sagte Justus mit laut klopfendem Herzen.

Aber Crowle lachte nur. »Ich bin doch nicht blöd. Du da!« Er wies auf Bob. »Du gehst da hinunter und suchst das Geheimfach!« Mit einer raschen Bewegung stieß er Bob vorwärts.

Bob wurde blass. »Ich? Und wenn ich mich weigere?«

Eiskalt sagte Crowle: »Dann knalle ich einen deiner Freunde über den Haufen.«

»Damit kommen Sie nicht durch!«, rief Justus. »Die Polizei wird Sie schnappen und dann sind Sie dran!«

Crowle lachte nur höhnisch. »Bis die Polizei euch findet, bin ich längst über alle Berge. Glaubt ihr wirklich, ich hätte mir das hier nicht überlegt? Die alte Hexe wollte mich umbringen – stattdessen erwischen ihre Fallen drei dumme Bengel, die ihre Nase unbedingt in Dinge stecken mussten, die sie nichts angehen. Damit hat sie euch auf dem Gewissen, nicht ich. Und da sie auch schon tot ist, wird die Polizei nicht mal das Vergnügen haben, jemanden zu verhaften. Also, los jetzt! Ich habe nicht ewig Zeit!«

Bob warf Justus und Peter einen verzweifelten Blick zu, aber sie konnten ihm nicht helfen. Crowle trieb sie die Treppe hinunter ins Becken und befahl ihnen, stehen zu bleiben, während er Bob noch einige Meter weit folgte.

Hilflos mussten sie zusehen, wie Bob langsam und mit zitternden Knien auf den gemalten Goldschatz zuging. Diesmal konnte nichts von oben herunterfallen und wahrscheinlich gab es auch keine Fallgrube, also musste der Schlag von vorne oder von den Seiten kommen. Aber sosehr er auch die schmutzigen Kacheln rechts und links absuchte – nichts war zu erkennen. Die anderen drei Fallen waren noch Warnungen gewesen, aber mit ihrer letzten Falle meinte Casey Wye es wahrscheinlich bitter ernst und gab niemandem mehr eine

Chance. Wie hatte Justus bloß glauben können, die verrückte Alte, die er getroffen hatte, sei eigentlich ganz in Ordnung?

Er blieb stehen. Die gemalten Goldstücke schienen ihm höhnisch zuzublinken. Bob versuchte zu schlucken, aber seine Kehle war wie ausgedörrt.

»Was?«, brüllte Crowle. »Weiter! Oder deine Freunde sind dran!«

Bob machte noch drei Schritte vorwärts. Er stand jetzt dicht vor der Wand mit den Kacheln und dem aufgemalten Schatz und verfluchte sich selbst, dass er den Verbrecher noch auf die Idee gebracht hatte, in die Geisterstadt zu fahren. Hier draußen konnte ihnen wirklich niemand mehr helfen. Er wischte sich den Schweiß von der Stirn und versuchte zu überlegen, während er die Kacheln absuchte.

Und dann sah er es – einen fadendünnen Spalt rings um eine der Kacheln direkt vor ihm. Jemand hatte die Kachel herausgeschnitten und wieder eingesetzt.

Ganz langsam hob Bob die Hand. »Hier.« Seine Stimme klang heiser. »Hier ist eine –«

In diesem Moment hörten sie das Heulen von Polizeisirenen, die rasch näher kamen.

Crowle starrte erst verdutzt, dann wild um sich – und verlor plötzlich die Nerven. Er stürzte vor und stieß Bob beiseite. Bob wartete nicht ab, was passieren würde, und rannte los. Peter und Justus warfen sich flach auf den Boden – keine Sekunde zu früh. Mit einem Ruck riss Crowle die Kachel aus der Wand. Es gab einen ohrenbetäubenden Knall, ein gleißender Blitz flammte auf und eine riesige Rauchwolke quoll aus dem Loch. Mit einem Aufschrei ließ Crowle die Pistole fallen, schlug die Hände vor das Gesicht und stolperte rückwärts.

Peter reagierte als Erster. »Auf ihn, Kollegen!«

Im Nu waren er und Justus auf den Beinen. Bob stellte Crowle ein Bein und er stürzte. Crowle war groß und kräftig, aber gegen alle drei konnte er sich nicht wehren. Nach wenigen Minuten gab er auf.

Für ein paar Sekunden war es totenstill. Dann tauchten rings um das leere Becken Dutzende Polizisten auf, zwischen ihnen Inspektor Cotta. »Nehmt ihn fest und ruft einen Krankenwagen«, befahl er, sprang in das Becken und marschierte auf die drei ??? zu. »Seid ihr in Ordnung, Jungs?«

»Ich glaube schon«, sagte Justus. »Peter? Bob?«

Die beiden nickten und standen auf. Alle drei waren sehr blass. Bob schaute zu Crowle hin, der stöhnend auf dem Rücken lag und die Hände noch immer auf die Augen presste. »Was – was war das?«

»Ein Magnesiumblitz«, sagte Justus. »Sehr gefährlich, wenn man mit ungeschützten Augen hineinschaut. Er wurde wohl durch das Herausreißen der Kachel ausgelöst. Du hast ziemlich großes Glück gehabt, Dritter.«

Bob konnte nur wieder nicken. Die drei ??? konnten noch gar nicht glauben, dass es nun vorbei war.

»Wie haben Sie uns gefunden, Inspektor?«, fragte Justus.

»Wir bekamen einen Anruf vom Los Angeles Police Department«, antwortete Cotta. »Sie fragten, ob wir etwas über drei Jungen wüssten, die sich ›Die drei ???‹ nennen. Als ich zugab, die Bande zu kennen, teilten sie mit, ein sehr aufgeregter junger Mann habe ihnen soeben erzählt, die Jungen seien in großer Gefahr. Sie hielten es für einen albernen Scherz. Ich hielt es für sehr wahrscheinlich und fuhr hin. Nachdem ich mir angehört hatte, was der junge Mann zu sagen hatte, bat ich um ein paar Einsatzwagen und fuhr mit den Kollegen hier heraus.«

»Hatte der junge Mann zufällig einen gebrochenen Arm?«, fragte Peter.

»Jetzt, da du es erwähnst – ja.«

Die Polizisten brachten Crowle zu der Treppe, die aus dem Pool herausführte. Er ging ohne Gegenwehr mit.

»Was passiert jetzt mit ihm?«, fragte Bob beklommen. »Ist er blind?«

»Das müssen die Ärzte im Krankenhaus feststellen«, sagte Cotta ernst. »So ein Blitz ist keine Kleinigkeit. Und danach wird er natürlich wegen Entführung angeklagt. Was wollte er von euch? Was bringt euch überhaupt in diese gottverlassene Gegend?«

»Das wissen wir noch nicht genau«, sagte Justus. »Mr Crowle erwartete, in dem Versteck in der Beckenwand etwas Wertvolles zu finden – einen Haufen Juwelen der Schauspielerin Casey Wye.«

»Dann werde ich mal nachschauen, ob sie auch wirklich dort sind. Ihr bleibt hier«, fügte er hinzu, als die drei ??? ihm schon folgen wollten. »Wer weiß, was noch alles in dem Loch steckt.« Enttäuscht, aber auch erleichtert sahen Justus, Peter und Bob zu, wie er sich vorsichtig dem Versteck näherte, eine Taschenlampe einschaltete und in die dunkle Höhlung leuchtete. Er stutzte, dann griff er hinein und holte etwas Kleines, Flaches heraus, mit dem er zu den drei ??? zurückkehrte. »Nach einem Haufen Juwelen sieht das aber nicht aus«, sagte er.

Sie schauten sich an, was er gefunden hatte. Es waren zwei etwa handtellergroße Steinplatten. Cotta klappte sie auseinander und ein Zettel flatterte heraus. Bob fing ihn rasch auf und faltete ihn auseinander. Nur vier Zeilen standen darauf.

Wasser leise schwappt. Ich möchte sehen, wie das Licht auf den Wellen glitzert. Aber wir wissen ja – der Pool ist schon lange leer. Hast du wirklich etwas anderes erwartet?
KCY

»Möchtet ihr mir das erklären?«, fragte Inspektor Cotta, nachdem sie den Zettel gelesen hatten.

Justus seufzte. »Natürlich, Inspektor. Jetzt sofort?«

»Nein. Kommt morgen Nachmittag in mein Büro. Soll ich euch nach Hause bringen lassen?«

»Nicht nötig, danke. Wir haben ein Auto.«

Er schaute sie noch einmal forschend an, dann nickte er. »Gut. Dann bis morgen.«

Es ist nicht alles Gold ...

Langsam gingen Justus, Peter und Bob zum Käfer zurück. Dort angekommen, stiegen sie ein, aber sie fuhren nicht sofort los. Stattdessen sahen sie zu, wie ein Polizeiwagen nach dem anderen auf der staubigen Straße wendete und davonfuhr, bis die tote Stadt endlich wieder so verlassen war wie zuvor.

Dann stiegen sie wieder aus.

»Bist du wirklich ganz sicher, dass du das tun willst?«, fragte Peter.

Justus nickte. »Unbedingt.«

Es dauerte ein paar Minuten, bis er das Haus wieder fand. Im hellen Tageslicht sah alles ganz anders aus als in der Nacht. Aber schließlich entdeckte er den schäbigen Schuppen neben einer großen Villa und steuerte zielstrebig darauf zu. »So – und jetzt fragen wir sie, was sie sich dabei eigentlich gedacht –«

Er stockte und blieb stehen. Peter und Bob kamen zu ihm.

»Unvorsichtig, die Tür offen zu lassen«, sagte Bob. »Sagtest du nicht, sie sei sehr besorgt um ihr Zuhause gewesen?«

»Ja, das habe ich gesagt.« Justus ging auf die offene Tür zu und betrat den finsteren Schuppen. Auch das Dämmerlicht des Abends reichte noch aus, um zu zeigen, was er schon wusste. Der Schuppen war leer. Alle Bilder, Kleider, Handtaschen und Schuhe, die zerbrochenen Vasen, zerrissenen Plastikketten und all die anderen liebevoll gesammelten Überreste vergangener Träume waren verschwunden. Auf dem Boden an der Wand lag eine dreckige Matratze. Es roch nach Staub und, ganz flüchtig, nach einer Spur von Lavendel.

»Sie ist weg«, sagte Justus bestürzt.

»Sieht so aus«, sagte Bob neben ihm.

Peter trat ein und schaute sich um. »Es sieht nicht mal so aus, als hätte hier jemals jemand gewohnt. Auf der Matratze kann doch kein Mensch geschlafen haben! Bist du sicher, dass das der richtige Schuppen ist, Just?«

»Sie hatte eine bunte Decke drauf«, sagte Justus. Er sah sich um. Sein Blick fiel auf die Matratze. Er ging hinüber und hockte sich hin.

»Was jetzt?«, fragte Bob. »Willst du Mäuse aufstöbern?«

»Nein«, sagte Justus. »Ich will ein Rätsel lösen und es gibt kein anderes Versteck.« Mit einem Ruck hob er die Matratze hoch. Dort lag das Messer, mit dem sie ihn befreit hatte. Auf seiner Klinge steckte ein gefalteter Zettel. Justus nahm beides an sich, ließ die Matratze zurückfallen und stand auf. Er faltete den Zettel auseinander. In der sauberen, klaren Handschrift, die er schon kannte, stand da:

Es ist nicht alles Gold, was glänzt. K? CY.

»Und damit sind wir endgültig hereingefallen«, sagte Bob, der über seine Schulter spähte. »Dieses boshafte alte Weib! Na, ihre Rache hat sie gehabt!«

»Was!«, rief Peter. »Ist das alles? Ein blödes altes Sprichwort? Die Moral von der Geschichte, oder was?«

»So ein Mist.« Bob seufzte. »Na schön, lasst uns nach Hause fahren. Ich glaube, deine Tante Mathilda wird ziemlich wütend auf uns sein. Wir haben diese elenden Absperrgitter nicht entrostet.«

Justus sagte nichts. Der abgedroschene Spruch hatte ihn völlig entmutigt. Hatte er sich so getäuscht? Lachte sich irgendwo in Kalifornien jetzt eine alte Hexe ins Fäustchen, weil sie ihn zum Narren gehalten hatte? Er wollte nicht daran glauben – aber was hatte er denn erwartet? Dass sie ihn zu dem Schatz führte, den sie ihren eigenen Kindern verweigert hatte? Dass sie einen übergewichtigen jugendlichen Möchtegerndetektiv auch nur ansatzweise ernst nahm? Es war wohl am besten, nach Hause zu fahren und sich damit zufriedenzugeben, dass bei diesem bösen Spiel niemand tatsächlich ums Leben gekommen war. »Also gut«, sagte er seufzend. »Gehen wir.«

Auf dem Heimweg waren die drei Detektive recht still. Bob konzentrierte sich ganz aufs Fahren, um die schrecklichen Minuten im Pool zu vergessen. Peter ärgerte sich darüber, dass sie völlig umsonst auf Schatzsuche gegangen waren. Und Justus dachte nach. Über alles, was er über Casey Wye und ihr Leben wusste. Und je länger er darüber nachdachte, desto klarer wurde ihm, dass er sich diesmal doch geirrt hatte. Casey Wye gab es nicht mehr. Die Frau, die sich voller Hass an allen möglichen Leuten hatte rächen wollen, war tot. Es gab nur noch Jezabel, die die Bruchstücke fremder Träume sammelte und damit zufrieden war. Vielleicht waren Caseys Träume längst nur noch ein staubiges Bild in Jezabels umfangreicher Sammlung. Nicht mehr.

Aber trotzdem hatte sie ihm ein Rätsel hinterlassen. Ihm, Justus. Nicht den Männern, die sie verraten und hintergangen hätten.

Er holte den Zettel aus der Tasche und las ihn. Wieder und wieder.

Es ist nicht alles Gold, was glänzt. K? CY.

K? CY.

Warum das Fragezeichen? Warum der Punkt?

Ca?SeyWye.

Das ergab überhaupt keinen Sinn.

»Casey Wye«, sagte er versuchsweise.

»Hör bloß auf«, zischte Peter. »Von der will ich gar nichts mehr wissen.«

Justus zuckte mit den Achseln. »Ich werde das Gefühl nicht los, dass ich noch etwas übersehen habe.«

Peter gähnte. »Okay. Sag Bescheid, wenn du es herausgefunden –«

»Peter!«, schrie Justus so laut, dass Bob fast das Lenkrad verriss. »Was hast du da gerade gesagt?«

Peter zuckte zusammen. »Bist du verrückt, mich so anzuschreien? Ich habe gesagt, du sollst Bescheid sagen, wenn du es herausgefunden –«

»Nein! Du hast *Okay* gesagt!«

»Er ist wahnsinnig geworden«, stellte Bob fest. »Ich hab's immer gewusst.«

»Merkt ihr das denn nicht? Hört ihr es nicht? Ich war ja so blöd! O*kay*! *Ca*sey!«

»Justus!«, rief Bob. »Könntest du vielleicht mit dem Gezappel aufhören, sonst fahre ich in den Graben!«

Justus beachtete ihn gar nicht. »Es geht um die Abkürzung! Nicht den Namen! Die ganze Zeit ging es um den Namen, sodass ich die Buchstaben ganz vergessen hatte! K, C und Y! Wenn man sie ausspricht, ergeben sie nicht nur Casey Wye, sondern auch K-a-y, S-e-e und W-h-y! ›Kay‹ wie ›okay‹, ›See‹ heißt sehen und ›Why‹ heißt ›warum!‹ Es ist eine direkte Aufforderung – und das komische Sprichwort sagt, wo wir nachschauen sollen!«

»Kay«, versuchte es Peter. »See. Why. Könnte stimmen.«

»Das könnte nicht nur stimmen, ich weiß ganz genau, dass es stimmt! Dreh um, Bob! Wir fahren zurück!«

»Und wenn es wieder eine Falle ist?«, gab Peter zu bedenken.

»Warum sollte es eine Falle sein? Wir haben ihr geholfen, oder etwa nicht? Wir haben alle Rätsel gelöst und die Verbrecher überführt!«

»Also gut.« Bob fuhr bis zu einer Abzweigung, wendete und fuhr wieder los. »Aber wenn du dich irrst, bezahlst du die Karten für das Peter-Gabriel-Konzert.«

»Ich irre mich nicht«, sagte Justus aus tiefster Überzeugung. »Diesmal nicht.«

Es war schon dunkel, als sie wieder in Penny Springs ankamen. Der Mond war noch nicht aufgegangen und nur das Licht der Taschenlampe wies ihnen den Weg zur Villa. Alles war still. Die tote Stadt lag verlassen da; die Polizeiwagen waren fort. Nur das niedergetrampelte Gras rings um das leere Schwimmbecken verriet noch, dass hier vor Kurzem etwas geschehen war. Die drei ??? umrundeten das Becken und blieben an der Leiter stehen. »Du willst wirklich noch einmal da hinunter?«, fragte Peter.

Justus nickte. »Ich muss. Der Hinweis auf das Gold ist klar und deutlich. Irgendetwas haben wir übersehen.«

»Verzeihlich, würde ich sagen«, meinte Bob. »Schließlich waren wir alle ein wenig abgelenkt.«

Sie kletterten hinunter ins Becken. Der gemalte Goldschatz glitzerte im Schein der Taschenlampe. Sie drückten auf allen Kacheln herum und suchten nach Rissen, die andeuten konnten, dass eine weitere Kachel locker war. Aber sosehr sie auch suchten, sie fanden nichts. Bob leuchtete mit der Taschenlampe in die Höhlung hinter der ersten Kachel, aber sie war leer.

»Das gibt's doch nicht!«, rief Justus endlich. »Es muss doch hier sein! Es gibt keinen anderen Hinweis!«

Bob streckte die Hand aus. »Gib mir mal den Zettel.«

Noch einmal lasen sie die wenigen Worte. »Wenn es nicht das Gold ist, was kann es dann sein?«, fragte Peter. »Vielleicht die Tatsache, dass es ein Sprichwort ist? Oder wieder ein uralter Film, den kein Mensch mehr kennt?«

»Oder das Glänzen.« Bob schüttelte den Kopf. »Diesmal verstehe ich es wirklich nicht, Justus.«

»Lasst mich mal überlegen.« Justus lehnte sich an die Beckenwand und verschränkte die Arme. »Was wissen wir über Casey Wye?«

»Dass sie einen praktischen Namen hat und verrückt ist«, erwiderte Peter sarkastisch.

»Sie hat einen Hang zu Rätseln«, ergänzte Bob.

»Schau hinter die Dinge«, murmelte Justus. »Alles sind nur Fetzen, das Zeug selbst ist Müll.«

»Wie bitte?«

»Das sind ein paar Dinge, die sie mir gesagt hat. Wenn nun das Sprichwort selbst gar nicht das ist, worauf es ankommt? Was ist hinter einem Sprichwort?«

»Irgendeine abgedroschene alte Wahrheit eben«, sagte Peter. »Aber vielleicht muss man es andersherum betrachten.«

»Wie, soll ich den Zettel umdrehen?«

»Nein, aber vielleicht die Bedeutung.«

»Und wie?«, fragte Bob.

»Warte mal«, sagte Justus. »Das könnte es sein! Die ursprüngliche Bedeutung ist doch, dass sich Dinge oft als viel weniger großartig entpuppen, als sie zuerst scheinen.«

»Na, das hat dieser gemalte Haufen Gold doch schon getan«, sagte Bob.

»Aber vielleicht muss man es aus einem anderen Blickwinkel betrachten.«

»Tolle Idee«, sagte Bob. »Wie soll das bei einem Sprichwort funktionieren?«

Justus überlegte. »Vielleicht ... muss man die Perspektive ändern. Vielleicht geht es gar nicht um das Gold, das glänzt, sondern um etwas anderes, das ...«

»Auch glänzt?«, schlug Peter vor.

»Auch glänzt. Zum Beispiel Wasser.«

»Wir müssen dafür aber nicht den Pool neu füllen, oder? Es könnte ja auch etwas anderes sein.«

»Gib mir mal die Taschenlampe, Bob.« Justus drehte sich um und ließ den Lichtstrahl langsam über die Wände des Beckens wandern. Nirgends glänzte etwas auf.

Justus stellte sich unmittelbar vor den gemalten Goldschatz, kehrte ihm den Rücken zu und versuchte es noch einmal. Langsam glitt das Licht über getrockneten Schlamm, über Staub und Blätter, dann höher und über die Kacheln ...

»Da!« Peter packte Justus' Arm. »Da war etwas!«

»Was? Wo?«

»In der Mitte. Es hat ganz kurz aufgeblitzt!«

Sie rannten hinüber und suchten die Kacheln ab. Bob fand es schließlich: eine kleine Vertiefung am unteren Rand einer Kachel. In der Vertiefung saß ein glänzender Messingknopf, der aussah, als wäre er gerade frisch poliert worden.

»Und wer drückt da jetzt drauf?«, fragte Peter. »Ich habe keine Lust auf noch einen Magnesiumblitz!«

»Ich mach's«, entschied Justus. »Geht zur Seite!«

»Das gefällt mir aber nicht«, wandte Bob ein. »Ich traue dieser alten Hexe nicht! Wer weiß, was sie dahinter versteckt hat!«

»Das werde ich jetzt herausfinden«, sagte Justus und drückte auf den Knopf.

Caseys Vermächtnis

Drei Tage später saßen Justus, Peter und Bob im Garten von Miss Bennett und aßen Kirschkuchen. Eigentlich war der Kuchen nur als Dank für die Hilfe gedacht gewesen, aber die Büchereileiterin hatte sich so darüber gefreut, dass sie die drei Detektive sofort einlud, den Kuchen mit ihr gemeinsam zu essen. Das ließen sie sich nicht zweimal sagen und der Kuchen schrumpfte beängstigend schnell zusammen, während sie Miss Bennett die Geschichte von Casey Wyes Racheplan erzählten. Die Büchereileiterin hörte aufmerksam zu. »Das ist ja eine seltsame Geschichte«, meinte sie schließlich. »Eine für tot erklärte Frau rächt sich an einem geldgierigen Schurken, der ihr aber eigentlich gar nichts getan hat. Und während alle ›guten‹ Leute versuchen, euch von dem Fall abzubringen, zwingt euch der Schurke dazu, weiterzumachen und ihm auf die Schliche zu kommen! So etwas habe ich ja noch nie gehört!«

»Das hat er ja nur getan, damit wir an seiner Stelle die Fallen auslösen«, erklärte Justus. »Er hatte schon bei seinem Kletterversuch am Hollywood-H gemerkt, dass mit dieser Schnitzeljagd etwas nicht ganz stimmt. Und als er feststellte, dass wir uns für den Fall interessierten, spannte er uns eben für seinen Zweck ein.«

»Wie fand er denn heraus, dass ihr Detektive seid?«

»Indem er dasselbe tat wie wir – er besuchte die beiden Wachmänner. Damit ging er zwar ein Risiko ein, aber er wollte diese Biberpfote unbedingt wiederhaben und musste wissen, wer sie mitgenommen hatte. Außerdem vermutete er, dass einer der beiden Wachleute etwas mit dem Bettlakengespenst zu tun hatte, und das stimmte auch. Oliver Taper hatte den Job extra angenommen, um die Falle vorbereiten zu können.«

»Aha«, sagte Miss Bennett und schenkte sich noch ein Glas Orangensaft ein. »Ich dachte mir schon, dass dieses Bettlaken nicht seit sieben Jahren da oben befestigt war.«

»Nein, erst seit der Testamentseröffnung, bei der der Brief als Köder ausgeworfen worden war.«

»Jedenfalls entdeckte Crowle in dem Wachhäuschen unsere Visitenkarte und nahm sie mit«, sagte Bob. »Er wollte die Biberpfote zurückholen und brach auf dem Schrottplatz ein. Und dabei nahm er Justus gleich mit, damit der das nächste Rätsel für ihn löste.«

»Und die Lösung führte ihn ins Hotel ›Pacific Pearl‹ – und geradewegs zu Oliver Taper, der seine Falle kontrollierte«, fuhr Peter fort. »Da war Crowle sofort klar, wer das ›Gespenst‹ auf ihn gehetzt hatte. Er ging auf Taper los und im Kampf fiel Taper durch das Loch in der Treppe. Crowle machte sich schleunigst davon.«

»All diese Leute können froh sein, dass niemandem etwas Schlimmes passiert ist«, sagte Miss Bennett streng. »Taper, Crowle, Casey Wye – sie hatten allesamt Glück, dass ihr ihnen in die Quere gekommen seid! Sonst ständen sie jetzt wegen Mordes vor Gericht!«

»Casey vielleicht nicht«, sagte Justus. »Sie ist ja offiziell tot.«

»Aber du sagtest doch, dass diese verrückte Alte – Jezabel – in Wirklichkeit Casey Wye ist. Sie wird doch wohl verhaftet worden sein!«

»Soweit wir wissen, nicht. Die Polizei sucht noch nach ihr.«

»So etwas Verrücktes.« Miss Bennett schüttelte den Kopf. »Und das alles nur wegen ein paar Juwelen, die sie schon längst an ihre Tochter verschenkt hatte.«

»Nun ja«, sagte Bob. »Eigentlich war es ja nicht wegen der Juwelen, sondern wegen des Drehbuchs, das sie angeblich geschrieben hatte. Das war ihr wichtiger als alles andere. Diese Geschichte hat ihr Leben zerstört – sie wollte nur Rache, sonst nichts.«

»Verrückt«, wiederholte Miss Bennett und verteilte noch mehr Kirschkuchen. »Na, ihre Rache hat sie gehabt. Und ihr habt mal wieder einen Fall aufgeklärt – auch wenn es diesmal weder Schatz noch Finderlohn gab!«

Eine kurze Pause folgte. Justus, Peter und Bob wechselten Blicke. Miss Bennett schaute von einem zum anderen und runzelte die Stirn. »Bekomme ich da gerade etwas nicht mit? Ihr habt doch in dem Geheimfach keine Juwelen gefunden!«

»Nein, keine Juwelen.« Justus zögerte, dann beugte er sich zu seinem Rucksack hinunter und zog ein flaches, in altes Packpapier gewickeltes Paket heraus, das er auf den Tisch legte. »Aber das hier.«

Misstrauisch betrachtete Miss Bennett das Paket. »Was ist das? Ich fasse es nicht an – nachher explodiert es mir in den Händen!«

Die drei ??? grinsten. »So ähnlich ging es uns auch«, sagte Peter. »Aber es ist tatsächlich harmlos. Sie mochte Just wohl ganz gut leiden.«

»Hm«, machte Miss Bennett, noch nicht ganz überzeugt. »Was ist es denn nun?«

»Wir nehmen an, es ist eine Art Vermächtnis«, sagte Bob, während Justus das Paket öffnete. Zum Vorschein kam ein Stapel bräunliches, mit Schreibmaschine beschriebenes Papier. »Aber wir wissen nicht so recht, was wir damit anfangen sollen.«

Keine Büchereileiterin der Welt konnte angesichts eines Stapels von bedrucktem Papier unbeteiligt bleiben. Miss Bennett zog das oberste Blatt zu sich heran und las: »*Rosamunds Rache. Ein Drehbuch von Jezabel.* – Aber das – das ist ja fantastisch! Ein Originaldrehbuch! Von Casey Wye! Jungs, da habt ihr doch einen Schatz gefunden! Das ist großartig!«

Aber die drei ??? drucksten nur weiter herum. »Nun ja«, sagte Justus schließlich, »die Sache ist die: Wir haben es gelesen. Und es ist ... nicht wirklich so großartig.«

»Eigentlich sogar ziemlich wenig großartig«, fügte Bob hinzu. Und Peter sagte: »Es ist eine Katastrophe. Das Schlechteste, was wir je gelesen haben. Kitschig, verworren, unlogisch und völlig daneben.«

»Also können wir es niemandem anbieten«, sagte Justus. »Und wissen Sie was – je länger ich darüber nachdenke, desto mehr glaube ich, dass Jezabel das auch wusste.«

»Aber warum hat sie es euch dann überlassen?«, fragte Miss Bennett völlig verwirrt.

»Na ja«, sagte Justus, »es sind nur Fetzen. Ein bisschen Papier mit Schrift drauf. Aber dahinter ist eine Geschichte. Und deshalb glaube ich, dass wir es einfach in unserer Zentrale aufbewahren werden. Als Andenken.«

»Und als Warnung«, sagte Bob und grinste plötzlich. »Damit keiner von uns auf die Idee kommt, aus einem unserer Fälle etwa ein Drehbuch zu machen.«